INFERNO

OBRAS DA AUTORA PUBLICADAS PELA EDITORA RECORD

Avalon High
Avalon High – A coroação: a profecia de Merlin
Cabeça de vento
Sendo Nikki
Na passarela
Como ser popular
Ela foi até o fim
A garota americana
Quase pronta
O garoto da casa ao lado
Garoto encontra garota
Todo garoto tem
Ídolo teen
Pegando fogo!
A rainha da fofoca
A rainha da fofoca em Nova York
A rainha da fofoca: fisgada
Sorte ou azar?
Tamanho 42 não é gorda
Tamanho 44 também não é gorda
Tamanho não importa
Tamanho 42 e pronta para arrasar
Liberte meu coração
Insaciável
Mordida

Série O Diário da Princesa
O diário da princesa
Princesa sob os refletores
Princesa apaixonada
Princesa à espera
Princesa de rosa-shocking
Princesa em treinamento
Princesa na balada
Princesa no limite
Princesa Mia
Princesa para sempre

Lições de princesa
O presente da princesa

Série A Mediadora
A terra das sombras
O arcano nove
Reunião
A hora mais sombria
Assombrado
Crepúsculo

Série As leis de Allie Finkle para meninas
Dia da mudança
A garota nova
Melhores amigas para sempre?
Medo de palco

Série Desaparecidos
Quando cai o raio
Codinome Cassandra
Esconderijo perfeito

Série Abandono
Abandono
Inferno

Meg Cabot

Inferno

Tradução de
Regiane Winarski

1ª edição

— Galera —
RIO DE JANEIRO
2014

CIP-BRASIL. CATALOGAÇÃO NA FONTE
SINDICATO NACIONAL DOS EDITORES DE LIVROS, RJ

Cabot, Meg
C116i Inferno / Meg Cabot; tradução Camila Mello. – 1ª. ed. – Rio de Janeiro: Galera Record, 2014.
(Abandono; 2)

Tradução de: Underworld
Sequência de: Abandono
ISBN 978-85-01-09755-2

1. Ficção americana. I. Mello, Camila. II. Título. III. Série.

13-06172 CDD: 813
CDU: 821.111(73)-3

Título original em inglês:
Underworld

Editoração eletrônica: Abreu's System
Adaptação da capa original: Renata Vidal

Texto revisado segundo o novo Acordo Ortográfico da Língua Portuguesa.

Direitos exclusivos de publicação em língua portuguesa
somente para o Brasil adquiridos pela
EDITORA RECORD LTDA.
Rua Argentina, 171 - Rio de Janeiro, RJ - 20921-380 - Tel.: 2585-2000,
que se reserva a propriedade literária desta tradução.

Impresso no Brasil

ISBN: 978-85-01-09755-2

Ser nenhum havia perante mim,
Apenas o eterno, e eu eterno permaneço.
Abandona a esperança, tu que chegas!

DANTE ALIGHIERI, *Inferno*, Canto III.

— Pierce sempre tem os pesadelos mais terríveis. — Minha mãe costumava dizer isso para todos os médicos que visitamos logo após o acidente. — Ela fala dormindo, desculpa, meu amor, mas fala sim... sobre um menino seguindo-a. Às vezes, até acorda chorando. Não parece normal. Nunca tive sonhos tão reais assim.

Isso porque a pior coisa que já aconteceu com você, mãe, eu quis dizer a ela, *foi se divorciar do papai. Você nunca morreu, ressuscitou e foi seguida por um garoto do mundo dos mortos até aqui.*

Só que eu não podia dizer isso para mamãe. Coisas não muito boas pareciam acontecer com qualquer um que descobrisse sobre meus problemas, problemas esses que meio que causaram o divórcio dos meus pais. Mamãe não sabia disso.

— Geralmente enquanto dormimos, nossa mente está ocupada buscando soluções para problemas que nos estressaram enquanto estávamos acordados, mesmo que nossos sonhos pareçam não ter qualquer relação com o que realmente nos incomoda — explicaram os médicos, um por um. — No caso de Pierce, é claro que ela não está *realmente* sendo perseguida por alguém na vida real. — Isso mostrava o quanto os médicos sabiam. — É apenas a maneira como a fonte da ansiedade dela se manifesta no subconsciente... é como sonharmos que estamos atrasados para uma aula, por exemplo. É perfeitamente saudável e mostra que o subconsciente de Pierce está funcionando normalmente.

Sabe o que eu queria? Sonhar que estou atrasada para uma aula.

Em vez disso, estou sempre sonhando que alguém está tentando me matar ou matar alguém de quem eu gosto. Isso é porque pessoas *estão* querendo me matar e os que amo na vida real... tão frequentemente, na verdade, que tem horas que não consigo dizer se está acontecendo ou se estou apenas sonhando.

Como agora, por exemplo. Foi muito real para ser apenas um sonho.

Eu segurava com força na balaustrada de madeira de um navio antigo. Ventos fortes açoitavam meus cabelos escuros, fazendo com que mechas soltas grudassem no meu rosto e no pescoço. Puxavam a longa saia branca do vestido de gala, vestido esse que, aliás, não sei como acabei usando. A saia se enroscava em minhas pernas, o que dificultava meu equilíbrio no convés, que estava muito escorregadio graças à chuva e a água salgada do mar.

O céu estava negro como a noite... a não ser quando um raio cortava as densas nuvens escuras, revelando as terríveis ondas brancas que batiam no casco do navio, o mar batido por causa da tempestade violenta.

Meu coração batia com força enquanto eu segurava a balaustrada, mas não por medo em relação à minha segurança. Sabia que podia me virar e descer, para onde estava quente e seco. Só que não queria. Porque toda vez que um raio iluminava o céu, eu *o* via na água, sendo jogado para lá e para cá como um pedaço de madeira à deriva. A cada sequência violenta de ondas, ele era empurrado cada vez mais para longe, afastando-se do navio.

De mim.

— John — gritei. Minha voz estava rouca de emoção e de tanto berrar. Acho que gritei o nome dele durante horas, mas ninguém apareceu para nos ajudar. Éramos apenas nós, a tempestade e o mar furioso.

— Nade — implorei. — É só *nadar* até mim.

Por um segundo, achei que ele fosse conseguir. John chegou perto da embarcação o suficiente para que eu pudesse ver a determinação naqueles olhos cinzentos, misturada ao medo que nós dois tentávamos não demonstrar um ao outro. Braços fortes e musculosos emergiram da água negra quando ele tentou desesperadamente voltar à lateral do barco.

No entanto, para cada braçada que dava adiante, as ondas violentas o faziam retroceder duas.

Procurei freneticamente por uma corda, por alguma coisa, qualquer coisa, para jogar para ele, mas não havia nada. Então me inclinei o máximo que pude e estiquei uma das mãos, segurando a balaustrada com a outra.

— Dá para puxar você — falei com confiança. — Segure minha mão

Ele balançou a cabeça, seus cabelos negros encharcados de chuva e água do mar.

— Não quero levar você comigo. — A voz dele estava tão profunda e ríspida quanto o oceano. — Prefiro morrer a deixar que você morra.

Prefiro morrer a deixar que você morra.

Não fazia sentido. John Hayden *era* a Morte. Ele não podia morrer. E cada uma de suas ações anteriores indicaram que certamente ele *queria* me levar para o Mundo Inferior, o qual ele comandava. Por que mais eu teria passado tanto tempo fugindo?

Perséfone, a menina no mito usado pelos gregos para explicar as estações do ano, não fugiu rápido o suficiente de Hades, o deus grego da morte, e então ele a perseguiu em sua carruagem, até que um dia a encontrou passeando com algumas ninfas no campo. Então a levou para o Mundo Inferior para que fosse sua rainha.

Perséfone tinha sorte. Acontece que sua mãe era Deméter, a deusa da colheita. Deméter entrou em greve, recusando-se a deixar que qualquer coisa brotasse da terra enquanto sua filha não fosse libertada. Qual a graça de ser um deus ou uma deusa se todos os humanos estão tão famintos que não podem lhe venerar? Hades foi forçado a soltar Perséfone e, depois do inverno mais longo de todos os tempos, a primavera finalmente floriu sobre a terra.

Na verdade, a primavera não acontece por causa de uma menina sendo libertada do Mundo Inferior. Acontece porque a terra entra no equinócio vernal.

Mas eu entendo. As pessoas sempre necessitaram desesperadamente de histórias que explicassem o motivo de coisas ruins acontecerem com pessoa boas, mitos com finais felizes para lhes dar esperança. Não querem saber que, quando morremos, o que vem depois talvez não sejam apenas harpas e auréolas. Ninguém quer escutar uma pessoa como eu, que volta da morte e diz "Ei, adivinhem só? Tudo isso que eles dizem é um monte de besteira". É mais reconfortante acreditar nos contadores de histórias, acreditar que contos de fada realmente se tornam realidade.

Mesmo assim, quando John disse aquilo no meu sonho, que preferia morrer a deixar que eu morresse, mesmo sabendo que era impossível, percebi uma coisa: *eu* também queria acreditar nos contos de fada. Meu subconsciente — exatamente como todos os médicos tentaram explicar para minha mãe — formulou a solução para um problema que me incomodava havia muito tempo. O que eu realmente queria era correr para *junto* de John, e não para longe dele.

Só que quando finalmente percebi isso, ele estava prestes a se afogar.

Não é de se espantar que meu coração tenha se contorcido como se fosse minha própria vida desaparecendo diante de mim.

— Segure minha mão — implorei.

Eu parecia estar possuída. Eu *estava* possuída, temendo ver o mar devorá-lo bem na minha frente. No exato instante em que finalmente admiti o quanto o amava, eu estava prestes a perdê-lo. Talvez fosse minha punição cármica por ter demorado tanto tempo para descobrir.

Uma onda o levantou, como que em resposta às minhas orações, e de repente, milagrosamente, ele ficou tão perto que nossos dedos se tocaram.

A expressão nos olhos dele mudou para algo parecido com esperança. Me inclinei mais ainda para segurar seu punho e senti a mão dele segurar a minha. Sorri, tomada de amor e alegria, ousando acreditar que ele estava seguro e que, no fim das contas, minha própria história podia ter um final feliz.

Então, no meio do nada, veio mais uma daquelas ondulações poderosas...

... e vi a esperança morrer em seus olhos.

— *Não me solte!* — berrei, mesmo que no fundo soubesse que isso era exatamente o que ele faria. Ao dizer as palavras, senti os dedos dele se afrouxando no meu pulso. Ele estava me soltando de propósito, não querendo me puxar para as ondas frias...

Um segundo depois ele foi arrancado de mim por uma onda tão grande que pareceu um boneco sendo jogado. Berrei seu nome e me segurei na balaustrada de madeira. As lágrimas, impossíveis de distinguir em meio à chuva, correram pelo meu rosto. Era como se um buraco do tamanho do mar estivesse se abrindo em mim. Só quando outro raio cortou o céu eu o vi de novo, uma figura pequena e sombria no topo de uma ondulação a alguns metros. Ele ergueu um dos braços como se estivesse se despedindo.

Então a água o encobriu. Fiquei sozinha na tempestade, e ele se foi para sempre.

E os olhos quietos eu girava.
Ergui-me e olhei com firmeza
Para reconhecer o lugar onde estava.

DANTE ALIGHIERI, *Inferno*, Canto IV.

Com a pulsação ainda acelerada por causa do sonho, abri os olhos. Meus cabelos úmidos estavam grudados no rosto e no pescoço. Meus punhos estavam cerrados com tanta força que meus dedos doeram quando tentei abri-los.

Calma. *Foi* um sonho, não foi?

Se foi, então por que senti gosto de água salgada quando lambi os lábios? E por que aquela luz oblíqua entrando através das cortinas do meu quarto era tão estranha?

Porque elas não eram as cortinas do meu quarto, percebi. As minhas não eram compridas e brancas e fantasmagóricas. Não ficavam presas em arcos de pedra ornamentada. Não havia arcos de pedra na casa que mamãe comprou em um condomínio fechado na Isla Huesos. Fomos de Connecticut para lá por causa da conclusão do divórcio dos meus pais e da minha expulsão da Academia Westport para Meninas, por comportamento definitivamente nada adequado para uma senhorita.

Assim como os decoradores de mamãe não teriam escolhido decorar o ambiente com tapeçarias medievais com imagens de sátiros perseguindo ninfas seminuas.

No entanto, era isso que estava na parede oposta aos arcos de pedra, ao lado de castiçais com velas acesas de verdade...

Mamãe jamais permitiria esses castiçais (perigosíssimos por causa do fogo), *nem* a cama gigante com dossel em que eu me encontrava.

Só quando uma voz profunda e masculina disse meu nome — tão alto que levei um susto — foi que percebi que não estava sozinha na cama.

— Pierce.

O menino do meu sonho não estava morto no fundo do oceano. Ele estava na cama, ao meu lado. Não só ao meu lado, como também me abraçando. A voz soou tão alta porque minha cabeça estava encostada sobre o peito dele.

Que estava nu.

Mamãe *com certeza* não permitira isso.

De repente, tudo voltou à memória. Mundo Inferior. Eu estava no *Mundo Inferior*.

E dessa vez, não estava morta.

Tomei um susto e me levantei. Os braços fortes dele logo me soltaram.

— Está tudo bem — disse John, sentando-se também. A voz dele era doce, assim como as mãos que colocou sobre meus ombros para me acalmar. Tão doces como se eu fosse o passarinho que um dia eu o vi ressuscitar.

A não ser pelo fato de que eu conhecia o poder enorme que havia por trás daqueles dedos calejados. Já os vi pararem corações com a mesma facilidade que lhes davam vida.

— Pierce, você estava tendo um pesadelo — disse ele.

Pesadelo? Levei um segundo para fazer a conexão — o pesadelo do qual tinha acabado de acordar, onde ele se afogava. Ele não se referia ao pesadelo ocorrendo diante dos meus olhos descrentes enquanto eu olhava para nossas pernas enlaçadas no edredom branco, bordado com muito requinte.

Apesar de estar vestindo uma roupa que não escolhi — era o mesmo tipo de vestido branco, comprido e esvoaçante como os das ninfas na tapeçaria —, pelo menos não estava pelada.

O mesmo não podia ser dito sobre ele. Estava usando jeans, mas um jeans tão apertado que ele poderia muito bem estar pelado. O tecido preto se moldava em seu corpo como uma segunda pele.

Pesadelo... ou um sonho maravilhoso? Acho que depende do ponto de vista. A camiseta dele estava longe, jogada de qualquer maneira no divã baixo e branco perto da lareira.

Seu peito e ombros nus estavam bronzeados demais para alguém que passou a maior parte dos últimos duzentos anos preso embaixo da superfície da terra, com permissão para sair apenas por pouco tempo para cometer alguns crimes. Coisas como sequestrar meninas (admito que ele tenha feito isso para impedir que eu fosse assassinada, mas ainda assim era ilegal). A pele dele era dourada como o pelo de um leão, quente e macia...

... o que posso afirmar com segurança porque, pelo visto, dormi com o rosto grudado nele a noite toda.

A julgar pelo que ele disse logo em seguida, devo ter chorado sobre o peito dele também.

— Você estava chorando — disse John, afastando meus cabelos negros da testa. — Quer me contar com o que sonhou?

— Não exatamente — respondi, sentindo-me mortificada ao relembrar de todas as vezes que minha mãe mencionou meu choro durante o sono. Levantei a mão para enxugar minhas bochechas. Ele tinha razão. Estavam úmidas.

Chorar enquanto durmo na frente dele. *Por causa* dele. Ótimo.

Eu sabia que tinha coisas mais importantes com as quais me preocupar — tão importantes que nem tinha certeza se algum dia eu sequer começaria a lidar com elas —, mas nunca tinha passado uma noite com um garoto antes. Na verdade, nunca havia me apaixonado por ninguém antes dele.

A impressão que tive sobre a pele dele estava errada. Olhei mais de perto e percebi que ela não era toda dourada. Havia linhas delicadas e pálidas cruzando seu corpo em alguns lugares. O *que* era aquilo? Precisaria dar uma olhada com mais cuidado.

— Você sabe que não precisa mais se preocupar com ela, não sabe, Pierce? — perguntou ele, suas sobrancelhas escuras franzidas em sinal de preocupação. — Sei que vai levar um tempo para que aceite e compreenda, mas você realmente está segura aqui comigo. Foi só um sonho.

Queria poder compartilhar dessa confiança. A experiência me dizia que, apesar de os sonhos não deixarem cicatrizes — pelo menos não cicatrizes que as pessoas pudessem ver —, às vezes eles deixavam uma dor que podia ser horrível da mesma forma.

E agora que dei uma olhada melhor nelas, entendi o que eram as linhas pálidas que lhe marcavam a pele dourada: eram cicatrizes de feridas há muito tempo curadas.

Mordi o lábio. Eu sabia quem tinha feito aquelas feridas e por quê. Era uma daquelas preocupações que pareciam grandes demais para serem encaradas no momento. Eu me lembrei do monstro do qual ele me salvou — mais assustador do que qualquer onda —, quando me tirou da lanchonete da nova escola de Isla Huesos e me trouxe para o mundo dele. Percebi que provavelmente eu sofreria de estresse pós-traumático para o resto da vida. Como é que alguém lida com a descoberta de que sua própria avó a odeia tanto a ponto de tentar matá-la... *duas vezes*?

Resposta: sonhando que o namorado está se afogando bem na sua frente; e logo em seguida, esquecendo-se do sonho ao acordar com esse mesmo namorado deitado tentadoramente sem camisa ao seu lado na cama.

— Mas outras pessoas se machucaram além de mim — falei para que nem eu nem ele esquecêssemos. — Você acha mesmo que me trazer aqui vai fazer com que eles... *parem*?

Porque minhas outras preocupações eram exatamente sobre isso.

— Não sei — admitiu ele, abaixando a cabeça para dar um beijo na minha nuca. Imediatamente senti uma coisa percorrendo todas as minhas veias, como se os lábios fossem efervescentes ou coisa do tipo. — É a primeira vez que amo uma menina que as Fúrias tentam matar. Mas sei que não há nada que possa ser feito para detê-las. Você pertence exatamente a este lugar. *Sempre* pertenceu. E espero que considere ficar aqui... dessa vez.

Dessa vez. Claro.

— Bem — falei. *Amor*. Ele me *amava*. Ouvir a palavra sair de seus lábios de maneira tão casual pode ajudar um pouco com o estresse pós-traumático. — Aqui com certeza é melhor do que a aula de história mundial, que é onde eu estaria neste momento em Isla Huesos. — Se as aulas não tivessem sido canceladas por causa do furacão gigante que se aproximava da ilha.

— História é uma matéria na qual eu era particularmente bom na escola — disse ele, percorrendo os lábios pelo meu pescoço e indo em direção à corrente dourada do colar que ele me dera.

— Não duvido — falei.

— Posso lhe dar umas aulas — continuou ele, ainda dando beijos em meu pescoço. — Para que não fique atrasada na matéria.

— Nossa, obrigada — respondi. — Que alívio saber disso.

Ele riu. Não tenho certeza, mas acho que foi a primeira vez que o vi rindo. Era uma boa risada, rouca e cheia.

O único problema — quero dizer, não era o *único* problema, uma vez que eu já estava percebendo existirem *muitos* problemas na nossa situação — era que ele estava errado. Claro que não em relação à história mundial. Tenho certeza que ele se sairia bem em qualquer coisa que fizesse. Eu me refiro às Fúrias.

Jamais acreditaria que não seria possível deter os espíritos do mal que estavam determinados a se vingar de

John... como se o destino delas fosse culpa *dele* e não de si mesmas. Esses espíritos tinham raiva do lugar para o qual foram enviados depois de passarem pelo Mundo Inferior e deram um jeito de voltar até aqui.

Mas quando um mero toque de John fez meu sangue ferver como se eu tivesse bebido seis latas de refrigerante, ficou difícil me concentrar, especialmente para formular um argumento sobre as Fúrias ou sobre o fato de que eu não pertencia "exatamente" ao Mundo Inferior.

Se isso fosse verdade, as outras coisas teriam de ser também... como minha avó ter ficado possuída por uma dessas Fúrias e ter realmente tentado me matar com o único propósito de fazer John sofrer.

Não havia base para sustentar um relacionamento duradouro. Meus pais também não gostariam muito dele, caso tivessem a chance de conhecê-lo. Nem sei se meu pai acharia que *algum* garoto era bom o suficiente para mim, mas uma divindade da morte que me sequestrou na lanchonete da escola — mesmo que para me proteger da vovó — nunca estaria no topo da lista dele.

E que tal aquilo que Richard Smith, o sacristão do cemitério de Isla Huesos, me falou no escritório dele naquele dia de chuva? Sobre o motivo pelo qual John me dera o colar que Hades forjara para Perséfone?

Claramente havia algum tipo de engano. Perséfone era filha de Zeus e Deméter, e era deusa da primavera. Eu fui expulsa por agressão de uma das mais exclusivas escolas para meninas na costa Leste, na melhor das hipóteses era uma aluna na média e devia ser a única menina de 17 anos de idade em todo o estado da Flórida que ainda não tinha passado na prova de habilitação. Como qualquer uma dessas coisas me qualifica para o posto de rainha do Mundo Inferior?

No entanto, Perséfone e eu possuíamos uma coisa em comum. Nossos namorados tinham o mesmo emprego...

... uma realidade impossível de ser ignorada quando o som profundo e triste da corneta do barco interrompeu o silêncio do ar da manhã. Reconheci o som imediatamente, pois era o mesmo da minha última visita, e eu sabia muito bem o que significava.

— Eles estão esperando por mim lá na praia — disse John com um gemido, inclinando a cabeça no meu ombro.

Essas palavras me deram um calafrio maior do que qualquer pesadelo seria capaz. Sabia que *eles* eram as almas dos mortos que se reuniam às margens de um lago subterrâneo gigantesco bem do outro lado do jardim cercado pelos arcos de pedra. Esperavam pelos barcos que os levariam ao seu destino final...

Era John quem decidia em qual barco cada um entrava. A corneta que ouvi sinalizava que um barco se aproximava para buscar o mais novo lote de passageiros.

Tremi, sentindo frio de repente. Pareceu tomar cada centímetro do meu corpo, apesar do fogo na lareira e da doçura quente do toque de John. Ele deve ter notado, pois pegou minha mão e a pressionou sobre seu coração, sob o peito nu.

— Pierce — disse ele, como se eu o tivesse machucado de alguma forma —, não faça essa cara.

— Não foi por mal. — Eu me senti boba, mas não consegui deixar de pensar na minha última visita ao mundo dele, quando eu era uma daquelas almas esperando na praia para ser colocada em um barco ou em outro. — Não é culpa sua. É só... esse *som*.

Ele beijou a palma da minha mão.

— Desculpe — disse ele. Toda a alegria havia sumido, tanto dos olhos quanto da voz. — Me desculpe por tudo isso. Me desculpe pelos seus pesadelos, me desculpe pelo que sua mãe deve estar passando sem saber onde você está e me desculpe, acima de tudo, pelas vezes em que eu... bem, pela vezes em que eu não me comportei com você como deveria. Você não estava errada ontem à noite quando me chamou de... Como é que foi? Ah, sim. De coisa selvagem. — Era difícil resistir à súplica nos olhos dele. — Mas você sabe que só ajo dessa forma quando você se coloca em perigo... ou quando finge não se importar comigo.

Com os dedos que não estavam me segurando, ele percorreu os elos da corrente de ouro em volta de meu pescoço.

— Por tanto tempo eu achei que você me odiava — prosseguiu ele, seus olhos encobertos por cílios longos e negros. Que desperdício cílios como aqueles em um menino. — Se soubesse que você nunca deixara de usar o colar que eu te dei, talvez eu tivesse ficado menos... agitado.

Senti meu rosto ficando corado, e não só porque os dedos distraídos de John passeavam perigosamente pela gola da minha camisola, como se procurassem meu próprio coração.

— Bem, acho que já percebeu que nunca odiei você — respondi, direcionando com firmeza a mão dele para o território menos íntimo da minha cintura. — E sei que você não foi tão selvagem de propósito, John. Não sei se posso dizer o mesmo agora...

Meu tom formal trouxe o sorriso de volta ao rosto dele. Com seu corpo muito musculoso, aquelas cicatrizes e os cabelos pretos e compridos que sempre lhe caíam sobre os olhos absurdamente claros, tinha certeza de que poucas garotas diriam que ele era bonito, muito menos fofo.

Contudo, tinha certeza também de que não havia nem uma menina da minha idade que conseguiria resistir a ele. Tinha alguma coisa tão impiedosamente masculina em John que era impossível não sentir um tipo de atração magnética.

Principalmente quando ele sorria. Sorrindo, ele se transformava de um jovem delinquente que faria as meninas da escola de Isla Huesos cochicharem sobre o gostoso incompreendido, para quem definitivamente elas dariam seus telefones se ele pedisse... e talvez outras coisas.

Impossível deixar de sentir que, ao escapar com ele para o Mundo Inferior para evitar ser assassinada, eu tenha me colocado em um nível totalmente diferente de problema.

— Pierce, sei quantas perguntas você deve ter — falou —, e prometo responder a todas elas, ao menos as que puder, assim que voltar. Mas agora, saiba que quero... que *vou* fazer com que este lugar seja um lar para você, se me permitir.

Lar? O *Mundo Inferior*? Uma caverna subterrânea gigantesca onde o sol nunca brilha, submersa em uma umidade perpétua, onde pessoas mortas aparecem a cada cinco minutos?

Ergui as sobrancelhas.

— Tá. Mas primeiro, talvez seja melhor falarmos sobre...

Limites. Foi isso o que quis dizer. Mas ele me distraiu de novo.

— Sei que você nunca gostou da escola — prosseguiu John, com um sorrisinho irresistível — ou não teria sido expulsa da última. Eu sei, eu sei... foi minha culpa em grande parte. — Ele continuou sorrindo para mim. Não sei do que estava achando tanta graça. Com certeza ele não riu do que aconteceu com meu professor na época. — Mas enfim, não tem escola aqui, você vai gostar disso. Porém, ainda assim, tem bastante coisa para fazer enquanto estou trabalhando. Posso conseguir todos os livros que você precisa para terminar os estudos, já que foi o que você disse que queria. Enquanto isso, tem todos os *meus* livros...

Já tinha visto os livros dele. A maioria foi escrita antes de ele nascer, o que aconteceu mais de um século e meio antes do meu nascimento. A maioria dos livros era de poemas de amor. Na noite anterior, John tinha tentado ler um deles para me animar.

Não funcionou.

Achei que era mais educado dizer "obrigada, John" do que "tem algum livro que não seja sobre amor? E jovens casais expressando esse amor? Porque não preciso desse tipo de incentivo agora".

— E você tem o castelo todo para explorar — disse ele. Uma luz ardente se acendeu em seus olhos. — Os jardins são lindos...

Olhei, cética, para as cortinas brancas que ondulavam. Eu já tinha visto os jardins lá fora. Lírios de um negro mortal e cogumelos que deviam ser venenosos *eram* bonitos, à sua maneira, principalmente para pessoas como minha mãe, uma bióloga ambiental que adorava plantas e árvores exóticas.

Mas eu sempre preferi flores comuns, como margaridas — as que cresciam selvagens, sem serem cultivadas em um jardim. Como uma pobre margarida selvagem sobreviveria ao sofisticado lírio negro?

Na noite anterior, quando ainda estava determinada a escapar e tentei escalar os muros do jardim, vi que o castelo de John ficava em uma pequena ilha, cercado pelo mar. Não havia barcos para fazer a travessia. E mesmo que encontrasse um barco, o único lugar aonde poderia ir era a outra ilha. Essa outra ilha era onde ele trabalhava. Não havia como ir dali para onde eu queria, para o mundo dos vivos.

— Mas fique sabendo que disse aos meus homens que devem trazê-la de volta para mim se a virem em algum lugar onde não deva estar. — Será que ele leu meus pensamentos? John deve ter percebido o olhar solene que lancei a ele, pois acrescentou, com voz cada vez mais intensa: — Pierce, é para o seu próprio bem. Há perigos aqui que você...

— Você disse que ninguém pode me machucar aqui — interrompi. — Disse que estou segura neste lugar.

— Está *mais* segura porque posso lhe proteger — disse John —, mas seu coração bate e você está no mundo dos mortos...

— O *seu* coração bate — ressaltei. Já tinha sentido o batimento dele entre as mãos, tão forte e regular quanto o meu. Ele certamente estava bem em forma para uma pessoa que havia morrido há tantos anos, sem mencionar que foi de maneira bastante violenta, como mostrou meu sonho.

— Bate — concordou ele —, mas é diferente. Eu sou... o Sr. Smith já contou o que sou.

Achei estranho ele não querer dizer as palavras *divindade da morte* em voz alta. Não era como se eu não tivesse notado que ele tinha dons que não eram comuns nos em meninos de 19 anos.

Se bem que eu também estava tendo dificuldade para me comunicar, então talvez estivéssemos quites. Achei melhor deixar para lá.

— Então as Fúrias podem me encontrar aqui também? — perguntei em vez de comentar alguma coisa.

— Podem — admitiu, com a voz já de volta ao normal. — Mas vai ser muito mais difícil atacarem você em um castelo fortificado no Mundo Inferior do que na lanchonete da sua escola. Mesmo assim, até com minha presença *e* com um colar que avisa quando as Fúrias se aproximam, isso não significa que você é invencível, Pierce, por mais que queira achar isso — disse ele, puxando a corrente em meu pescoço e fazendo com que o diamante preso ali escorregasse de dentro da minha camisola e caísse em sua mão.

Prendi o ar, na defensiva.

— Mas o Sr. Smith disse que...

— O Sr. Smith é um ótimo sacristão de cemitério — interrompeu ele, levantando o diamante para que captasse a luz entrando pelos arcos de pedra. Sempre que John estava por perto, a pedra ficava com um brilho prateado profundo, a mesma cor dos olhos dele. No entanto, quando pessoas como minha avó, que definitivamente não tinham as melhores intenções no coração, estavam presentes, a pedra ficava preta, em tom de aviso. — E admito que ele se saiu melhor no trabalho do que os anteriores. Mas se ele lhe deu a impressão de que este cordão tem o poder de derrotá-las só porque foi forjado por Hades para que Perséfone soubesse quando havia Fúrias por perto, está errado. Nada pode derrotá-las. *Nada.* Acredite em mim, já tentei tudo.

As cicatrizes eram prova suficiente disso.

Só de pensar no que ele deve ter aguentado — e de lembrar as coisas pelas quais ele passou no meu sonho —, as lágrimas se acumularam debaixo dos meus cílios. Uma delas escapou e começou a descer pela bochecha antes que eu pudesse secá-la sem que ele percebesse.

— Pierce — disse ele, assustado. Parecia que nada lhe causava mais mal-estar do que minhas lágrimas. — Não *chore.*

— Não estou chorando — menti. — Eu vi o que as Fúrias fizeram com você, e é muito injusto. Precisa haver uma maneira de detê-las. *Precisa* haver. Enquanto isso, posso pelo menos voltar para avisar minha mãe sobre o que está acontecendo? Mesmo que seja por cinco minutos...

A expressão dele ficou sombria.

— Pierce — falou —, já conversamos sobre isso. Sua mãe está fora de perigo. Mas *você* não. É muito arriscado agora.

— Eu sei, mas nunca fiquei longe dela por tanto tempo sem que ela soubesse onde estou. Ela deve estar surtando. E meu primo Alex? Você sabe que ele mora com minha avó, e agora que o tio Chris está preso, Alex vai ficar *sozinho* com ela...

— *Não*, Pierce — disse John tão incisivamente que levei um susto.

Um trovão estourou, parecendo vir diretamente de cima de nós. Tecnicamente, não deveria existir nenhum fenômeno meteorológico onde estávamos — centenas de quilômetros abaixo da crosta terrestre. Mas isso era um dos vários dons especiais de John. Quando ele sentia alguma coisa muito profundamente, podia causar trovões — e raios — com o poder da mente.

Pisquei os olhos. Ele podia até querer achar o contrário, mas ficou claro que sua parte selvagem não estava domada. E por mais que John quisesse fingir que aquele lugar era meu lar, não era.

O palácio era uma prisão. Ele era o carcereiro... mesmo que estivesse me mantendo prisioneira com a melhor das intenções, para me salvar dos meus próprios parentes.

— Não precisa causar trovões — repreendi. — Um simples *não* já basta.

Ele ficou um pouco constrangido. Quando falou de novo, sua voz foi bem mais gentil.

— Me desculpe. É força do hábito. — Deu outro daqueles sorrisos de parar o coração e estendeu as palmas das mãos. — Sei de uma coisa que vai deixar você feliz.

Se eu não estivesse olhando para baixo naquele exato momento, não teria acreditado no que vi. Acharia que ele fez um truque com as mãos, que tirou da manga como um mágico.

No entanto, ele estava sem camisa e não era mágico. Já havia quase matado dois homens na minha frente usando apenas as pontas dos dedos. Viajava entre duas dimensões, o mundo dele e o meu, com muito mais facilidade do que as pessoas iam e voltavam do trabalho, pois não precisava de transporte público, nem de carro. Apenas piscava e *pá*. Lá estava.

— Pronto — disse ele —, que tal?

Como pombas chamadas pelo desejo
Ao doce ninho, com asas abertas e firmes,
Pelo ar ao sabor de seu anseio.

DANTE ALIGHIERI, *Inferno*, Canto IV.

— Eu... não entendi — falei olhando para a pequena criatura branca aninhada nas mãos dele.

— É para você — explicou John ainda sorrindo. — Para fazer companhia quando eu não estiver aqui. Sei que você ama pássaros.

Verdade. Eu tinha uma queda por animais de qualquer espécie, principalmente os doentes e machucados. Foi assim que John e eu nos conhecemos no cemitério de Isla Huesos, quando ele me encontrou, inconsolável, chorando por causa de um pássaro ferido. Eu tinha 7 anos, mas ele tinha a mesma idade de agora — a que tinha quando morreu e se tornou a divindade da morte no Mundo Inferior abaixo de Isla Huesos.

Na tentativa de acabar com minhas lágrimas de criança, ele pegou o corpo caído do pássaro. Um segundo depois, o pássaro voou. A vida do animal foi magicamente devolvida.

Como nós dois poderíamos saber que foi minha avó quem machucou a criatura de propósito, usando-a como isca para que eu encontrasse John não só naquela primeira vez, mas em uma segunda também?

Na segunda vez, como tinha 15 anos e não era mais uma criança, um tipo diferente de mágica aconteceu... o tipo de mágica que pode acontecer com quaisquer pessoas que se veem atraídas uma pela outra.

O único problema foi que dessa vez fui eu, e não o pássaro, quem morreu. E foi aqui, no Mundo Inferior, que nos encontramos.

Naquela ocasião, eu estava com muito medo do lugar — e dele, e dos meus sentimentos por ele — para pensar em ficar.

Agora, percebi que tudo era diferente. Agora, tudo que eu sentia era medo de perdê-lo da maneira terrível como o perdi no pesadelo...

... e do quão rapidamente ele conseguia afastar esse sentimento com seus beijos, como fez quando acordei em seus braços. Mas esse medo era uma coisa totalmente diferente.

Acho que, considerando nossa história, não dava para culpá-lo por achar que um pássaro de estimação daria fim a todos os meus medos. O bicho que ele tinha agora nas mãos era muito parecido com o do dia em que nos conhecemos... era como uma pomba, mas com penas pretas embaixo das asas e da cauda. É claro que minha mãe saberia exatamente que tipo de pássaro era. Foi dela que herdei meu amor por animais.

— É o mesmo pássaro...? — Interrompi a frase. Pombas não vivem por tanto tempo, vivem? Esta parecia ter os mesmos olhos brilhantes e alertas daquela no cemitério. Estava até arrulhando baixinho.

Ao contrário daquele dia no cemitério, quando John abriu as mãos, a pomba não esticou as asas e voou imediatamente. Ela ficou parada olhando em volta, percebendo os arredores e a mim. Não consegui conter uma exclamação de alegria.

John sorriu, satisfeito por seu presente ter feito sucesso.

— Não, aquele pássaro era selvagem e voltou para seu par depois que o soltamos. Esta é mansa, está vendo? — Ele esticou um dedo e o pássaro roçou a cabeça nele, alisando suas penas. — Mas ela se parece um pouco com aquele, por isso achei que você fosse gostar. Por quê? Prefere um pássaro selvagem? — As sobrancelhas dele ficaram tensas. — Posso arrumar um para você. Mas aí teria que ficar em uma gaiola para que não fugisse. Achei que você não fosse gostar disso...

— Não — respondi rapidamente. Não gostaria. Seriam dois de nós aprisionados.

Achei melhor não falar essa segunda parte em voz alta.

— Que bom — disse John, me entregando o pássaro. — Você tem que pensar em um nome para ela.

— Um nome? — Estiquei o dedo, como John, para ver se a pomba se alisava nele. — Nunca dei nome para nenhum animal. Não pude ter animais de estimação quando criança. Meu pai sempre disse que era alérgico.

As sobrancelhas de John se ergueram.

— Alérgico? Até mesmo a pássaros?

— Bem — respondi, pensando no vazamento de óleo causado pela empresa do papai e que ela recentemente teve que limpá-lo. — A alergia às vezes é uma desculpa que ele usa para alguma coisa complicada que não quer ter que resolver.

Em vez de acariciar meu dedo com sua cabeça, o pássaro abriu as asas, bateu com elas algumas vezes e voou. Soltei uma exclamação de tristeza, achando que ela não era tão mansa quanto John pensara e que iria fugir.

Contudo, a pomba voou apenas até o outro lado do quarto e parou nas costas de uma das cadeiras que pareciam tronos em volta da mesa de jantar.

— Ela está com fome — disse John com um sorriso. — E você deve estar também. O café da manhã está pronto. Desculpa não ter tempo de comer com você antes de ir, mas acho que aqui tem tudo que precisa...

Pela primeira vez desde que acordei, notei que havia alguma coisa diferente no quarto onde eu tinha dormido, fora o fato de ter um menino na cama comigo. A mesa estava coberta com bandejas de prata com frutas de todos os tipos. Pratos com torradas crocantes cheias de manteiga; bolinhos de um marrom-dourado em cestas de marfim; ovos cozidos em taças enfeitadas com joias; jarras com sucos gelados; e potes com chá aromatizado e café. Tudo isso apareceu magicamente, como se trazidos por um garçom invisível.

— John — murmurei. Eu me levantei e fui para a mesa. Olhei com espanto para os pratos de porcelana com bordas de ouro e guardanapos com bordado elaborados, presos por anéis de safira. — Como isso veio parar aqui?

— Ah — disse ele casualmente —, simplesmente veio. Quer café? — Ergueu um bule de prata reluzente. — Ou, se a memória não me falha... você gosta mais de chá. — John abriu um sorriso maldoso.

Lancei um olhar sarcástico para ele — era a xícara de chá que joguei em seu rosto quando escapei do Mundo Inferior na última vez — e me sentei na cadeira onde o pássaro descansava. Percebi que estava morrendo de fome. Não havia comido nada desde o almoço do dia anterior. E nem comi muito, pois tinha acabado de receber más notícias: as Fúrias haviam assassinado minha conselheira, Jade.

Procurei mas não encontrei nenhuma romã no meio das frutas maduras empilhadas nas tigelas de prata no meio da mesa. Havia morangos reluzentes, pêssegos brilhantes e uvas cintilantes. Mas nem um pedaço da fruta que Perséfone comeu, fruta essa que supostamente a condenou a uma eternidade no mundo dos mortos — pelo menos de acordo com a versão do mito que aprendemos na Academia Westport para Meninas...

Mesmo antes de conhecer John, sempre me perguntei se Perséfone comeu aquelas seis sementes de romã de propósito, sabendo que por seis meses de cada ano, pelo resto de sua vida, ela retornaria para o Mundo Inferior. Retornaria para Hades, seu novo marido, o que Deméter, sua mãe, definitivamente não apoiava.

A romã era considerada "a fruta dos mortos" pelos gregos. Como nativa da Grécia, Perséfone devia saber disso.

Talvez a vida com Hades — até mesmo no Mundo Inferior — fosse melhor do que a vida com sua mãe superprotetora e aquelas ninfas. Será que Perséfone simplesmente não quis machucar a mãe falando isso em alto e bom som?

Comer a comida da mesa de John devia ser seguro. Ele não ofereceria se não fosse.

— Obrigada — falei, aceitando a xícara de chá com gratidão. — Então quer dizer que uma mesa dessas aparece aqui toda manhã?

— Isso — respondeu. — Aparece. E uma no almoço, e de novo no jantar.

— Mas quem cozinha? — perguntei. Imaginei uma cozinha subterrânea com uma equipe de cozinheiros pequenos e invisíveis. — Quem serve?

— Não sei — disse ele, dando de ombros em sinal de desinteresse.

Não consegui conter uma risada.

— John, a comida aparece aqui magicamente três vezes ao dia e você não sabe de onde vem? Você está aqui há quase duzentos anos. Nunca tentou descobrir?

Ele lançou um olhar sarcástico.

— Claro que sim. Tenho teorias. Acho que é parte da compensação pelo trabalho que faço, uma vez que não há qualquer pagamento. Em vez disso, há casa e comida. Tudo que eu desejo ou que é muito necessário geralmente aparece, mais cedo ou mais tarde. Por exemplo — deu um daqueles sorrisos de derreter os joelhos —, você.

Engoli em seco. O sorriso tornava espantosamente difícil manter minha coerência na conversa, mesmo que eu tivesse começado o assunto.

— Compensação provida por quem?

John deu de ombros novamente. Ficou claro que ele não estava interessado em falar sobre aquilo.

— Os passageiros estão me esperando. Mas olhe — disse ele, levantando a tampa de um prato —, recomendo isso.

Não sei o que estava esperando ver quando olhei para baixo... um pratão de romãs? É claro que não era isso.

— *Waffles*? — Fiquei olhando para a perfeição da consistência da massa na minha frente. — Isso não faz sentido.

Ele pareceu surpreso.

— Tem alguma coisa que você quer que não está aqui? É só falar.

— Não é isso — respondi. — É que... você *come*.

John não veio se sentar comigo, visto que a corneta soou novamente. Em vez disso, sentou-se no sofá para colocar as botas. Pegou apenas uma torrada e a engoliu enquanto amarrava os cadarços.

— É claro que como — disse com a torrada na boca. — Por que não comeria?

— Eu vi a cripta onde seus ossos estão enterrados na Isla Huesos — expliquei. — Diz "Hayden", seu último nome, logo acima da porta.

Ele parecia estar muito a fim de mudar o tópico da conversa.

— E daí? — perguntou brevemente.

— Por que precisa se alimentar se está morto? — A pergunta escapou de mim enquanto comia. — E como pode ter batimento cardíaco? Por que há uma Noite do Caixão para você em Isla Huesos se você não só tem uma cripta, como me parece estar bem vivo? O que fez para acabar nesse emprego, afinal de contas?

— Pierce — disse John com voz de preocupação. Pegou um *tablet* preto no bolso e digitou rapidamente. Reconheci como sendo o mesmo aparelho que usou quando apareci no lago, onde ele procurou meu nome e viu em qual barco eu deveria ir... um barco que ele fez questão que eu perdesse. — Sei que prometi responder às suas perguntas, mas esperei poder fazer isso no final do dia sem que você me odiasse.

— John — falei. Eu me levantei e fui me sentar ao lado dele no sofá. — Você nunca poderá fazer nada que me faça odiá-lo. O que é isso? — Fiz sinal para o aparelho. — Posso ter um?

— Com certeza não — respondeu ele secamente e recolocou o aparelho no bolso. — E me lembro de uma época em que você definitivamente me odiava. — Ficou de pé. Descalço, ele já era alto a ponto de intimidar, mas com as botas de trabalho parecia uma torre sobre mim. — É por isso que não vou falar sobre meu passado... pelo menos não agora. Depois, talvez, quando você... — John interrompeu o que ia dizer e resolveu terminar de outro jeito. — Depois, talvez.

Senti meu coração apertado e me censurei por isso. No quê eu estava pensando? Que John era um tipo de anjo que arrumou aquele ofício como prêmio por bom comportamento? Ele certamente nunca havia demonstrado um comportamento angelical na minha presença... exceto quando estava salvando minha vida.

De toda forma, o que uma pessoa tinha de fazer para virar uma divindade da morte? Alguma coisa ruim, obviamente. Mas não *tão* ruim assim para serem enviadas direto para o lugar onde as pessoas verdadeiramente más, como assassinos de crianças, terminavam. Pelo que conhecia de John, acho que ser uma divindade da morte demandava uma personalidade forte, rapidez, vontade de adotar um certo conjunto de princípios e um senso básico para distinguir certo e errado...

Mas será que também demandava alguma coisa que eu não havia notado? Alguma coisa não *tão* desejável?

— Você não deve ter um podre na família tão grande quanto o meu — respondi com uma animação forçada na voz, observando-o enquanto pegava uma camiseta preta limpa dentro de um cesto. — Afinal de contas, você conheceu minha avó.

Ele colocou a camiseta pela cabeça primeiro. Não dava mais para ver seu peito nu, o que era ao mesmo tempo uma coisa boa e ruim. Também não consegui ver sua expressão quando respondeu com uma voz ríspida:

— Fique feliz pelas pessoas da minha família estarem todas mortas, assim você não precisa conhecê-las.

— Ah, hum... desculpe — falei. Esqueci o preço terrível que ele precisava pagar pela imortalidade... ver todo mundo que ele já amou na vida ficando velho e morrendo. — Isso deve... deve ter sido péssimo para você.

— Não, não foi — respondeu John com simplicidade. Vestido, virou-se para mim e fiquei chocada com a frieza em sua expressão. — Você tem sorte, Pierce, de alguma maneira. Pelo menos sua avó está possuída por uma Fúria, então você sabe por que ela está com tanto ódio. Não tem explicação para a monstruosidade das pessoas da minha família.

Fiquei tão chocada que não soube o que responder. As pessoas não deveriam falar esse tipo de coisa sobre suas famílias.

Uma vez meu pai me disse que o importante é perdoar. Só assim podemos seguir adiante...

— Com exceção da minha mãe — adicionou John. Do mesmo cesto de onde tirou a camisa, ele pegou um bracelete de couro cheio de rebites ameaçadores e começou a amarrá-lo... um item de segurança na profissão dele, eu acho. Algumas almas de partida precisavam de mais incentivo do que outras. — Ela era a única que eu... Bem, não interessa agora. Mas foi a única que se importou e então foi a única de quem senti saudade.

Meu Deus. Minha mãe. Não havia pensado nisso, mas de repente a realidade da minha situação me atingiu: eu precisaria ver minha *mãe* ficar velha e morrer.

Se bem que as pessoas que não estavam presas no Mundo Inferior também tinham de encarar esse peso... ver seus pais envelhecendo e inevitavelmente, morrendo. A diferença é que essas pessoas envelheciam *com* eles. Curtiam as férias juntos, viajavam, se ajudavam nos momentos ruins e celebravam os bons.

Será que eu conseguiria fazer essas coisas um dia? Os senhores do Mundo Inferior e suas esposas *tinham* filhos? Tenho quase certeza que li que Hades e Perséfone nunca reproduziram. Como poderiam? A vida não brotaria em um local de morte. Até as plantas no jardim de John, apesar de exóticas, tinham um ar um tanto obscuro... não por falta de cuidado, mas porque cogumelos e flores negras eram as únicas formas que conseguiam resistir a um lugar constantemente afastado da luz do sol.

Mesmo assim, se John continuasse me dando beijos na nuca capazes de provocar calafrios pela coluna e andando sem camisa por aí, seria melhor checar essa informação sobre Hades e Perséfone. Não sei por quanto tempo eu conseguiria resistir aos encantos dele, principalmente depois daquele sonho. A última coisa que precisava era de uma gravidez não planejada que resultasse em um bebê demoníaco do Mundo Inferior. Minha vida já havia se tornado complicada o suficiente.

Estava começando a pensar que, mais do que tudo, eu precisava de um quarto só para mim.

— Bem — falei, tentando manter a voz leve. Fui até ele e coloquei os braços em volta de sua nuca. Eu precisava ficar nas pontas dos pés para fazer isso. — Não foi tão ruim, foi? Você me contou uma coisa sobre você que eu não sabia. Que você não, hum, gostava de sua família, a não ser da sua mãe. Mas isso não me fez odiá-lo... me fez amá-lo um pouquinho mais, porque agora sei que temos ainda mais em comum.

Ele me encarou com um ar de preocupação.

— Se você soubesse a verdade — disse ele —, não estaria dizendo isso. Estaria fugindo.

— E para onde eu iria? — perguntei com uma risada. Torci para que não soasse tão nervosa para ele quanto soou para mim. — Você trancou todas as portas, lembra? Agora, como contou uma coisa sobre você que eu não sabia, posso contar uma sobre mim?

Ele levantou as sobrancelhas escuras e me abraçou mais forte.

— Nem imagino o que seja.

— É que estou meio preocupada com esse negócio de ser sua esposa... principalmente com isso de coabitar.

— Coabitar? — repetiu. Claramente ele nunca tinha ouvido a palavra.

— *Coabitar* significa morar junto — expliquei sentindo minhas bochechas ficando quentes. — Como fazem as pessoas casadas.

— Ontem à noite você disse que hoje em dia as pessoas da sua idade não pensam em se casar — respondeu John, apertando ainda mais o abraço e, de repente, parecendo muito mais ansioso para continuar a conversa apesar de a corneta ter soado de novo. — E que seu pai nunca aprovaria. Mas se você mudou de ideia, com certeza consigo convencer o Sr. Smith a fazer a cerimônia...

— Não — falei rapidamente. É claro que o Sr. Smith tinha autorização para casar pessoas no estado da Flórida. Por que não? Achei melhor não pensar nisso naquele momento, ou em como John obteve essa informação. — Não foi isso que quis dizer. Minha mãe me mataria se eu me casasse antes de terminar a escola.

Não que minha mãe fosse saber qualquer coisa a respeito disso, é claro. E provavelmente era melhor assim, uma vez que a cabeça dela explodiria diante da ideia de eu morar com um cara antes de sequer concorrer a uma vaga na faculdade — e mais ainda se eu *não* entrasse na faculdade. Se bem que nenhuma faculdade me aceitaria com essas notas que eu tenho, nem com meu histórico comportamental.

— Quis dizer que talvez seja melhor irmos mais devagar — expliquei. — Nos dois últimos anos, enquanto todas as minhas amigas saíam com meninos, eu estava em casa tentando descobrir como este colar que você me deu funcionava. Não estava exatamente saindo com ninguém.

— Pierce — disse ele e fez uma expressão levemente sarcástica. — É isso que acha que eu não sabia sobre você? Porque, em primeiro lugar, eu sabia, e em segundo lugar, não sei por que achou que isso seria um problema para mim.

Esqueci que John tinha nascido no século XIX, quando o único lugar onde os rapazes se encontravam com moças direitas antes de casar eram em bailes, e todas elas estavam cheias de damas de companhia... e que nos dois últimos séculos, ele passou a maior parte do tempo em um cemitério.

Será que ele sequer sabia que, nos dias de hoje, várias pessoas ficavam no primeiro encontro, e que a idade média para as meninas — e meninos também — perderem a virgindade nos Estados Unidos era 17 anos... *a minha idade*?

Pelo visto, não.

— O que estou tentando dizer — falei com as bochechas intensamente coradas — é que não tenho muita experiência com homens. Aí hoje de manhã acordei e vi você na cama comigo. Não me entenda mal, eu gostei muito. Mas por mais que tenha sido muito, muito bom, fiquei meio assustada. Porque não sei se estou pronta para esse tipo de coisa ainda. — Ou talvez o problema fosse não estar preparada para o fato do *quão* preparada eu estava...

— Preparada para...? — Ele parou de falar e franziu o rosto, como se começasse a entender. — Espere. — John desfez o abraço e deu um passo para trás. — Você acha que passei a noite com você?

— Não passou? — Pisquei os olhos. — Só tem uma cama. E... bem, você estava lá quando acordei.

Um trovão retumbou lá em cima. Não era tão alto quanto os barulhos no meu sonho, mas foi longo o suficiente — e intenso o suficiente — para que a prataria na mesa fizesse um som estranho.

E meu pássaro, que estava se limpando calmamente no encosto da cadeira, voou de repente, procurando abrigo na última prateleira da parede mais distante.

Percebi que tinha acabado de insultar meu anfitrião e que nenhuma gracinha me salvaria dessa vez.

— Para sua informação, Pierce — disse John com uma voz tão calma que incomodava —, passei a maior parte da noite no sofá. — Os olhos dele ficaram da mesma cor que a pedra do meu pingente, que estava tão negro quanto os rebites no bracelete dele. — Até de manhã cedo, quando ouvi você me chamando. Estava chorando enquanto dormia.

O gosto de água salgada na boca. Não foi da chuva por causa de um furacão violento, mas por causa do choro ao vê-lo morrendo na minha frente.

— Ah — falei, constrangida. — John, me...

Acontece que ele não tinha acabado de falar.

— Eu abracei você para *tentar confortá-la,* porque sei como este lugar é, pelo menos no começo. Não é exatamente o inferno, mas é o lugar mais próximo dele. Você não me largou. Você me segurou como se estivesse se afogando e eu fosse sua única chance de sobreviver.

Engoli em seco. Fiquei surpresa por ele ter chegado tão perto de descrever meu sonho... exceto pelo fato de tê-lo feito ao contrário. Eu fui a única chance *dele;* ele me largou, sacrificando a si mesmo para que eu pudesse viver.

— Certo — respondi. — Claro. Me desculpe. — Não dava para acreditar no quão idiota eu tinha sido, especialmente porque mamãe sempre ficou preocupada com o fato de eu falar dormindo. Pelo menos fui *bem* honesta com ele em relação à minha falta de experiência com homens. — Mas foi bom, viu? — Peguei a mão dele. — Eu disse que nunca seria capaz de odiar você...

John afastou-se do toque, exatamente como fez no meu sonho. Quer dizer, não exatamente porque ele não estava sendo puxado para longe de mim por uma onda gigante. Em vez disso, ele largou minha mão porque precisava ir embora para selecionar as almas dos mortos.

— Mas vai ser — disse ele com amargura. — Você já está se arrependendo da sua decisão de... Como é que você disse? Ah, sim... coabitar comigo.

— Não — insisti —, não estou. Só falei que quero fazer as coisas mais devagar.

Isso não tinha nada a ver com ele — tinha a ver *comigo* e com meu medo de não conseguir me controlar quando ele me beijava. Só que era muito humilhante admitir isso em voz alta.

— Podemos fazer as *coisas* na velocidade que você quiser, mas sabe que é tarde demais para mudar de ideia, Pierce — disse ele com um tom de voz ameaçador.

— Claro — respondi. Percebi que tinha feito uma abordagem totalmente errada. Onde estão aquelas revistas femininas irritantes com dicas sobre como lidar com seu homem quando a gente precisa de uma? Se bem que esse tipo de conselho provavelmente não se aplicaria para divindades da morte. — Porque as Fúrias estão me perseguindo. E prometi a você que não ia tentar escapar. Não foi isso que...

— Não — disse ele, abruptamente balançando a cabeça. — As Fúrias não têm nada a ver com isso. Não faz mais diferença se você vai tentar escapar. — John andava de um lado para o outro. Um dos músculos de sua mandíbula começou a tremer. — Achei que soubesse. Achei que tivesse entendido. Não leu Homero?

De novo, não. O Sr. Smith também era obcecado com esse tal de Homero.

— Não, John — falei, forçando um tom paciente. — Temo que não tenhamos mais tempo para estudar poetas da Grécia Antiga na escola porque surgiram muitas coisas pra gente aprender desde que você morreu, tipo a Guerra Civil e o Holocausto e fazer planilhas no Excel...

— Bem, considerando o que disse sobre as Moiras — interrompeu John impacientemente —, ler Homero teria sido melhor para você.

— As Moiras? — Eu me lembrava vagamente de ter escutado sobre elas quando estudamos mitologia grega. Eram bisbilhoteiras que dirigiam o destino de todo mundo. — O que Homero disse sobre elas?

Ele passou a mão nos cabelos. Por algum motivo, evitou meu olhar.

— As Moiras decretaram que qualquer pessoa que comer ou beber no mundo dos mortos deve permanecer lá para sempre.

Fiquei olhando para ele.

— Tá — respondi —, mas só se comem sementes de romã, como Perséfone. A fruta dos mortos.

John parou de andar de repente e olhou para mim. Seus olhos pareciam me incendiar até a alma.

— Perséfone por acaso estava comendo sementes de romãs quando estava no Mundo Interior — disse. — Por *isso* que elas são chamadas de frutas dos mortos. Mas a regra é para *qualquer* comida e bebida.

Uma sensação estranha de dormência se espalhou pelo meu corpo. Minha boca ficou muita seca para que conseguisse falar.

— Independente do que sinta por mim, Pierce — continuou ele, sem piedade —, você está presa aqui comigo para o resto da eternidade.

Ó ambição cega, ó ira louca
Que nos impele nessa curta vida,
E duramente nos submerge no eterno!

DANTE ALIGHIERI, *Inferno*, Canto XII.

Não tinha ódio dele.

Depois da agonia de vê-lo sendo carregado por aquela onda no meu sonho, sabia que nunca seria capaz de odiá-lo.

Cuide-se antes de se detonar. Era a frase que estava tatuada no punho da minha conselheira, Jade. Sempre tentava me lembrar dessas palavras, não só porque ela estava morta e em parte por culpa minha, mas porque às vezes, quando ficava com raiva, coisas ruins aconteciam. Pessoas se feriam.

No passado, era sempre John que causava essa dor.

Agora, quando eu ficava com raiva, era ele quem se machucava.

Provavelmente foi por isso que, quando foi embora, fiquei chorando no mesmo sofá onde ele disse ter passado a noite. Não estava chorando porque o odiava. Estava chorando porque odiava a mim mesma.

— Você sabia. — Fiz essa acusação quando finalmente consegui falar depois de ouvir a revelação dele. — E não me contou. O tempo todo que fiquei sentada comendo *waffles* você sabia e não me contou. Você... me enganou!

— Não te enganei — insistiu. — Achei que você soubesse!

Logo percebi que a escola particular e cara que meu pai insistia em pagar não tinha valido nada. Toda a informação que aprendi na Academia Westport para Meninas em Connecticut estava errada, ou era inútil para minha atual vida como esposa de uma divindade da morte.

— *Você* comeu — falei para ele em tom de acusação —, vi você comendo. E *você* sai daqui o tempo todo. Já vi você em Connecticut, em Isla Huesos...

— Eu falei que você *nunca* vai poder sair? — indagou.

— Não, mas...

— Mas toda vez que sair, vai ver seus amigos e família avançando na vida, ao passo que você não vai envelhecer e sempre terá de voltar para cá... para mim. — A voz dele ficou amarga. — Estou vendo como isso a deixa feliz.

Senti *mesmo* vontade de chorar — não diante da ideia de passar a eternidade com ele, mas de ver minha mãe envelhecer e morrer bem diante dos meus olhos. Sempre sentia vontade de chorar quando pensava nisso.

John amoleceu ao ver as lágrimas e implorou:

— Pierce, você estava com fome. Precisava comer. Se eu *tivesse* falado alguma coisa sobre isso, você teria feito o quê... ficado sem comer?

— *Sim* — falei sem pensar —, é claro.

A calma dele desapareceu. Até os ombros ficaram tensos.

— Você tem noção que acabou de dizer que prefere morrer de fome do que ficar comigo?

Ele tinha razão. Fiquei tão envolvida nas minhas próprias emoções que não percebi o quanto estava sendo insensível com ele. Toquei sua mão.

— John, me perdoe. Não me expressei muito bem — disse. — O que quis dizer foi...

— Acho que você foi bem clara — disse ele. Um trovão ressoou lá em cima de novo, porém não tão alto quanto antes. Era um som resignado... como a atitude dele. — Talvez você tenha razão e eu tenha enganado você. De qualquer maneira, agora sabe a resposta para sua pergunta, não é... Por que fui escolhido para este cargo.

Difícil admitir que o lado obscuro dele fosse mais negro do que suspeitei anteriormente.

Ainda assim, isso não mudava o fato de que ele havia salvado minha vida quando teria sido bem mais fácil não fazê-lo. Por que ter todo esse trabalho para me impedir de sofrer a dor da morte outra vez quando ele simplesmente poderia ter me deixado morrer e ficar ao seu lado enquanto espírito? Eu não conseguia acreditar que John era mau... ao menos não tão mau quanto ele parecia querer me fazer acreditar.

— John, me desculpe pelo que disse antes — falei honestamente. — Mas você precisa admitir que não há ninguém, nenhuma pessoa *racional*, que gostaria de viver neste lugar para sempre se tivesse a mínima oportunidade de ir embora.

— Então essa é a diferença entre nós — respondeu ele. Dava para ver que estava tentando agir como se não se importasse, mas havia uma dor em seus olhos que nenhum sarcasmo podia esconder. — Eu *gostaria* de viver neste lugar para sempre se isso significasse viver ao seu lado. E apesar de saber que isso significa que um de nós não é exatamente *racional*, parece que estou conseguindo o que quero. Então recomendo que você se acostume à ideia, Pierce, e aprenda a viver com isso. E comigo.

Um segundo depois, ele soltou minha mão e depois — exatamente como no meu sonho — já não estava mais lá.

Foi quando me joguei no sofá.

Sabia que chorar era idiotice. Odiava chorar e isso nunca resolvia nada.

No entanto, não dava para evitar. Não, porque graças a seres misteriosos chamados de Fúrias, eu aparentemente não podia impedir que pessoas totalmente inocentes, como Jade, se ferissem nas mãos de monstros como minha avó. Não, porque graças a outras forças misteriosas chamadas Moiras, eu aparentemente teria de viver para sempre no Mundo Inferior, só porque comi alguns *waffles*.

O que mais machucava era ter magoado John. O peso *disso* me fez chorar com mais intensidade...

... até perceber que parte do peso estava ali literalmente. E que repousava sobre minha cabeça.

— *Ah, meu Deus* — gritei, sentando-me.

O pássaro bateu as asas com indignação e foi até a mesa de jantar, onde começou a ciscar as migalhas que deixei. Era melhor isso do que se a pomba tentasse fazer um ninho no meu cabelo, mas não tão melhor.

— Acho bom parar — falei, enxugando os olhos. — Ou você também não vai conseguir sair daqui nunca mais.

O pássaro levantou a cabeça e olhou para mim com ar de questionamento, como se avaliando meu valor moral, depois voltou à refeição.

Isso doeu. Mesmo que a pomba estivesse certa.

Me lembrei da expressão de esperança nos olhos de John quando me deu o bicho. Pareceu bastante com minha reação quando ele me deu o colar, há quase dois anos.

É para você — disse ele. — *Para fazer companhia quando eu não estiver aqui. Sei que você ama pássaros.*

Eu soube que ao me deixar encarregada de cuidar de um pássaro, John estava tentando substituir a dor no meu coração pela saudade de todos na minha casa. Talvez também quisesse mandar outra mensagem: lembrar que *aquela* era minha casa agora, e que havia outros ali que precisavam do meu carinho, talvez até mais do que as pessoas que deixei.

— Talvez — falei para o pássaro. — Posso começar cuidando de você e depois dele. Ele sempre precisou de um pouco de carinho, não acha? Apesar de não gostar de admitir isso.

Sei que as coisas estavam ruins — *muito* ruins — pelo fato de estar conversando com um pássaro. Mas e daí? Não tinha ninguém me ouvindo.

— Mal não vai fazer. E talvez dê em alguma coisa boa. Vamos manter a esperança, né?

Quando falei a palavra *esperança*, o pássaro finalmente olhou para mim e começou a arrulhar.

— Ah, meu Deus, não — falei, mortificada. — Por favor, não me diga que você quer se chamar Esperança. É muito clichê para um pássaro que vive no Mundo Inferior.

A pomba abriu as asas e voou no corredor.

Decidi segui-la, não porque achava que havia algum perigo esperando por ela no banheiro (para onde ela foi, e por onde, por experiência própria, eu sabia que não tinha saída), mas porque eu precisava me arrumar.

Entendi por que o pássaro gostava dali. Havia uma banheira no chão, alimentada por água quente natural — que vinha borbulhando do fundo — e uma cachoeira fumegante caía constantemente de uma abertura no teto de pedra, onde musgo e trepadeiras cresciam. Esperança — embora eu me recusasse a chamá-la assim, exceto em minha cabeça — ficou voando de lá para cá, mergulhando a cabeça várias vezes, seus arrulhos ecoando pelas pedras, enquanto eu tomava banho.

Na verdade, tudo que eu esperava era encontrar uma escova de dentes, xampu e talvez alguma outra coisa para vestir que não fosse a camisola com a qual dormi. Possivelmente o Mundo Inferior era tão sinistro que as Moiras — ou sei lá quem fornecia a comida e outras coisas — decidiram que era melhor não economizar.

John dissera durante o café da manhã que tudo que ele queria ou precisava muito geralmente aparecia. Será que era por isso que todas as coisas que eu queria estavam lá, com um perfume divino e muito macias? Era só querer e elas apareciam? John com certeza não parecia ser o tipo de homem que passa hidratante. E o cheiro dele era sempre o da madeira queimando na lareira, e não de flor de laranjeira e lavanda.

Ou será que aquelas coisas estavam lá porque John me queria, e assim vinham no mesmo pacote?

Seria essa a explicação para o que encontrei no grande closet ao lado do banheiro? De um lado havia as roupas de John, penduradas com uma organização quase obsessiva (ao contrário da arrumação ao acaso das botas).

No outro lado, dezenas dos vestidos brancos longos e esvoaçantes que John gostava tanto de me ver vestindo. Alguns eram de seda, outros, de algodão, alguns, de mangas compridas, outros, sem manga, mas todos exatamente do mesmo tamanho.

— Ótimo — falei para o pássaro, trincando os dentes. Nada contra vestidos. O que me incomodava um pouco era estar limitada a uma escolha entre *nada* além de vestidos. Acho que a seleção de roupas era sintomática da época em que John viveu, então não era totalmente culpa dele, visto que os direitos entre homens e mulheres não eram tão iguais naquela época.

Escolhi o vestido que achei ser o mais moderno entre todos no closet — havia sapatos também, de todos os tipos. Todos serviam nos meus pés como se tivessem sido feitos sob medida. Encontrei um espelho de corpo inteiro com moldura dourada no corredor ao lado da sala principal, onde ficavam a cama e a mesa de jantar. O pássaro estava em cima da moldura.

Foi em vão.

— Estou realmente a *cara* da Branca de Neve, não é? — perguntei ao pássaro quando vi meu reflexo.

Bem, só porque estava vestida como uma princesa não significava que eu precisava agir como uma... pelo menos não uma que dorme o tempo todo. Eu podia ser uma princesa valente. Talvez até como uma daquelas que foge do castelo em que estão aprisionadas, como Rapunzel ou a princesa Leia.

— Não é? — perguntei para o pássaro.

Ela arrulhou alegremente em seu poleiro. Provavelmente, sabia tanto quanto eu que John havia trancado todas as portas que levavam de volta ao meu mundo.

— É — disse —, nem precisa falar. Eu já sei. Cada uma daquelas princesas acabou se casando com seus salvadores, ou com seus algozes, como a Bela de *A bela e a fera*, e Perséfone.

Só que, ao contrário de Bela, Perséfone não era ficção. Eu tinha o cordão dela como prova.

Se ao menos ela tivesse deixado outras dicas úteis sobre ser esposa do governante do Mundo Inferior...

Não foi por esse motivo que comecei a mexer nas prateleiras de John. Procurava por algum livro sobre pássaros para ver o que poderia dar de comer para Esperança, cujo nome não era esse.

Os livros dele — havia centenas, talvez até milhares — estavam tão mal organizados que achei melhor arrumá-los por categoria. Estava aceitando a sugestão de John e me acostumando a tudo. A ele.

Se durante a organização eu por acaso descobrisse alguma coisa que pudesse me ajudar a viver no Mundo Inferior ou que revelasse alguma coisinha sobre o passado de John, e daí?

— Sou nova aqui — falei para Esperança. — Não sei as regras.

Encontrei bastante coisa dentro das muitas caixas que John mantinha em todos os cantos. Algumas eram lindas

— laços de seda, fios de pérolas, inúmeros instrumentos de bronze. Identifiquei alguns como equipamentos náuticos, incluindo uma bússola, um telescópio dobrável e o que parecia ser o sino de um navio. *Liberty, 1845* estava inscrito nele.

O Sr. Smith dissera que o colar que John me deu foi visto pela última vez na descoberta de um barco que desapareceu em um furacão em outubro de 1846... o mesmo furacão que inundou o cemitério de Isla Huesos, levando todos os caixões para o mar, e o mesmo em que John morreu, segundo o Sr. Smith insinuou.

Mas John *não estava* morto. Então eu não sabia o quão precisa era a informação dada por ele.

Foi só quando abri a tampa de uma pequena caixa, sobre a qual Esperança ficou encolhida durante toda a minha discussão com John, que vi uma coisa que talvez tivesse valor para mim

Era uma mochila escolar. A *minha* mochila.

Nela estavam todas as coisas que me lembro de ter jogado lá dentro na manhã antes de minha vida mudar de forma tão dramática, antes de John me levar para o reino dos mortos para salvar minha vida. Minha carteira. Meu livro de economia. Minha jaqueta jeans para quando sentisse frio na escola graças ao ar condicionado central incrivelmente forte. Meus cadernos, canetas, chaves de casa, bolsinha de maquiagem, caixa de remédios, escova de cabelos, chiclete sem açúcar.

Fiquei tão feliz em ver aqueles objetos familiares que meus olhos se encheram de lágrimas. Mas... que possível serventia teria meu cartão de débito se não havia caixa 24 horas naquele lugar? Percebi que minha carteira era inútil ali. Assim como meu livro de economia. Até mesmo meu celular, que ainda estava no bolso especial onde o guardava. Era mais do que fofo saber que John tinha guardado tudo, mas...

— Meu celular — falei para Esperança, prendendo a respiração. Ela piscou para mim.

Não sei o que me fez ligar o aparelho. Não estava esperando ver nada além da mensagem: sem serviço.

Por outro lado, fiquei ali parada segurando o aparelho e pensando em como minha família devia estar preocupada por causa do meu desaparecimento — todos menos minha avó, é claro, que provavelmente devia estar contando mentiras horrorosas sobre aonde fui e com quem. Me ocorreu que, ao menos uma vez, seria legal se as Moiras fizessem alguma coisa por *mim*. Foi bom achar minha mochila, mas não foram *elas* que a guardaram. Foi John.

E não encontrei a mochila com a ajuda delas. Foi com a ajuda de Esperança.

Era claro que eu estava por minha conta no Mundo Inferior, pelo menos no que dizia respeito às Moiras.

Estava prestes a desligar o celular — pensando em salvar bateria para ao menos poder ver fotos de mamãe, papai, tio Chris e do primo Alex nos momentos de tristeza — quando abaixei a cabeça e notei que um vídeo estava passando na tela do aparelho.

Só que eu não havia apertado nenhum botão.

Tinha baixo alguns filmes no meu celular, mas não reconheci aquele. Era um vídeo do meu primo Alex.

Eu me mudara para Isla Huesos há pouco tempo e estava começando a conhecer a parte materna da família, com a qual papai nunca se deu bem. Nunca tinha feito um filme de Alex e, até onde eu sabia, ele nunca tinha me enviado um.

Mesmo que eu *tivesse* recebido, duvido que esse fosse o tipo de filme que ele faria. Nas imagens, Alex estava lutando para sair de um tipo de caixa, batendo nos lados como se estivesse preso.

Não havia som. Não importava o quanto eu mexesse no volume, não dava para ouvir nada, apesar de os lábios de Alex estarem se movendo.

Uma suspeita terrível começou a crescer em mim. Alex não fazia teatro como atividade extracurricular, e nunca expressou interesse por cinema.

A suspeita virou medo.

A iluminação era muito fraca, mas o rosto de Alex parecia estar sujo. No meio da sujeira corriam listras brancas, que percebi que eram lágrimas.

Foi quando tive certeza: Alex não estava encenando.

E me disse: "Que fortuna ou que destino
Antes da morte conduziu-lhe aqui?
E quem é esse que lhe mostra o caminho?"

DANTE ALIGHIERI, *Inferno*, Canto XV.

Não sei por quanto tempo fiquei ali sentada, em choque, assistindo a Alex lutar dentro da caixa. Não entendi direito o que estava vendo, muito menos *como* eu conseguia ver, ou por quê.

Só sabia que alguém de quem eu gostava estava em uma situação muito ruim. Não era uma coisa que eu iria ignorar — principalmente depois do que aconteceu com Jade e, antes disso, com Hannah, minha melhor amiga, em Westport. As duas morreram... talvez não diretamente por minha causa, mas eu podia ter feito mais para evitar essas mortes, ainda mais que a de Jade foi diretamente relacionada às Fúrias.

Uma única olhada para o diamante no meu cordão me disse que o que estava acontecendo com Alex também podia estar ligado às Fúrias. Em vez do cinza de sempre, a pedra estava preta...

É claro que eu estava morrendo de medo.

Precisava encontrar John, e rápido. Precisava contar para ele. Alguma coisa terrível estava acontecendo em Isla Huesos. Alguma coisa tão horrível que o diamante de Perséfone sentiu a vibrações das Fúrias vindas do vídeo de um celular.

— Isto é a *prova* — falei para Esperança — que me trazer para o Mundo Inferior não fez com que o problema desaparecesse.

Só que Esperança não estava mais na cadeira onde a vi empoleirada, ocupada em realizar seu ritual de arrumação de penas. Ela estava encolhida na prateleira alta de onde tirei a caixa com minha mochila. Sua cabeça estava escondida embaixo da asa.

— O que houve com você? — perguntei, o que provava que eu estava perdendo totalmente a cabeça. Como se o pássaro fosse me responder.

Então escutei: o barulho de pés em um chão de pedrinhas.

Não havia como confundir o som... principalmente porque o pássaro também ouviu. Esperança levantou a cabeça o olhou para os arcos de pedra que davam no jardim.

Só então notei que o café da manhã tinha desaparecido. Alguém — ou alguma *coisa* — tinha vindo e retirado tudo, provavelmente enquanto eu tomava banho. Com certeza, eu não estava tão concentrada no vídeo a ponto de que ele — ou ela, ou a *coisa* — fizesse isso na minha frente.

Segui o olhar da pomba. Ela observava as cortinas brancas e compridas, balançando suavemente com a brisa. Foi quando vi, no canto do olho, a mesma coisa que ela viu... uma sombra escura se movendo do outro lado dos arcos de pedra.

Eu não estava sozinha.

— Quem está aí? — berrei, dando um pulo do sofá onde estava afundada. Segurei o celular desesperadamente, como se fosse uma arma.

Nenhuma resposta veio do jardim.

O silêncio não foi tranquilizador. Meu diamante estava preto — talvez não porque meu primo estivesse em perigo, como havia pensado, mas porque *eu* estava.

Está mais segura porque posso lhe proteger. As palavras alarmantes de John vieram à mente. *Mas seu coração bate e você está no mundo dos mortos.*

A pessoa no jardim podia ser John. Só que meu colar nunca ficou preto na presença dele. Sempre ficava da cor de seus olhos, um cinza-prateado.

E por mais que o clima não estivesse muito bom quando John foi embora, ele não teria pelo menos dado oi?

— John? — chamei. Minha voz saiu estranhamente aguda e frágil. Pigarreei e perguntei de novo: — John? — Melhorou. Saiu com mais autoridade. — É você?

Nada aconteceu. Ninguém apareceu no meio das cortinas.

Posso jurar que vi outra sombra.

— John — falei, minha voz aparentando mais pânico —, se for você, pode vir aqui? Tem uma coisa que realmente precisamos discutir.

É claro que ninguém respondeu. Tinha certeza de que não foi porque John estava me dando um gelo.

Sempre me perguntei o motivo pelo qual, nos filmes de terror, a menina sozinha na casa acha que é uma ideia muito boa sair para investigar o barulho estranho. Por que ela simplesmente não ficava dentro da casa, onde era seguro, até que a polícia chegasse?

Agora eu entendia um pouco melhor. Não sou uma pessoa particularmente corajosa — exceto, talvez, quando se trata de resgatar pessoas e animais que não sejam eu, e geralmente quando chego para ajudar já é tarde demais. Mas eu precisava fazer *alguma* coisa. Não dava para ligar para a polícia porque ela não existia no Mundo Inferior. Não fazia ideia de como falar com John. Ele não me deu um daqueles *tablets* que usava, e eu certamente não tinha o número dele (nem sabia se ele tinha um) para ligar com meu celular... que aparentemente só funcionava para passar vídeos do meu primo preso dentro de uma caixa. E eu não ficaria esperando para que a tal coisa lá fora entrasse para *me* pegar.

Peguei um candelabro dourado e pesado que ficava na cornija. Não queria machucar ninguém, mas se alguém fosse me machucar primeiro, com certeza eu agiria em legítima defesa.

Segurei o castiçal como se fosse um taco de beisebol e fui com cuidado até o arco onde tinha visto a sombra. O material da cortina era fino o suficiente para que eu pudesse ver os arbustos altos e até mesmo o formato da fonte do outro lado.

Qualquer uma daquelas formas podia ser uma Fúria esperando para pular, avisei para mim mesma. Os demônios vêm em vários tamanhos. Os sátiros na tapeçaria do quarto de John eram prova disso.

Com o coração batendo na garganta, puxei a cortina, pronta para bater com o castiçal em qualquer coisa que se movesse...

Mas nada se moveu. Vi apenas o jardim com seus caminhos de pedra obscuros e árvores com galhos caídos. Vi também a fonte, onde no meio havia a estátua de uma mulher linda com vestido longo, jorrando água de uma ânfora que parecia nunca esvaziar.

Não dava para entender. *Havia alguma coisa* lá fora. Eu tinha certeza. O pássaro — talvez até mesmo o diamante — me avisaram.

Abaixei o castiçal, passei pela cortina e fui até o caminho de cascalho. O ar úmido e gelado me abraçou como se fôssemos velhos amigos. O barulho da fonte silenciava todos os outros.

Até que uma figura pulou de trás de um arbusto.

Berrei e me virei a tempo de vê-lo se abaixando para passar por um dos arcos. Eu o segui e entrei na sala, mas só encontrei Esperança, que saiu do poleiro e veio até mim. As asas dela ficaram presas na cortina porosa logo acima da minha cabeça, fazendo com que o tecido me encobrisse. Dei outro berro e tapei o rosto com as mãos para proteger os olhos. Quando finalmente consegui nos livrar da cortina, vi que ele tinha ido embora.

Vi também que não era nenhum tipo de criatura sobrenatural, como as da tapeçaria. Não era um sátiro ou um esqueleto ambulante, nem mesmo um homem. Era uma criança, um menino que não devia ter mais do que 10 ou 11 anos de idade.

Vestia a roupa mais estranha que já vi na vida — contando com o vestido que eu estava usando.

Quando cheguei perto, ele estava correndo... ou tentando correr, considerando que carregava uma das bandejas de prata com as comidas do café da manhã no quarto de John — no nosso quarto, melhor dizendo.

No entanto, isso não o impediu de ser tão rápido quanto um inseto.

Assim que o choque inicial passou, percebi que era muito improvável que um menino de 10 anos que corria para *longe* de mim quisesse me fazer mal. Principalmente por estar vestido no que devia ser a última moda da década de 1840 — calças pretas até os joelhos, meias brancas, sapatos pesados e enormes com fivelas prateadas; uma jaqueta de veludo azul exageradamente grande sobre uma camisa que deve ter sido branca um dia, mas já bastante encardida.

Se ele tivesse aparecido naqueles trajes em qualquer outro lugar — exceto em uma feira da Renascença —, seria muito zoado. No Mundo Inferior, até que ficava bem.

— Peraí — berrei. Para uma criança carregando dez quilos de prata, ele parecia excepcionalmente hábil. Já estava no meio do corredor. — Volte aqui!

— Desculpa. — Ele nem sequer reduziu o ritmo para olhar para mim. — Nós não podemos falar com você.

— O quê? — Precisei começar a correr, e levantar a saia do vestido, para alcançá-lo. — Quem disse que vocês não podem falar comigo? Quem é *nós*?

Minha cabeça estava rodando. John não havia dito nada sobre outros moradores no castelo. Fúrias, talvez, mas não pessoas. Só disse que se alguns de seus "homens" me vissem onde eu não deveria estar, tinham ordens para me levar direto até ele.

Essa pessoa não era um homem... nem uma Fúria. Quando olhei para a pedra novamente, vi que tinha ficado cinza de novo. O perigo havia passado. A não ser que o único perigo fosse aquele que ameaçava Alex...

O menino, enquanto isso, continuou a andar quase correndo. Os candeeiros no corredor mal iluminavam, formando sombras oscilantes em todos os cantos, inclusive nas longas cortinas de veludo vermelho que ficavam ao lado de cada porta — todas trancadas. Já havia tentado abrir as portas do corredor mais cedo. Não fazia ideia de aonde o menino estava indo.

— O que você estava fazendo no jardim? — indaguei. — Quanto tempo ficou lá? — Um pensamento repentino e aterrorizante me ocorreu. — Você estava me *espionando*?

Isso chamou a atenção dele, que parou por um bom tempo e virou um par de olhos azuis enormes para mim.

— Não — declarou, indignado. — Estava levando as coisas do seu café da manhã de volta para a cozinha. Mas aí você voltou e não parava de brincar com seu espelho mágico. Então precisei me esconder porque o capitão disse que não podemos falar com você. Eu *não* estava espionando.

— Ah — disse, constrangida pela resposta. Ele havia soltado uma série de nomes e objetos não muito familiares. Quem era o capitão? Que espelho mágico? Sendo assim, fiquei sem saber o que responder.

— E o capitão não vai gostar de saber que você estava bisbilhotando as coisas dele — acrescentou o menino, num tom obscuro. — Ele tem muito cuidado com elas.

Segui a direção do olhar dele e vi que eu ainda segurava o castiçal.

— Ah — falei, sentindo-me constrangida novamente por ter sido pega armada contra uma pessoa que, no meu mundo, estaria no sexto ano. Eu me virei e coloquei o castiçal em uma pequena mesa de mármore. Olhei para ele e ofereci ajuda, pois o menino era muito pequeno, e a bandeja, muito grande, além de parecer estar tão pesada...

— Bem, me deixe ajudar você...

Foi um erro.

— *Não* — disse ele, disparando outra vez. — O capitão Hayden mandou que *eu* fizesse isso.

Capitão *Hayden*?

— Está falando de John? — perguntei e o segui.

— Sim, claro — disse o menino tirando sarro, como se minha ignorância fizesse com que *eu* fosse a louca. — Quem mais seria?

Quem era aquele garotinho? E que história era aquela de "capitão"? John podia ter mais de 180 anos no tempo da Terra, mas fisicamente tinha apenas 18 ou 19. Eu não sabia muito sobre coisas do mar, mas sabia que essa posição, até mesmo nos velhos tempos, tinha a ver com antiguidade.

— Você pode me levar até o, hum, capitão Hayden? — perguntei ao menino. — Porque eu preciso vê-lo agora. — Precisava perguntar sobre o que tinha visto no meu celular... e agora tinha de perguntar quem mais estava no castelo além de nós.

— Como posso levar você até ele — perguntou o menino, fazendo uma careta —, se ele disse que não posso nem falar com você? Isso seria uma desobediência direta, e eu nunca desobedeço ordens.

Nunca estrangulei uma criança — não passava muito tempo com elas, na verdade —, mas estava pensando seriamente em fazer isso naquele momento.

— Sim — falei, com os dentes trincados —, mas é uma emergência, tenho certeza que ele não vai se importar. Ele me deu este colar, está vendo? — Tirei o diamante de dentro do corpete do vestido. — Ele me avisa sempre que há uma Fúria por perto e acabou de me dizer que um minuto atrás havia uma. — Era um pequeno exagero, mas o menino não precisava saber disso.

Ele olhou para o diamante sem demonstrar estar impressionado.

— Já vi esse colar. Eu era camaroteiro no *Liberty*.

O nome era familiar. Lembrei de tê-lo visto em um sino. *Liberty, 1845* inscrito no sino de cobre em uma das prateleiras de John.

O que era camaroteiro? E o que era o *Liberty*?

Entretanto, expor minha ignorância para aquele menininho não seria a escolha mais inteligente.

— Que legal — respondi, sorrindo. A intenção era ser amigável, e não completamente forçada. — Sou Pierce Oliviera. Qual seu nome?

— Henry Day — disse. — E eu sei quem você é. Todos nos lembramos de quando esteve aqui a última vez. Não dá para esquecer, né? Nada foi o mesmo depois daquilo. Sabia que esse colar é amaldiçoado?

— Sabia — respondi com o sorriso congelado no rosto. Como assim *todos nos lembramos de quando você esteve aqui a última vez*? — É o diamante de Perséfone. Traz má sorte para todos que o tocarem... a não ser que a pessoa em questão seja a escolhida para ser a esposa do rei do

Mundo Inferior. Como você pode ver — falei, com o sorriso mais forçado ainda —, estou bem.

Foi estranho falar *a escolhida para ser a esposa do rei do Mundo Inferior* em voz alta. Estranho e um pouco pretensioso. Especialmente porque eu ainda não estava convencida de que era isso mesmo que eu era.

Nem aquele menino, obviamente — a julgar por sua resposta.

— Só que a senhorita não está bem, não é? — Henry não tirou os olhos de mim. — A senhorita está aqui.

Isso tirou o sorriso do meu rosto.

— Posso ir agora, senhorita? — perguntou o menino. — Esta bandeja está pesada. E ele disse que não deveríamos falar com você.

— É... é claro — gaguejei. O que é que eu estava achando? Eu realmente pensei que iria convencê-lo? Nem mesmo um garotinho acreditou que eu era mais do que Pierce Oliviera, recentemente jubilada da escola e sobrevivente de uma EQM — experiência de quase morte. Não era rainha nem do Mundo Inferior, nem de nenhum mundo. — Mas realmente preciso ver o seu, hum, capitão. Se puder me dizer onde posso encontrá-lo...

— Ele está na praia — disse Henry, sem ser de grande ajuda. Ele virou-se e abriu a porta com o quadril... uma das portas que estava trancada na noite anterior. — Ele está trabalhando. Se eu fosse a senhorita, não o atrapalharia... nem mesmo por causa da Fúria que acha que viu. Além disso, não é para você sair desta parte do castelo. Não é seguro.

E desapareceu pelo corredor.

Coloquei o pé na porta antes de bater e fechar. Acho que ele não percebeu que a trava não clicou.

Sobre mim, ouvi um som que agora era familiar. Olhei para cima e vi que Esperança tinha parado em uma das figuras de pedra na parede do corredor. Como todos os outros tipos de pomba, ela parecia ter afinidade com estátuas. Balançava a cabeça para cima e para baixo, como se estivesse doida para me contar alguma coisa.

— Pode esquecer — sussurrei para ela. — Você fica aqui.

Não me arrependi da decisão. Exceto por não ter ficado onde era seguro, como Henry havia me alertado. E por ter deixado o castiçal para trás.

A morte é pouco mais do que o amargo;
Mas para tratar do bem, lá encontrado,
Falarei sobre outras coisas que vi.

DANTE ALIGHIERI, *Inferno*, Canto I.

O cachorro estava em cima de mim antes que eu desse o segundo passo.

Não era o cachorro que o livro de mitologia grega da escola descrevia, Cérbero, que tinha três cabeças e montava guarda nos portões do Mundo Inferior.

Mas era parecido.

Suas gigantes patas dianteiras pousaram em meus ombros, me empurrando contra a porta pela qual havia acabado de passar e diante da qual fiquei presa que nem uma borboleta exposta em um museu. Em pé nas patas traseiras, ele colocou os caninos afiados a centímetros de meu rosto e rosnou. A baba escorria em longos fios brancos até o chão de laje.

Ouvi alguém berrar "Tifão!" atrás dele, com voz firme. O cão não se moveu, olhos vermelhos focados em mim, hálito fedido e quente em meu rosto. Eu era a estranha que ousava violar seu espaço, portanto era eu que tinha de encarar sua ira.

Um segundo depois, a mão violenta segurou a coleira de rebites do cachorro e puxou o bicho para longe de mim. Ele ganiu como um cachorrinho, sua língua enorme balançando e o rabo, igualmente grande, de um lado para o outro, enquanto era jogado por uma porta lateral que parecia dar no jardim do estábulo. Então ficou sentado choramingando, arranhando a porta para entrar de novo. Aparentemente bastante triste por não poder me comer de lanche.

Foi só então que me senti segura o suficiente para virar a cabeça e olhar em volta.

Vi que estava em uma cozinha que, como o resto do castelo de John, era toda feita de pedra, com teto alto e arqueado. Só havia duas rotas de saída: a porta por onde tinha entrado e onde fui presa (agora, estava inclinada nela para ter apoio), e a outra porta que dava para o estábulo, onde o homem vestido de couro preto havia jogado o cachorro de John. É onde acho que John guardava seu cavalo, Alastor, outra criatura do Mundo Inferior que me odiava.

Ele precisaria entrar na fila então. O menino que puxou Tifão de cima de mim estava há alguns passos, ao lado da mesa de madeira que ficava no centro da cozinha. Ele me encarava e, a julgar pela sua expressão, me odiava mais ainda do que o cachorro. Difícil não notar o tamanho de seus bíceps descobertos — não tão grandes quanto os de John, mas impressionantes mesmo assim —, uma vez que ele estava com os braços cruzados, deixava os músculos protuberantes. O fato de ao redor dele estarem tatuadas coroas de espinhos de aspecto sinistro só chamava mais ainda a atenção.

Difícil dizer se era por isso que ele era mais chamativo do que todo o resto ou se era porque, como diria minha amiga Kayla, ele era mega gostoso, apesar da cicatriz que começava na testa, passava pela sobrancelha escura e ia até o meio da mandíbula esquerda. Quem quer que tenha empunhado aquela faca, felizmente — para ele — poupou seus olhos negros.

Não tão felizmente para mim, pois ele ainda era capaz de usar ambos os olhos para me dar uma olhada matadora.

— Uhm — murmurei, finalmente sentindo o fluxo de sangue retornando para os membros. —Acho que é melhor castrar esse cachorro.

O menino com as tatuagens de espinhos riu.

— Acho que ela vai querer que *todo* mundo aqui seja castrado — disse.

— Frank! — exclamou um senhor que eu não tinha notado. Ele estava em pé ao lado de uma lareira gigante que tomava quase toda a extensão da parede lá no canto. Em cima da lareira havia vários potes pretos, de onde parecia emanar o cheiro podre que preenchia o ar. Ou vinha deles ou do cachorro. — Tenha modos, por favor. Henry, por favor, ofereça chá para a convidada do capitão. Acho que ela está precisando.

— Ela não é convidada do capitão, Sr. Graves — disse o menino tatuado: Frank, como chamou o senhor. — Os convidados geralmente não ficam confinados nos aposentos. Os prisioneiros, sim. E prisioneiras não recebem punições quando desobedecem ordens?

Um brilho passou por seus olhos escuros quando disse *punições*, o que sugeria que ele gostava de administrá-las.

Agarrei as costas de uma cadeira que estava por perto e me sentei. Tenho certeza que pareceu ser um movimento natural, e não que meus joelhos perderam a força, o que sem dúvida foi o que aconteceu.

— Pare de tentar assustá-la, Frank — disse um homem tão grande quanto uma montanha sentado do outro lado da mesa. Não notei um homem *desse tamanho* porque ele estava muito quieto. Só que era ainda maior do que Frank, e gostei dele. Vestia couro preto e tinha várias tatuagens. Ao contrário de Frank, que parecia ter a idade de John e cujo cabelo estava arrumado no que parecia um complexo padrão de pequenas tranças, esse homem era mais velho e completamente careca... exceto por uma única trança longa e negra na nuca. Suas tatuagens eram de pássaros e flores coloridas, e não de espinhos. — Como se esse cachorro já não tivesse quase a matado de susto.

— O fato de ela se assustar tão fácil só prova o meu ponto — disse Frank, continuando a conversa que eu obviamente interrompi... a conversa que eles estavam tendo sobre mim. — Ela não é a certa. Porque estamos nos preocupando com gentilezas?

— Só um tolo nunca tem medo, Frank — disse o velho, Sr. Graves, que estava ao lado da lareira. — Heróis são pessoas que seguem em frente apesar do medo, porque sabem que têm trabalho a fazer...

— ... e que só eles podem executá-lo. — Frank riu. — Sim, sim, você já falou isso mil vezes. Como foi que ela sequer conseguiu entrar aqui, Henry? Você esqueceu de trancar a porta de novo?

— Não foi culpa minha — disse Henry, indignado. Ele já havia colocado a bandeja do café na mesa. — Ela me seguiu. Disse que eu a estava espionando. Disse que quer ver o capitão. Disse que viu uma Fúria.

Frank soltou uma risada perversa.

— Agorinha mesmo? Isso é muito incrível, considerando que nenhum de nós nem viu nem ouviu nada. Que tipo de Fúria era essa, senhorita? Do tipo invisível?

Senti que estava ficando corada. Já tinha me acostumado a ser a estranha na escola, aquela de quem riam ou que simplesmente escolhiam ignorar já que minha experiência de quase morte me fez virar uma aberração, uma estrangeira, uma menina que não se encaixava.

Era bem diferente estar no lugar que sempre insisti que existia e ser tratada exatamente da mesma forma.

— Me desculpem — falei com certa irritação. — Não foi culpa de Henry. Eu o segui sim porque estava procurando por John. Ou o capitão, como o chamam. Um de vocês poderia, por favor, me dizer como encontrá-lo? — Só esperava não precisar dar de cara com aquele cachorro de novo...

— Peço desculpas, minha querida — disse o velho Sr. Graves. — Faz muito tempo desde que tivemos visitas, acho que nos esquecemos das boas maneiras. Por favor, não deixe que nada que Frank disse lhe assuste. Sempre foi um bom homem do mar, mas nunca um cavalheiro.

Dei uma olhada preocupada em Frank, temendo que fosse se sentir insultado com aquilo. Ele apenas colocou as mãos atrás da cabeça e apoiou os pés com botas sobre a mesa. Parecia estar satisfeito pelo *nunca um cavalheiro.*

— Sou o Sr. Graves, o cirurgião do *Liberty* — disse o senhor, sem dar importância ao comportamento de seu companheiro de embarcação. — E este é o Sr. Liu, o contramestre. — O gigante de trança, que tinha uma xícara de chá diante de si, fez que sim com a cabeça para mim, mas não sorriu.

Nada disso fazia mais sentido do que as palavras de Henry anteriormente. O *Liberty*, de novo. O Sr. Graves seria tipo um médico? Porque ele certamente não se parecia com um, com seu terno preto de algodão de aparência antiquada.

Se fosse um médico, talvez as substâncias de cheiro podre dentro dos potes que ele tomava conta, em cima da lareira, fossem medicamentos especiais para curar feridas feitas por Fúrias. Eu esperava que sim, já que seria legal se John tivesse outra pessoa além de mim para cuidar dele.

Por outro lado, se essas quatro pessoas — o Sr. Graves, o grosseiro Frank, o misterioso Sr. Liu e Henry, o pequeno insolente — fossem as únicas companhias de John por 160 anos, isso explicava bastante o jeito dele.

O Sr. Liu e Frank se pareciam muito com os guardas que vi trabalhando com John no dia em que morri, quando tinha 15 anos. O dia em que John decidiu me poupar em vez de me enviar ao destino final.

O que foi que Henry disse no corredor? *Todos nos lembramos de quando você esteve aqui da última vez.*

É claro que se pareciam muito com aqueles guardas. Provavelmente *eram* aqueles guardas.

E não era de se admirar que nenhum deles gostasse de mim. Eu era a menina que jogou chá no rosto do chefe deles e fugiu.

Agora parecia mais provável que aquilo que o Sr. Graves estava remexendo nos potes era veneno... veneno para ser usado contra mim.

— É um prazer conhecer todos vocês — falei, decidindo que era melhor ser diplomática, visto que ficaria presa ali com essa gente por algum tempo. Eu me levantei, pernas ainda bambas, para dar um aperto de mãos no Sr. Graves.

O médico simplesmente ficou olhando para o nada, parecendo não notar minha mão, nem que eu estava em pé na sua frente.

Isso foi explicado quando Frank disse, cheio de desprezo, um segundo depois:

— Ele não enxerga você. É *cego*.

— Ai, meu Deus — respondi me sentindo péssima. Só então notei que os olhos do Sr. Graves tinham uma película leitosa, e que nunca olhava diretamente para quem falava com ele. — Peço mil desculpas.

— Tudo bem — disse o Sr. Graves, de alguma forma conseguindo encontrar minha mão mesmo assim e apertando-a. — Não é culpa sua.

— Na verdade, podia ter sido — disse Frank. — Foi uma Fúria que...

— Frank, a jovem disse que quer ver o capitão. Por que não vai chamá-lo? — retrucou o Sr. Graves. Para mim, ele disse: — Srta. Oliviera, peço desculpas. Faz muito tempo que esses rapazes não encontram uma jovem dama.

— Fale por você, velho — disse Frank, ficando de pé em um movimento súbito. — Por que simplesmente não a levo logo para o capitão?

— Acho muito pouco provável que *isso* seja uma boa ideia — murmurou o Sr. Liu olhando para a xícara.

— As ordens dele foram que a levássemos direto para ele, caso ela aparecesse — disse Frank.

O rosto do Sr. Graves mostrou exatamente o mesmo desânimo que senti quando me lembrei disso.

— Vá buscar o capitão, Frank. Ou o pequeno Henry pode ir.

— *O quê?* — exclamou Henry, surpreso. — Eu não quero ir lá embaixo. Aquele bando de gente morta. E sou sempre eu que acabo tendo que entregar os cobertores...

— Não é nada importante — falei rapidamente. Cobertores? Que cobertores? Do que Henry estava falando? — Vou esperar até que John volte...

— Viram? — disse Henry, triunfante. — Falei para vocês. Não é ela.

— Não interessa — disse Frank sem paciência. — De qualquer modo, vamos ter que aturá-la.

Não era uma coisa muito legal de se ouvir — que as pessoas lhe viam como algo a ser aturado. Não que eu estivesse pensando algo muito diferente em relação à eles... não que eu não tivesse o mesmo medo de Henry, de que eu não fosse boa o suficiente para o posto de rainha do Mundo Inferior.

— Com licença — falei. Senti que tinha de falar alguma coisa, principalmente se havia sido escolhida como esposa pela razão que eu suspeitava... por sempre ter sentido uma certa obrigação de ajudar seres selvagens. Essas pessoas certamente se qualificavam nessa categoria, embora eu precise admitir que minha taxa de sucesso não ia muito bem até dado momento. — Entendo que alguns de vocês possam não gostar de mim, o que é justo, já que da última vez que estive aqui, não causei uma boa impressão. — Nem precisava dizer. — Mas acho que todos temos algo em comum.

O Sr. Liu ficou curioso.

— E o que seria isso, Srta. Oliviera?

— Bem, todos nós gostaríamos de ir...

... *para casa*, foi o que quase falei. Quando me lembrei que, para eles, não existia mais casa. Todos que eles conheciam na Terra, suas famílias e entes queridos morreram há mais de cem anos. Não tinham mais para onde ir. Talvez *aquilo* fosse a família deles agora, talvez o Mundo Inferior fosse uma casa.

— Para Isla Huesos — falei meio sem jeito. Certamente era melhor que o Mundo Inferior, não era?

Quando se sentaram e ficaram me olhando — exceto o Sr. Graves, que não conseguia enxergar, ficando com uma expressão confusa em vez disso —, comecei a suspeitar que fiz um erro maior do que dizer *para casa*.

— Vocês já ouviram falar de Isla Huesos, né? — perguntei, preocupada.

O cego falou primeiro, com uma voz ligeiramente ríspida.

— Todos os homens que já navegaram pela bandeira britânica conhecem Isla Huesos. É um dos portos mais movimentados, e mais traiçoeiros, das Américas.

— Ah — respondi. — Entendi.

Não foi a resposta que esperei. Não sabia como contar para ele que Isla Huesos pode ter sido um dos portos mais movimentados das Américas há duzentos anos, mas que agora recebia cerca de meio milhão de turistas todos os anos. Geralmente vinham de cruzeiros, em carros alugados ou aterrissavam em voos comerciais para tomar sol, alugar *jet skis* e comprar camisetas com os dizeres *Minha avó esteve em Isla Huesos, e tudo que eu ganhei de lembrança foi esta camiseta horrível*. Estava longe de ser um dos lugares mais traiçoeiros das Américas...

Por outro lado, também era o lugar que recebeu tal nome por causa dos milhares de ossos humanos que foram encontrados na praia no século XVI. *Isla Huesos* significa "ilha dos ossos". A maneira como esses ossos foram parar lá sempre foi motivo de especulação.

O fato de ter um Mundo Inferior embaixo dele pode ser uma dica.

— Nunca fui a Isla Huesos — disse Henry com ar melancólico. — O *Liberty* estava indo para lá quando...

O Sr. Graves teve um ataque de tosse, provavelmente por inalar a fumaça vinda daquilo que estava cozinhando.

— Bem, não deixe que ela encha sua cabeça com sonhos, menino — disse Frank para Henry com uma voz rouca. — Porque você também não irá até lá agora.

— Não estou tentando encher a cabeça de ninguém com nada — falei, incomodada. Só estava tentando fazer o que com certeza era meu novo papel. — Só estou dizendo que talvez não sejamos tão diferentes quanto vocês acham. Sei que me comportei... mal com o capitão de vocês na última vez em que estive aqui. — Senti que estava ficando corada, mas continuei. Fixei meu olhar no Sr. Graves, que, é claro, nem conseguia me ver. — Mas agora estou diferente. Quero ajudar. John me deu isto. — Puxei o diamante de dentro da roupa para mostrá-los. — Acho que talvez usando isto, e trabalhando juntos, a gente consiga encontrar um jeito de derrotar as Fúrias um dia...

Minhas palavras encontraram primeiro um silêncio incrédulo... depois, risos. Todos riam de mim, até o Sr. Graves.

— Que foi? — Olhei para eles com raiva. — Não sei qual é a graça. Pensem nisso: por que alguém teria o trabalho de fazer um colar que alerta ao seu portador sobre a presença de espíritos do mal se não tivesse uma maneira de se livrar dos tais? Na TV, as pessoas se livram de espíritos o tempo todo apenas balançando um treco incandescente e fedido e falando alguns feitiços. Achei que o Mundo Inferior tivesse uma arma ainda melhor.

— As Fúrias não são fantasmas — disse o Sr. Liu, secando as lágrimas de tanto rir.

— O que é uma TV? — perguntou Henry.

— Se cheiros ruins espantassem as Fúrias, já teríamos nos livrado delas nesse momento, graças ao Sr. Graves. — Frank fez sinal para as panelas pretas que borbulhavam na lareira atrás do velho.

— Frank — disse o cego, interrompendo a risada abruptamente. A voz dele ficou tensa. — Como já expliquei para você antes, o processo de fermentação de uma cerveja de qualidade é uma arte, não uma ciência. Você vai me agradecer quando estiver pronta.

Cerveja? Era *isso* que o médico estava fazendo? Bem, faz sentido, acho que não tinha nenhum supermercado 24 horas por perto. Aparentemente as Moiras não serviam Budweiser gelada.

— Olhem — falei, tentando retomar o tópico da conversa —, não estou falando que estão errados. Mas não é possível que estejam? John disse que as Fúrias deixariam minha família em paz se ele me trouxesse para cá. Mas elas não deixaram. — Tirei o celular do bolso e o liguei. — Vejam.

Frank já estava balançando a cabeça.

— Nem tente. O seu não vai funcionar aqui. — Ele tirou um aparelho fino e preto do bolso, como o que John usou de manhã. — Só o nosso funciona.

— O dela funciona — disse Henry, vindo em minha direção até ficar ao lado da minha cadeira, atraído tanto pela expressão no meu rosto enquanto via meu primo sofrendo, quanto pelo fascínio que um menino de 10 anos tem por eletrônicos. — Eu a vi brincando com isso. O que está mostrando, senhorita?

— Isto — disse e movi a tela para que ele visse a imagem escura e perturbadora. Possivelmente não era muito apropriada para uma criança da idade dele... mas enfim, ele vivia no Mundo Inferior. — Você consegue distinguir o que é?

— É impossível. — Incrédulo, Frank olhou para mim, Sr. Graves e Sr. Liu, e para mim de novo. — Funciona. Como o aparelho dela pode estar funcionando?

Henry pegou o telefone de mim e olhou com atenção.

— É um homem — disse ele. — Não... um menino. Está dentro de uma caixa. Uma caixa escura. No entanto, não parece estar sendo atacado pelas Fúrias. Está apenas preso. Você o conhece?

Peguei o telefone de volta.

— Conheço. — Meus batimentos começaram a acelerar, exatamente como quando vi o vídeo pela primeira vez. — É meu primo Alex.

— O capitão Hayden sabe que você tem isso? — perguntou o Sr. Graves com nervosismo. — Acho que ele não ficaria muito contente...

O Sr. Liu estendeu a mão. Era gigantesca.

— Posso ver? — Não era uma pergunta. Era mais um comando.

Entreguei o celular e olhei para o colar, pois novamente tive um presságio. Como eu já suspeitava, a pedra estava negra.

Henry também percebeu e perguntou, curioso:

— Seu colar não era prateado antes?

Antes que eu pudesse responder, o Sr. Liu levantou a cabeça.

— Esse menino — disse, solenemente — não está em uma caixa. Ele está em um caixão.

A palavra *caixão* bateu em mim como um punho fechado.

— Ai, meu Deus — falei, com o sangue parecendo gelar nas veias. — É claro. — Nem acreditei que não tinha me dado conta antes. — É um caixão. Não de verdade... é uma tradição na escola de Isla Huesos. A Noite do Caixão. — A julgar pelas expressões, eles não faziam ideia do que eu estava falando. Continuei resmungando mesmo assim porque estava muito chateada. — Os veteranos fazem um caixão e o escondem...

Me estiquei sobre a mesa para pegar meu celular com o Sr. Liu. A tela ainda focava a imagem mórbida de Alex. Agora que eu sabia para o que estava olhando, vi perfeitamente que era mesmo um caixão.

— *Sabia* que Alex estava armando alguma coisa — falei, mais para mim do que para eles. Estava tão chocada que nem conseguia pensar. — Ficou todo animado quando falei que Seth Rector e os amiguinhos pediram que eu fosse parte do comitê do caixão. Mas Alex odeia eles... não sei por quê. Com certeza ele achou o caixão, que Seth tinha guardado na garagem da minha mãe e resolveu fazer alguma coisa horrível com ele. Eles o pegaram e, de brincadeira, o prenderam lá dentro. Mas isso já foi muito além do limite de uma piada. Ele parece não conseguir respirar! Por favor, vocês precisam me dizer o que posso fazer. Preciso voltar. Preciso ajudá-lo!

O Sr. Liu, com uma expressão sombria no rosto, falou com uma voz lenta e profunda.

— Às vezes, as imagens do mundo lá em cima que vemos aqui são cenas que não estão ocorrendo agora, mas que ainda vão acontecer.

Olhei para a tela.

— Peraí... então isso *não* está acontecendo?

— Pode estar acontecendo agora — disse o Sr. Liu, sombriamente. — Pode já ter acontecido. Ou pode acontecer no futuro. Não tem como saber.

— É por isso que o capitão nos ordenou que não ficássemos olhando para velhos conhecidos através de espelhos mágicos — adicionou Frank.

— Se bem que ele ajudou muito naquele dia em que vi minha mãe sendo assaltada, lembra? — Henry estava todo sorridente. — Ele apareceu na hora certa para dar um belo...

— Então John foi... — falei, sentindo a esperança crescer. — John foi lá e ajudou sua mãe?

— Henry — disse o Sr. Graves, parecendo incomodado. — Por favor, não coloque ideias na cabeça da Srta. Oliviera. Foi uma situação extraordinária, senhorita...

— Vocês não me escutaram? Não viram isso? — Eu me levantei e mostrei o celular para todos. Alex ainda estava batendo nas laterais do caixão. Tomara que alguém tenha se lembrado de fazer buracos na tampa. Mas, conhecendo Seth Rector e seus amigos, duvido que tenham. — Isto *aqui* é uma situação extraordinária. E quanto a isto? — Levantei o diamante em meu colar, que estava negro feito piche. — Isto significa que há Fúrias por aqui. Se não estão aqui, como vocês insistem em me dizer, então estão lá, com Alex. Então se tiver alguma maneira de ajudá-lo, preciso fazê-lo. Vocês precisam me falar onde está John para eu poder ir...

— Srta. Oliviera, você não está aqui há tempo suficiente para entender que nosso trabalho é de vital importância — disse o Sr. Graves. — Se os mortos não forem organizados porque o capitão toda hora se interrompe para ajudar humanos, tem ideia das consequências, do caos que se formaria? As almas dos mortos derramariam-se sobre a Terra. Não teriam aonde ir, nada mais a fazer a não ser assombrar os vivos. Seria um desastre. As dificuldades de seu primo são de partir o coração, sim. Mas as pestilências também são, posso garantir.

— O capitão Hayden não trouxe a senhorita aqui porque membros da sua própria família estão possuídos pelas Fúrias tentando matá-la? — perguntou o Sr. Liu.

— Sim — disse uma voz dura vinda da porta que dava para o estábulo. — Foi por isso. Pierce, posso ter uma palavrinha com você, por gentileza?

Não sei há quanto tempo ele estava ali nem quanto ouviu da conversa.

A julgar pela expressão no rosto de John, a resposta era *o suficiente*.

"Vamos, pois a longa jornada nos chama."
E assim entrou, levando-me consigo,
Ao círculo primeiro que circunda o abismo.

DANTE ALIGHIERI, *Inferno*, Canto IV.

Aquilo foi mesmo necessário? — perguntei assim que consegui recuperar o fôlego. Sempre que John me arrastava pelo espaço e pelo tempo para outro lugar (ou outro plano astral), eu sempre me sentia meio enjoada depois, ou como se tivesse deixado para trás um membro ou órgão vital.

Quando olhei para baixo, vi que não só estava inteira como também segurava meu celular com uma das mãos... a outra apertava o braço de John com tanta força que, com certeza, deixaria a marca dos dedos sob a manga de couro.

— Precisava — disse ele. — Estamos atrasados e obviamente precisamos conversar. — Ele deve ter notado a expressão no meu rosto, pois pareceu ficar preocupado e perguntou: — Está tudo bem com você?

— Me dá só um segundo — respondi. Ele nem precisava ter dito que íamos para a praia. Já estava sentindo os saltos das minhas delicadas sandálias afundando na areia.

— Dou o tempo que você quiser — disse.

As sobrancelhas escuras de John ainda estavam franzidas em sinal de desaprovação, da mesma forma que estavam desde o momento em que ele apareceu na porta da cozinha. Eu ainda não sabia o quanto da conversa John havia escutado. Ouviu quando o Sr. Liu disse que precisariam me aturar? Ouviu Frank flertando (ou fazendo o que ele achava que era flertar) comigo?

John não mencionou nada. Simplesmente atravessou a cozinha para pegar minha mão. Surpresa em vê-lo, pisquei os olhos e um segundo depois tudo foi embora — a confusão barulhenta da tripulação tentando se desculpar ao mesmo tempo, o cheiro da mistura do Sr. Graves, tudo menos o som de Tifão latindo...

Porque ele ainda estava latindo, só que agora era ao meu lado, na margem do imenso lago gelado onde eu me encontrava. Um grande cavalo negro pastava em uma duna perto de nós, parando de vez em quando para dar uma olhada maligna para mim e para Tifão. Era Alastor, o cavalo de John, que uma vez tentou dar um coice na minha cabeça.

Nem precisava perguntar onde estávamos. Eu já sabia antes mesmo de ouvir o som longo e triste da corneta nas docas.

— Me desculpe — disse John. Acho que ele se referia à corneta. — Ficamos atrasados o dia inteiro. — Ele pegou um pedaço de madeira molhada e a jogou longe com força. Tifão correu atrás dela, latindo com alegria.

— As pessoas que estão indo embora naqueles barcos já estão mortas — falei. Levantei o celular para mostrar o vídeo de Alex. — Meu primo Alex, não. Mas logo vai estar se não fizermos nada. Olhe para ele.

John deu uma olhada na tela.

— Pierce — disse com a boca tensa —, estou mais chateado com isso do que posso expressar. Mas...

— Esse caixão é *seu*, sabia disso? — respondi. — É o caixão que os veteranos da escola fazem para você na Noite do Caixão porque acham que você está morto e que vai continuar assombrando o cemitério até ter um enterro decente.

— Eles não enterram o caixão — disse ele com um sorriso triste. — Queimam o caixão na linha de cinquenta jardas do campo de futebol americano.

Engasguei. Meu coração pareceu parar dentro do peito.

— Eles não fariam isso! Você acha... — Olhei para o telefone. — Acha que eles o queimariam vivo?

— Pierce, não. — O sorriso dele agora era de compreensão. — Não vão queimar seu primo vivo. Tenho certeza de que estão apenas tentando assustá-lo. Mesmo assim, o que os homens falaram para você é verdade. — O olhar de John ficou muitíssimo sério. — Não posso deixar que você volte. É perigoso demais.

Soltei o braço dele. Tifão tinha voltado segurando a madeira em sua mandíbula gigante e babada, seu rabo enorme balançando. Na presença de John, de alguma forma o cachorro parecia mais brincalhão do que aterrorizante, talvez por causa da clara adoração pelo mestre brilhando em seus olhos.

Senti lágrimas se formando em meus olhos... não só porque estava muito decepcionada, mas por causa do frio. Um vento cortante soprava do lago, fazendo com que meus cabelos batessem no rosto e o vestido grudasse nas pernas.

— Pierce — disse John depois de pegar a madeira da boca de Tifão e jogá-la de novo. Seu braço comprido enlaçou minha cintura e me trouxe para perto dele. — Sei que está preocupada com sua família e que quer voltar para Isla Huesos para ajudá-los. Mas o Sr. Liu tem razão. O que você está vendo nessa tela pode não ter acontecido ainda. Pode *nunca* acontecer. É feito um vislumbre, como a... sombra de alguma coisa que poderia acontecer na vida do seu primo. Precisamos nos preocupar com os fatos. Sabemos de *fato* que alguém na sua família tentou matar você... duas vezes. Já lhe ocorreu que o que você está vendo pode ser um truque das Fúrias para tirá-la daqui e assim possam tentar matá-la de novo? É *você* quem precisa de proteção, Pierce, não o seu primo.

— Já estou bem próxima da morte vivendo aqui — expliquei. — Que diferença faz se me matarem?

— Ainda podem machucar você — disse John, com uma voz que, em cada sílaba, era tão gelada quanto o vento do qual seu corpo me protegia. — De maneiras que você nem imagina e que prefiro que nunca descubra.

John não precisava falar mais nada. As cicatrizes deixadas por ataques similares — não só nele, mas em seus companheiros de embarcação também — eram provas suficientes.

— Ah, John — falei com um gemido, deixando minha cabeça cair sobre o peito dele. — Me desculpe. Não quis dizer o que disse hoje de manhã. Não daquele jeito. Estava chateada.

Senti os lábios dele em meus cabelos.

— Eu sei — respondeu.

Sua voz não estava mais fria, mas quando levantei a cabeça, vi que ele não estava sorrindo. E não sorriu quando Tifão, lutando para trazer a madeira, tropeçou nela e caiu nas ondas.

Acho que precisaria de mais do que um pedido de desculpas para fazê-lo sorrir de novo.

— É por isso que você escondeu o telefone de mim? — perguntei —, para que eu não visse o que as Fúrias estão fazendo com minha família? Você sabia que uma coisa dessas ia acontecer? Sabia disso o tempo todo?

— Não — disse John, apertando o abraço. — Nem sabia que você tinha um telefone, para ser sincero. Você deixou sua mochila cair ontem quando fez a passagem, e Henry deve tê-la guardado. Ele foi treinado para esperar o comando dos oficiais do navio. Fica meio confuso com qualquer aspecto do trabalho que saia dessa rotina.

Eu me lembrei da organização das roupas de John, bem diferente da dos livros.

— Ah — falei, limpando as lágrimas dos olhos. Só dava para ouvir o vento e, mais distante, o som de ondas batendo contra o casco de um barco enorme que estava atracando numa doca ali perto. Apesar de ser um barco maior do que uma casa de três andares e de ter centenas de pessoas, nenhuma delas acenava da maneira como os passageiros de cruzeiros fazem quando partem para um porto exótico. Não era esse tipo de barco, e elas não estavam embarcando nesse tipo de viagem.

Vi duas figuras negras e grandes se movimentando com diligência em torno da doca cheia de pessoas. Uma tinha uma trança comprida, a outra, uma cicatriz no rosto. Sr. Liu e Frank.

— Nunca vi um negócio desses funcionar aqui — comentou John, analisando meu celular. — E certamente não desse jeito. Henry começou a chamar os *tablets* que encontramos ao chegar aqui de "espelhos mágicos" porque funcionam como os dos contos de fadas. Você faz uma pergunta e eles respondem... geralmente, dizem apenas para qual barco a alma na sua frente deve ir, mas para ele isso pareceu o suficiente para ser mágico...

Eu deveria ter entendido que o fato de as Moiras — ou sei lá quem — darem ao meu *smartphone* o mesmo poder dos "espelhos mágicos" de John e seus homens era um sinal dos meus crescentes poderes como esposa, ou coisa assim.

Mas ainda estava muito chateada em relação a Alex para pensar em outra coisa.

— Henry disse que de vez em quando os seus *tablets* mostram um pouco mais. — Olhei dentro dos olhos dele. — Henry disse que viu a mãe sendo assaltada e que você foi salvá-la.

John olhou para o céu. Só que, em nosso caso, o céu era o teto da gigantesca caverna subterrânea na qual o Mundo Inferior ficava. Como sempre, tinha um brilho cor-de-rosa acinzentado deprimente.

— Aquilo foi diferente — respondeu. — A mãe de Henry estava sendo atacada por marginais no vilarejo onde morava. Não era um truque das Fúrias, como isso aí provavelmente é. Aqui, vista isto. Dá para ver que você está congelando.

John não entregou a jaqueta de couro dele para me esquentar, como fez da última vez em que estive no mesmo lugar. Desta vez, ele tirou algo de uma prateleira de madeira polida. Havia prateleiras similares em intervalos aleatórios por toda a extensão das duas docas, que eram idênticas.

Ele desdobrou o pano, e vi que era um cobertor, parecido com o que dão nos voos de longa distância. Só que esse era bem mais grosso, feito para aguentar a umidade gelada da praia.

— Conheço você — disse ele, ajeitando o cobertor em meus ombros. — Não vai parar de falar nisso enquanto eu não concordar em dar uma olhada no seu primo, então eu vou. Mas só com uma condição.

— *John* — falei. Eu me virei para segurar seu braço de novo.

— Não fique tão animada — avisou. — Você ainda não escutou a condição.

— Ah — respondi, ansiosa. — Seja lá o que for, eu concordo. *Obrigada*. Alex nunca teve uma vida fácil. A mãe dele fugiu quando ele era bebê e o pai passou a maior parte da vida na cadeia... Mas, John, o que é *isso*? — Estiquei a mão na direção das pessoas que restavam na doca, esperando pelo barco que John disse que logo chegaria. Notei que alguns deles usavam o mesmo cobertor que estava em volta de mim. — É um novo serviço ao cliente?

John ficou surpreso com a mudança de assunto... e depois, constrangido. Abaixou-se e pegou a madeira que Tifão tinha largado aos seus pés.

— Não sei do que você está falando — disse ele, sério.

— Vocês estão entregando cobertores para mantê-los aquecidos enquanto esperam. Quando isso começou a acontecer?

— Você mencionou umas coisas quando esteve aqui da última vez... — Ele evitou meu olhar ao jogar a madeira para o cachorro. — Eu não me esqueci delas.

Arregalei os olhos.

— Das coisas que *eu* falei?

— Sobre como eu deveria tratar as pessoas que vêm parar aqui. — Ele parou de falar quando uma onda se aproximou, mesmo que bem distante, e fez questão de tirar tanto eu quanto meus sapatos delicados da rota da água. — Então decidi fazer umas mudanças.

Foi como se uma das flores de que *eu* gostava — uma margarida selvagem, talvez — desabrochasse dentro do meu coração.

— Ah, *John* — falei, ficando nas pontas dos pés para dar um beijo na bochecha dele.

Ele pareceu um pouco mais do que surpreso com o beijo. Acho que vi suas bochechas ficando um pouco coradas.

— O que foi *isso*? — perguntou.

— Henry disse que não foi o mesmo depois que eu fui embora. Achei que ele tinha ficado pior. Não imaginei que era o oposto, que as coisas estavam *melhores*.

O constrangimento de John por ser pego de surpresa fazendo alguma coisa fofa — em vez de descuidada e violenta — foi uma graça.

— Henry fala muito — murmurou ele —, mas que bom que você gostou. Deu um certo trabalho, mas admito que as reclamações diminuíram, e até as brigas com os passageiros mais agitados melhorou. Você tinha razão. Suas sugestões ajudaram.

Sorri para ele, toda feliz.

Um guardião para os mortos. Foi assim que o Sr. Smith, o sacristão do cemitério, se referiu a John, e era isso o que ele era. Se bem que o título "protetor dos mortos" era mais adequado.

Senti tanta esperança por ele ter se lembrado de uma coisa que falei há tanto tempo que chegava a ser bobo — como se talvez todo esse negócio de ser esposa pudesse dar certo no fim das contas.

Um segundo depois, me assustei com o aparecimento abrupto de penas brancas. O pássaro que John havia me dado emergiu da neblina cinza que parecia engolfar toda a praia, aterrissando na areia ao nosso lado com um som de insatisfação.

— Ah. Esperança — falei, enxugando as lágrimas de tanto rir. Pelo visto, era só sentir a tal emoção que ela vinha. — Me desculpe. Não quis abandonar você. Foi culpa dele, tá? — Apontei para John.

O pássaro nos ignorou e foi bicar a areia úmida, como sempre em busca de comida.

— O nome dela é Esperança? — perguntou John. Um sorriso estava começando a nascer.

— Não. — Respondi, irritada, achando que ele estava rindo da minha cara. Então percebi que eu tinha sido pega. — Tá, tudo bem... e se for? Não vou dar um nome para ela inspirada em algum aspecto deprimente do Mundo Inferior, como você fez com seus animais. Eu fui pesquisar o nome *Alastor*. Era o nome de um dos cavalos da morte que lideravam a carruagem de Hades. E *Tifão*? — Olhei para o cachorro, que brincava com as ondas, ignorando o frio. — Posso imaginar o que seja, e com certeza também deve significar alguma coisa bem ruim.

— Tifão era o pai de todos os monstros — disse John, desistindo de tentar esconder um sorriso. — A criatura mais mortal entre todas da mitologia grega.

— Que legal — respondi com sarcasmo. — Bem, prefiro dar nomes que me ajudem a lembrar que há...

— Esperança? — O sorriso se abriu.

— Muito engraçado. — Verdade, tenho de admitir que eu era inexperiente. Mas não tinha de provar isso agindo como se tivesse 12 anos. — Mas você também deve achar que há esperança, caso contrário não estaria me levando para ajudar Alex.

O sorriso sumiu.

— Eu nunca disse que levaria você para ajudar seu primo. Disse que eu iria sozinho e com uma condição: que você fique aqui, onde é seguro.

Meu coração se partiu. Não consegui esconder minha decepção, então achei melhor nem tentar.

— John, como você vai ajudar Alex se eu não for com você? — perguntei. — Você nem sabe onde o caixão está escondido. Eu sei. E supondo que Alex ainda não esteja preso lá... como você vai convencê-lo a não fazer a besteira que está planejando fazer e que vai acabar colocando-o no caixão? Não tem como. Ele nunca vai dar ouvidos a você porque não te conhece. É por isso que eu *preciso* ir junto.

— Você não escutou nem uma palavra do que eu disse? — John me olhou como se o concurso de garota mais inocente do mundo tivesse acontecido e eu tivesse ficado em primeiro lugar. — Isso tudo pode ser uma armadilha.

— Outra razão para eu ir com você — falei. — *Se* as Fúrias estiverem por perto, posso avisar. — Puxei o diamante. Estava cinza novamente. — É por isso que estava procurando você, em primeiro lugar.

Ele franziu as sobrancelhas.

— Como assim?

— Meu diamante ficou preto quando vi o vídeo pela primeira vez...

— Impossível — disse ele, sem rodeios.

Eu já estava ficando de saco cheio de ficarem dizendo que tudo que eu era perfeitamente capaz de fazer e observar era impossível.

— Não — falei. — Ficou preto. E fica toda vez que coloco o vídeo...

— O diamante só deve mudar de cor na presença de Fúrias.

— E você deveria aparecer em câmeras — respondi, refrescando a memória dele —, mas não aparece. Por isso eu fui acusada de agredir meu professor no ano passado, quando na verdade foi você quem fez isso, mesmo que tivesse um vídeo da cena toda. Você simplesmente não apareceu na filmagem.

John ficou olhando fixamente para mim, como sempre fazia quando o Sr. Mueller era mencionado.

— Aquele homem era mau. Você nunca deveria ter...

— ... me colocado naquela situação, eu sei. Mas enfim, o diamante ficou preto quando vi Henry e o segui até a cozinha, quando conheci todo mundo e começamos a conversar...

— Fiquei me perguntando para onde todos tinham ido — murmurou John. — Devia ter adivinhado que *você* era o motivo da distração. Não é culpa sua — acrescentou ele rapidamente, notando que ergui minhas sobrancelhas ao ouvir a palavra *distração*. — São bons homens, ficaram do meu lado quando... — Seja lá o que ele ia dizer, se interrompeu de repente, e, em vez disso, falou: — Bem, em vários momentos. Mas como você já deve ter percebido, não temos muita companhia aqui. Pelo menos não de seres vivos. Peço desculpas se estavam importunando você...

— Não estavam me importunando — disse, me perguntando o que será exatamente que a tripulação do *Liberty* tinha vivenciado. — E é muito claro que adoram você. Mas tem uma coisa que não entendo... você não é meio jovem demais para ser capitão? Não que eu não tenha certeza de que você é um capitão maravilhoso — acrescentei, rapidamente —, mas Frank deve ter a sua idade, e tanto o Sr. Graves quando o Sr. Liu são mais velhos do que você. Como foi que isso aconteceu?

Ele se fechou. Foi como se uma cortina tivesse sido puxada sobre uma janela. Esse era um assunto que ele definitivamente não queria discutir.

— O titulo é honorário — disse ele, sem olhar para mim. — Não tenho como impedir que me chamem assim, apesar de já ter pedido para que não o fizessem. Sou o oficial de mais alto escalão a sobreviver ao... acidente.

Acidente? Devia ser mais uma coisa sobre a qual não queria falar porque iria fazer com que eu o odiasse.

Percebendo que, ao menos por agora, era melhor encerrar aquele assunto, disse:

— John, eu posso avisar você sobre as Fúrias. Sei *exatamente* onde o caixão está. Tudo que precisa fazer é me levar de volta para Isla Huesos, só dessa vez, para ajudar

Alex, e nunca mais falo sobre voltar. Eu até — ajeitei a gola da jaqueta de couro dele, pois estava torta — perdoo você pelos *waffles*...

John segurou meus ombros e me puxou para ele tão abruptamente que Esperança bateu as asas, assustada.

— *Pierce* — disse ele —, *você está falando sério?*

Quando afastei os cabelos que tinham caído sobre o meu rosto e levantei meus olhos negros para encontrar os olhos claros dele, vi que John olhava para mim com tanta intensidade que parecia queimar.

— Nunca mais vai mencionar Isla Huesos se eu levar você lá agora para falar com seu primo Alex? — perguntou ele. — Você vai dar... mais uma chance para aquele negócio de coabitar?

A força repentina dele começou a me deixar nervosa.

— É claro, John — respondi. — Mas não é como se eu tivesse outra escolha.

— E se tivesse? — perguntou ele, me segurando mais forte.

Pisquei os olhos.

— Mas eu não posso. Você disse...

Ele me deu uma sacudida de leve.

— Esqueça o que eu disse. E se eu estivesse errado?

Coloquei a mão em seu rosto. Estava espetando porque não tinha feito a barba. Eu não ligava para isso. Eu ligava é para o desejo desesperado que vi em seus olhos. Um desejo por mim.

— Eu voltaria — falei, simplesmente — para ficar com você.

Um segundo depois, o lago — e tudo mais ao redor — desapareceu.

"Portanto, é em prol de ti que intento
Levar-te comigo, e serei teu guia,
E te levarei daqui ao local eterno."

DANTE ALIGHIERI, *Inferno*, Canto I.

Quando John nos levou de volta à terra, não foi para o corredor da escola de Isla Huesos, o último lugar onde estive antes de ir para o reino dos mortos e onde, portanto, esperava me encontrar de novo com os vivos.

Por isso fiquei surpresa quando, em vez disso, me vi em uma sala pequena e escura, com um cheiro forte de terra. Havia folhas mortas até meus tornozelos... e flores vermelhas como sangue que eram estranhamente familiares.

— Onde estamos? — perguntei olhando em volta. O teto oval, apoiado em vigas de madeira talhada que pareciam ter um século de idade, era mais baixo do que minha altura em pé.

— Shhh — disse John. Ele havia sido forçado a se ajoelhar e observava por uma grade de metal enferrujada que protegia a única porta do lugar. — Tem gente lá fora. Não quero que nos escutem.

Olhei ao redor da sala vazia, que não tinha janelas, a não ser por pequenas aberturas em forma de cruz nas paredes de tijolo e massa. Pude notar uma corrente bastante grossa e brilhante, aparentando ser nova, havia sido enrolada várias vezes na grade e estava firmemente lacrada com um cadeado, assegurando que ninguém entraria ali.

Aos poucos, comecei a compreender. Uma grade de metal, acorrentada e trancada? Um espaço escuro e apertado? Folhas mortas? Flores vermelhas?

— Estamos dentro da *sua cripta?* — sussurrei, indo depressa para o lado de John, amassando as folhas e flores com os pés.

Não fui para o lado dele com medo de fantasmas. Tinha acabado de sair de um mundo cheio deles. Já tive uma experiência de quase morte. Sabia como era estar morta.

Só nunca havia estado *naquele* lado da morte.

— Estamos — sussurrou John, que ainda estava observando pela porta. — É a cripta que me deram.

Não onde seu corpo foi enterrado. Entendi logo a escolha sutil de palavras.

Olhei em volta de novo e percebi que John estava certo, não havia nada a não ser nós dois e muitas, muitas folhas mortas. Não havia caixão.

E afinal de contas, não era essa a ideia da Noite do Caixão, a que a escola de Isla Huesos celebrava todo ano, apesar de a administração fazer cara feia? Os veteranos construíam um caixão para John e o escondiam. Faziam isso há tanto tempo que ninguém mais lembrava para quem ia o caixão ou por que faziam isso.

Esconder o caixão é um ato simbólico, me disse o Sr. Smith quando explicou o ritual. *Esconder representa enterrar.*

Tudo para que John parasse de assombrar a ilha. Porque independente de como tenha morrido, há tantos anos — *se* é que morreu —, seu corpo nunca foi encontrado. E achavam que a raiva dele por causa disso era a causa do furacão de 1846, que matou tantas pessoas e provocou a inundação do cemitério de Isla Huesos, desalojando todos os caixões que estavam enterrados lá.

Foi assim que o cemitério de Isla Huesos — onde estávamos — virou uma atração turística tão famosa, por causa de suas criptas diferentes. Todas eram erguidas para manter os caixões acima do nível do mar, para que não fossem levados para o mar (ou para os jardins das pessoas), como aconteceu no furacão devastador em outubro de 1846.

Eu estremeci e ajoelhei ao lado de John sobre as folhas e flores mortas que formavam um carpete no chão de sua tumba.

— Por que viemos para cá em vez de irmos para algum lugar menos... apertado? — perguntei, falando *apertado* em vez de *bizarro*. Tentei não me sentir mal por estar na cripta do meu namorado. Afinal de contas, era apenas uma construção.

Uma construção bem infeliz.

— Isto aqui é um portal — disse ele, como se explicasse tudo.

— Um o quê?

— Um portal — murmurou John. — Uma conexão direta entre este mundo e o Mundo Inferior. Por isso que você não se sentiu tonta dessa vez.

Nem tinha notado, mas ele tinha razão. Desta vez eu não fiquei enjoada apesar de termos viajado entre planos astrais.

— É uma porta pela qual as almas dos que se foram entram no mundo dos mortos depois que fazem a passagem — explicou John com doçura. — A porta se fecha depois que os mortos passam. Eles nunca mais podem voltar...

— A não ser que escapem — interrompi com esta observação, porque foi isso que aconteceu comigo.

John olhou para mim com um sorriso provocador.

— A não ser que eu escolha *deixar* que escapem — disse ele — por quererem tanto ver a mãe de novo.

— Isso tem *dois anos* — lembrei. Não deveria ter mencionado aquele negócio de não ter experiência com homens, mesmo que fosse verdade. John nunca me deixaria ajudá-lo se sempre me visse como alguém que ele precisa proteger. — E será que eu preciso lembrá-lo de que você não me *deixou* escapar, eu...

— Shhh. — Levantou uma das mãos. — Tem alguém vindo.

Olhei por cima de seu ombro. Uma família caminhava pelo corredor com o Sr. Smith e outras pessoas vestidas em trajes executivos e pranchetas. Era difícil ouvir o que diziam, mas não de imaginar sobre o que discutiam... uma cripta. As pessoas com roupas de executivos provavelmente eram da funerária local.

A família tinha o ar sombrio e infeliz dos recentemente enlutados. Alguém que amavam tinha morrido.

Não muito atrás vinha um homem vestindo macacão — obviamente um coveiro. Empurrava um carrinho de mão, onde colocava as várias folhas de palmeiras que se acumulavam pelo caminho. Os ventos velozes da tempestade que se aproximava devem ter arrancado as folhas das árvores no cemitério e ao redor dele.

Eu me lembrei do furacão que fez com que fôssemos dispensados mais cedo das aulas no dia anterior. Será que ele ainda estava à caminho? Não tinha como saber. Na cripta de John, não dava para ver direito o céu, mas o ar quente era pesado o suficiente para indicar chuva.

Tentei me concentrar em ficar quieta, como John pediu.

No entanto, essa era uma coisa difícil de se fazer. Eu não conseguia parar de lembrar a última vez em que estive no meio de tantas flores como essas, as flores de tom vermelho vivo embaixo dos meus pés. Foi na noite em que encontrei John na frente daquela mesma cripta, quando tive quase certeza de que ele iria me beijar... mas não beijou. Achei que ele me odiava, até que Alex, na manhã seguinte, me contou que flores vermelhas tinham aparecido na entrada da casa da minha mãe.

Apenas uma pessoa podia tê-las colocado ali.

Quem diria que em menos de uma semana eu estaria *dentro* daquela cripta com essa pessoa, em busca de Alex. Incrível como as coisas tinham mudado. O que minha mãe iria dizer quando me visse? Será que John deixaria que eu o apresentasse? O que vovó disse para todo mundo sobre o que acontecera na escola? Conhecendo minha avó, definitivamente não foi nada de bom.

— E as Fúrias? — sussurrei para John, ficando com medo de repente. — As Fúrias podem usar o portal? — Olhei para meu colar, que estava claro, e pela primeira vez notei que não estava vestindo minha camisola da Branca de Neve e sandálias. De alguma maneira, estava de volta com as roupas que vestia na escola no dia anterior. Um vestido preto de verão com zíper na frente e sandálias prateadas.

O que era bom, porque correr em Isla Huesos com um vestidão branco teria não só chamado atenção como também sido inconveniente, principalmente por causa da temperatura. Até mesmo dentro da cripta o ar estava tão denso e quente quanto uma sopa. Dava para imaginar como estaria lá fora.

— As Fúrias escapam do Mundo Inferior quando encontram pessoas de mente fraca para possuírem — sussurrou John. — Só os recém-finados podem usar este portal. Ou eu. Por isso que o Sr. Smith precisou começar a trancar a entrada. Muitas pessoas me viram indo e vindo e ficaram curiosas.

Dei uma olhada no ambiente pequeno e escuro — as paredes eram tão velhas e em tal estado de conservação que as raízes das enormes árvores de flores vermelhas, que cresciam por perto, já começavam a forçar sua entrada. Tentei imaginar uma pessoa que fosse curiosa (ou descuidada) o suficiente para seguir John até ali.

— O Sr. Graves e os outros podem usar o portal? — perguntei. Lembrei que Henry disse que nunca esteve em Isla Huesos.

John fez que não com a cabeça.

Então era mais uma coisa que apenas divindades da morte podiam fazer, tipo devolver a vida a pássaros mortos e criar tempestades ao bel-prazer.

Não parecia justo.

— Você nunca traz o pessoal? — perguntei. — Como fez comigo?

— Desta vez eu deveria ter trazido eles, e *não* você — respondeu. — Ao contrário de você, eles são capazes de entender o significado da palavra *silêncio*. — Apertei os olhos para ele. — Você conheceu os caras — disse John com um sorrisinho. — Se as pessoas notarem a *minha* presença saindo e entrando da cripta, o que dirão se virem Henry, Sr. Liu e *Frank*? E você ouviu o Sr. Graves. Ele se recusa a cogitar a ideia de qualquer um deles vindo. — John começou a fazer uma imitação muito boa do velho cego. Não foi grosseira, mas ficou bem parecida. *— Isla Huesos é uma ilha de pecado. Se não organizarmos os mortos, só haverá pestilência.*

Entendi o recado. Mesmo assim, fiquei preocupada.

— Mas eles não gostariam de ter um tempo livre? — perguntei. — Talvez não o Sr. Graves, mas os outros? A gente pode fazer alguma coisa com as roupas deles, como você fez com a sua? — Apontei para as roupas de John. Jeans preto, camiseta e coturnos, coisas que eu estava quase certa que ele não havia comprado em uma loja masculina no centro da cidade com cartão de crédito. — Hoje em dia, com tantas pessoas optando pelo ensino em casa nos Estados Unidos, não seria difícil explicar o que Henry está fazendo fora da sala de aula. E acho que ninguém falaria nada sobre o Sr. Liu e Frank. Isla Huesos é muito popular entre os clubes de motociclistas, e aqueles dois passariam completamente por...

Parei de falar. John estava olhando para mim com uma das sobrancelhas em pé.

— Que foi? — perguntei.

— Nada — disse ele com a boca curvada em mais um sorriso. — É que você tem sempre uma sugestão de como eu devo fazer o meu trabalho melhor, não é?

— Bem — respondi, corada —, só estou tentando ajudar. Não é isso que uma esposa deve fazer?

John levantou a mão em sinal de silêncio e ficou escutando.

— Acho que foram embora -- disse, apontando a grade com um gesto de cabeça.

— Mas como vamos sair daqui? — perguntei. — Estamos trancados. Quer que eu ligue para o Sr. Smith? — Peguei o telefone que, ainda bem, estava na mochila que eu trazia no ombro. — Ele com certeza tem a chave...

John se virou e deu uma olhada cínica em mim. Depois esticou as mãos e pegou a corrente com ambas as mãos.

— John — exclamei —, o que você...?

Eu me lembrei da noite em que parei na frente daquela mesma cripta e vi restos de uma corrente muito parecida no chão. Não estava cortada por um alicate, havia sido literalmente quebrada ao meio, do jeito que John estava fazendo agora. A jaqueta de couro havia desaparecido, assim como meu vestido. Ele estava apenas de jeans e com a camiseta preta que tinha colocado de manhã.

Tive o privilégio de ver como as correntes eram partidas. Os músculos do braço dele ficaram inchados, do tamanho de laranjas, e o tecido da camiseta ficou apertado, quase rasgando...

Então o metal cedeu com um barulho e a corrente se desenrolou do portão, caindo no chão e batendo com um estampido no solo molhado de chuva.

— Com certeza — disse John, batendo as mãos para limpá-las e parecendo satisfeito consigo. — Vamos ligar para o Sr. Smith.

Baixei a cabeça. Escondi a vermelhidão no rosto fingindo guardar o celular de volta na mochila. Incentivar os lapsos ocasionais de comportamento nada civilizado de John me pareceu má ideia, então não mencionei o quanto achei aquela cena extremamente atraente.

— Sabe — lembrei a ele, como quem não quer nada —, eu já sou sua namorada. Você não precisa ficar mostrando sua força fora do comum para mim.

Pela cara dele, não estava acreditando nem um pouco na minha falta de interesse. Abriu o portão para mim com uma reverência cavalheiresca.

— Vamos lá encontrar seu primo — falou. — Quero estar em casa a tempo para o jantar. Onde está o caixão?

— Na casa da minha mãe — respondi.

— *O quê?* — Isso murchou o ar de satisfação em John como um alfinete furando um balão. Ele ficou paralisado na porta de sua cripta, a palavra HAYDEN inscrita em letras negras e maiúsculas acima de sua cabeça. — O que é que o caixão está fazendo *lá*?

— Seth Rector e a namorada dele me perguntaram se podiam construí-lo na garagem da mamãe — expliquei. — Disseram que era o último lugar onde as pessoas procurariam.

John balançou a cabeça devagar.

— Rector — disse com raiva. — Já devia ter adivinhado.

Dei uma olhada assustada para ele.

— *Você* conhece Seth Rector?

— Seth, não — falou com peso.

— Peraí. Você conhece o pai dele? — A família Rector era extremamente influente em Isla Huesos. Além de terem o maior e mais ornamentado mausoléu do cemitério. A cripta de John, que era bem grande, parecia uma casinha de bonecas perto da cripta deles. O pai de Seth era corretor de imóveis e construtor. As placas da Imobiliária Rector estavam presas nas janelas de cada loja vazia no centro da cidade. — Qual sua ligação com os Rector?

— É uma longa história — disse John, com os cantos da boca curvados para baixo, como se tivesse comido alguma coisa ruim. Virou-se e começou a andar em direção aos portões do cemitério. — A casa da sua mãe fica a algumas ruas daqui. Podemos ir andando sem sermos percebidos se ficarmos nas ruas laterais.

— Você diz isso para tudo — reclamei, indo atrás dele. — Tudo é uma longa história, longa demais para me contar. Imagino que depois de duzentos anos, ou seja lá o que for, as coisas fiquem meio acumuladas, mas não dá para resumir? Como conhece os Rector?

Quando viramos a esquina, ficou claro que não teríamos tempo para história nenhuma, resumida ou estendida. Não porque as nuvens cinza que se prostravam de maneira ameaçadora no céu de repente se abriram em chuva, como eu meio que esperava que fizessem. Mas sim porque a família que vimos antes, a que estava com o Sr. Smith e o pessoal com pranchetas lá no cemitério, estava entrando em vários veículos no estacionamento bem na nossa frente.

Era para ter sido uma coisa normal. Éramos apenas um casal jovem dando uma voltinha no final da tarde no cemitério.

No entanto, esqueci que, devido ao "vandalismo" que aconteceu lá no começo da semana, os portões do cemitério (que John abriu com um chute em um ataque de nervos) ficavam trancados dia e noite pelo chefe da polícia.

Então o fato de estarmos ali *não* era uma coisa tão normal.

Mesmo assim, isso não explica por que uma das mulheres — a avó, pelo que indicava seus cabelos brancos — olhou para meu rosto, fez o sinal da cruz, berrou "*¡Dios mio!*" e desmaiou na nossa frente.

E disse: "a angústia das pessoas
que lá estão em meu rosto imprime
a piedade, não o medo, como achastes."

DANTE ALIGHIERI, *Inferno*, Canto IV.

— Morta? — repeti. — Ela desmaiou porque acha que eu estou *morta*?

— Desaparecida — corrigiu o Sr. Smith, que afundou-se na cadeira barulhenta atrás de sua enorme mesa e começou a remexer em papéis. — Proclamada morta. A Sra. Ortega desmaiou porque achou que você fosse um fantasma.

John, que estava encostado em um dos vários arquivos de metal do sacristão do cemitério, se endireitou ao ouvir isso e falou com tom defensivo:

— Por que acham que Pierce está morta?

O Sr. Smith conhecia John há bastante tempo, pois lidar com a divindade local da morte era uma das tarefas não oficiais do sacristão do cemitério de Isla Huesos. No entanto, ele me conhecia há pouco tempo, e tive a sensação de que não dava a mínima para mim... ou talvez o Sr. Smith não aprovasse minha conduta.

— Bem, uma jovem já foi brutalmente assassinada neste cemitério nas últimas 48 horas — disse o Sr. Smith me lançando um olhar azedo enquanto empurrava os óculos de aro dourado para cima do nariz. — Uma jovem, que calhou de ser a conselheira de Pierce, Jade Ortega. Agora outra mulher desapareceu. Essa é uma cidade pequena, o que espera que as pessoas pensem?

Eu estava sentada na frente da mesa do Sr. Smith. Depois de toda a comoção quando a avó de Jade desmaiou, o sacristão discretamente nos levou pela porta dos fundos até o pequeno chalé que servia de administração do cemitério.

Para mim estava sendo difícil processar o fato de que foi a família da minha conselheira — logo essa — que surpreendemos no cemitério. Estavam arrumando um lugar na cripta da família Ortega para Jade.

Por outro lado, o Sr. Smith tinha razão: Isla Huesos era uma cidade pequena e Jade tinha morrido recentemente. Sendo assim, como *não* esbarrar com a família dela no cemitério?

Mesmo assim, não entendia como uma pessoa iria querer enterrar a filha no mesmo cemitério onde ela foi assassinada.

O Sr. Smith explicou que, assim que o corpo foi liberado pela perícia, a família quis colocá-lo perto de onde viviam para que pudessem "visitá-la sempre". Jade cresceu em Isla Huesos, saindo apenas quando foi para a faculdade e depois voltou para trabalhar na escola, assim poderia "contribuir para a comunidade".

— Ela realmente contribuiu para a comunidade — murmurei. — Com a própria vida.

— Suponho que não possam me contar onde estiveram esse tempo todo. — O Sr. Smith abaixou os óculos para olhar para nós por cima da armação. — Mas se foi em um daqueles horrorosos motéis baratos no Keys, não quero nem saber. Isso destruiria todas as minhas ilusões românticas.

Foi minha vez de ficar defensiva.

— Claro que não! — exclamei, sentindo as bochechas coradas. — John me levou para o Mundo Inferior para escapar das Fúrias.

A pele do Sr. Smith ficou o oposto da minha... não vermelha, mas alguns tons mais clara. O homem ficou paralisado atrás da mesa.

— Para o Mundo Inferior — repetiu ele. — Para escapar das Fúrias. Deus me ajude.

— O senhor achou o quê? — John não gostou da insinuação do motel tanto quanto eu, mas não ficou corado. Ele parecia estar com raiva, suas sobrancelhas negras franzidas e a boca tensa. Vi os músculos da mandíbula começarem a tremer perigosamente. Lá fora, as trovoadas ressoavam... mas talvez fosse uma tempestade se aproximando por causa do furacão que, a julgar pelo céu escurecendo, ainda estava por vir. — O senhor viu de camarote o que aconteceu com Jade. Acha que eu ficaria parado e deixaria que aquilo, ou coisa *pior*, acontecesse com Pierce?

O Sr. Smith teve dificuldade para formular a frase seguinte.

— Não, claro que não. Mas achei... é claro que entendo o porquê, depois do que aconteceu com Jade... e com a prisão do tio da Srta. Oliviera... vocês dois ficaram chateados... mas *você*, John... achei que *você* fosse velho o suficiente para fazer as coisas certas.

John deu uma olhada para mim. Olhei de volta, preocupada. Dava para ver que ele queria desesperadamente sair do escritório do sacristão, mas não achei que essa fosse a melhor das ideias. Não tinha certeza, mas pensei que o Sr. Smith poderia estar prestes a ter um infarto. Ele demonstrava todos os sinais — incoerência de discurso, respiração ofegante, mudança repentina de cor.

— Sr. Smith — falei ansiosamente —, posso pegar uma água ou alguma coisa para o senhor beber?

— É que — estourou o sacristão — não estamos na Grécia Antiga, John. Você não pode simplesmente transportar uma menina para o Mundo Inferior sem que haja *consequências*.

O músculo na mandíbula de John se contorceu mais ainda. Era uma surpresa ouvir a palavra *consequência* dita por outra pessoa que não John. Ele falava isso bastante, principalmente para se referir ao meu comportamento.

— Estou ciente disso, Sr. Smith — disse ele.

— Não acho que você está — disse o Sr. Smith em tom de reprimenda. — Porque se estivesse ciente, e se *tivesse* que fazer isso, como você argumenta, teria sido um pouco mais discreto, e o resultado não seria *este*. Então não acredito que tenha sido assim e não aceito seu comportamento.

O Sr. Smith encontrou o que estava procurando na mesa. Ele segurou um exemplar do jornal daquele dia. A maior parte da primeira página falava da tempestade, que definitivamente estava se aproximando.

Evacuação obrigatória para turistas, alertava a manchete. *Escolas fechadas. Jogo de futebol pode ser cancelado.*

Embaixo disso, uma montagem de fotos coloridas dos comerciantes no centro da cidade colocando tábuas nas janelas de vidro de seus restaurantes e lojas, preparando-se para o furacão.

Não conseguia entender o que isso tinha a ver com a gente. Provavelmente o Sr. Smith estava mesmo enfartando.

— Viu? — perguntou o Sr. Smith, apontando para o jornal.

Ainda mais abaixo, em letras quase tão grandes quanto as da manchete principal, havia uma outra sobre a morte de Jade. Não havia fotos de tio Chris, mas eu sabia que ele era o "morador da cidade" que foi escolhido para ser interrogado, graças a uma pista. A "pista" foi uma ligação anônima dizendo que viram meu tio perto da área onde achavam que Jade tinha sido assassinada, mesmo ele estando em casa, dormindo. Soltaram o tio Chris, mas ele ainda era considerado suspeito apesar de não haver prova nenhuma que o conectasse ao crime ou à vítima. Nenhuma pista.

— Me desculpe, mas não. Realmente não vejo como qualquer uma dessas coisas... — falei, encarando o jornal.

O sacristão apontou para o jornal de novo, impaciente.

— *Aqui* — falou.

Olhei para onde ele apontava.

Menina desaparecida. Suspeita de morte.

Havia um foto minha, a mais recente que tirei para a escola.

— Ah, não. — Meu coração se encheu de pavor. Peguei o jornal. — Não tinham uma foto melhorzinha?

O Sr. Smith me deu uma olhada séria.

— Srta. Oliviera — disse ele com as sobrancelhas grisalhas bem baixas —, entendo que entre os jovens de hoje em dia exista um desejo intenso de soltar frases de efeito a fim de conseguirem seus próprios reality shows na televisão. Mas duvido muito que a MTV venha para Isla Huesos filmar você no Mundo Inferior. Então não é possível que a senhorita só tenha isso a dizer.

Ele tinha razão, é claro. Embora eu não pudesse dizer o que realmente queria porque John estava ao meu lado e eu não queria fazer com que ele se sentisse pior do que já estava.

Mas o que eu queria fazer era cair no choro.

— É sobre Pierce? — John parecia inquieto. Lá fora, um trovão ressoou de novo. Dessa vez, pareceu ainda mais perto do que antes.

— Sim, é claro que sim, John — disse o Sr. Smith. Tinha alguma coisa estranha na voz dele. Quase parecia irritado com John. Mas por que estaria? John fez o que era certo. Explicou que tinha a ver com as Fúrias. — O que você esperava? A senhorita leu a parte em que seu pai oferece uma recompensa por informações que possam trazê-la de volta em segurança, Srta. Oliviera?

Meu olhar percorreu a página. Senti vontade de vomitar.

— Um milhão de dólares? — A empresa de meu pai, uma das maiores fornecedoras de produtos e serviços para indústrias de óleo, gasolina e indústrias militares do mundo, era avaliada em centenas de vezes mais do que isso. — Que pão duro.

Era tudo muito, muito ruim.

— Um milhão de dólares é bastante dinheiro para a maioria das pessoas — disse o Sr. Smith, dando muita ênfase ao *maioria das pessoas*. Ainda estava com aquele tom estranho na voz. — Embora eu reconheça que esta quantia possa significar pouco para uma residente do *Mundo Inferior*. Portanto recomendo prudência, seja lá aonde estiverem indo, porque há muitas pessoas nesta ilha que estariam mais do que dispostas a entregar você por um pedacinho dessa recompensa. Suponho que não deva perguntar aonde estão indo, não é? Ou sugerir que a senhora ligue para sua mãe, que está fora de si de tão preocupada?

— Boa ideia — falei. Por que não tinha pensado nisso antes? Já me sentia bem melhor. Poderia resolver tudo isso com uma única conversa. — Melhor ligar para mamãe...

Tanto o berro que o Sr. Smith deu quanto o fato de John ter me agarrado pelo punho enquanto eu tentava pegar a mochila onde estava meu celular me impediram de fazer qualquer tipo de ligação.

— Você não pode usar seu celular — disse o Sr. Smith. — A polícia, e o seu pai, com certeza estão esperando que você faça exatamente isso. Vão triangular o sinal na torre de telefonia mais próxima e assim encontrar você. — Quando fiquei encarando o Sr. Smith à menção da palavra *triangular*, ele balançou a cabeça e disse: — Patrick, meu companheiro, é obcecado por reprises de *Law & Order*.

Olhei para John. Ele deu uma olhada para meu punho, onde seus dedos ainda me apertavam. Então soltou a mão devagar.

— Me desculpe, Pierce — disse ele, reforçando o pedido de desculpas com o olhar. — Mas o Sr. Smith tem razão. A última coisa de que precisamos agora é mais gente sabendo que estamos aqui. Chegar e sair. Foi o que combinamos para esta visita. Estamos aqui apenas para ajudar seu primo Alex. Se lembra?

— Claro — murmurei. Abaixei a cabeça para que ele não visse em meus olhos a decepção que as palavras dele causaram em mim. Acho que, até aquele momento, eu não tinha percebido o quanto contava com a hipótese de ver minha mãe, mesmo que fosse rapidamente.

— A não ser, é claro, que você *queira* que seu pai descubra, Srta. Oliviera. — A voz do Sr. Smith cortou a tensão do ar como uma lâmina. Cruzou as mãos sobre o bloco verde-escuro em cima da mesa... mas não soou tão calmo quanto aparentava estar. Notei que seus dedos tremiam. — O artigo do jornal está correto? Você *está* sendo mantida contra sua vontade?

— *O quê?* — Olhei para o jornal e vi que havia outra foto, mais abaixo daquela que tirei na escola. Era uma imagem granulada de uma câmera de vídeo.

Uma câmera no teto de um dos corredores da escola de Isla Huesos.

Eu realmente não achava que as coisas pudessem piorar.

Estava enganada.

— É você — falei para John, sem forças, apontando para a grande figura escura claramente retratada na imagem do vídeo. — Você aparece, *sim,* em imagens. Seu rosto não tanto, mas o resto, sim.

John olhou para a foto por cima do meu ombro.

— E você — disse ele com a voz triste. — Está até usando as mesmas roupas.

Verdade. Na foto, mesmo que a imagem de John estivesse embaçada, dava para ver claramente o meu vestido preto. O pior é que eu parecia estar passando por uma grande dificuldade. A figura de John, bem maior do que a minha, me puxava. Não era preciso uma grande dose de imaginação para que parecesse que eu estava indo contra minha vontade. Meus braços estavam para cima e eu estava berrando. Para quem não captasse direito a mensagem, o jornal havia ajudado ao colocar uma legenda abaixo de John que dizia *possível sequestrador.*

O que cortaram da foto foi a pessoa para quem eu berrava e agitava os braços, a pessoa que fez com que John me arrastasse para longe dali: minha avó.

Senti um calafrio. Não tinha nada a ver com o fato de que o ar condicionado na sala do Sr. Smith tenha sido ajustado numa temperatura tão baixa que as janelas estavam embaçadas.

— Esta foto foi alterada — disse para o Sr. Smith, sentindo-me indignada por John. — Não foi assim que aconteceu.

— Não interessa — disse o Sr. Smith. — Esta foto já apareceu na maioria dos jornais e na televisão e espalhada por toda a internet. A Sra. Ortega, a avó de Jade, foi apenas a primeira pessoa a reconhecer você. Felizmente, consegui convencê-la de que foi um caso de identidade trocada, e o resto da família estava tão preocupada em cuidar dela que sequer notaram sua presença. Mas não estarei por perto para fazer isso com todo mundo. E nem sei se deveria.

— Minha avó estava em pé *bem ali* — falei apontando o lugar na foto onde a imagem foi claramente removida. — Ela estava tentando me matar. Eu tentei lutar, mas John não deixou, com medo de que eu me machucasse...

— Srta. Oliviera — disse o Sr. Smith com o mesmo tom cortante que estava usando desde que entramos em seu escritório. — Por favor. Sei que John é... especial... para você. Mas se quer que eu a ajude, é muito importante que diga a verdade.

De repente, percebi o que havia na voz do Sr. Smith: reprovação. Reprovação e, dentre todas as possibilidades, medo. Ele estava com medo. Não por mim.

Mas de John.

O que me deixou com mais frio do que nunca, e com um pouco de medo também.

— Eu *estou* falando a verdade — respondi ao mesmo tempo em que John disse:

— Do que você está falando? Pode ver com seus próprios olhos que ela não está machucada.

— Bem, tem uma pessoa que está machucada. Bastante. A avó de Pierce alega ter sofrido cortes graves no rosto — disse o Sr. Smith. — Pelo que ela diz, é porque você bateu nela, John, enquanto ela tentava impedir que você abduzisse sua neta linda, jovem e inocente, neta essa que você provavelmente assassinou, ou na melhor das hipóteses...

— Meu Deus — interrompi. A raiva tomou o lugar do medo. — Ela é muito mentirosa. *Eu* bati nela, não John, e foi porque ela confessou que queria me matar.

O Sr. Smith ergueu as sobrancelhas.

— Peço desculpas, mas a senhorita me parece estar bem viva, Srta. Oliviera.

— Na primeira vez em que morri — disse, enquanto pegava minha jaqueta jeans dentro da mochila e vestia, embora meu frio não tivesse nada a ver com a temperatura da sala. — Quando eu tinha 15 anos, ela me mandou um cachecol que me deixou presa quando tentei salvar um pássaro. Por causa disso, bati a cabeça, caí na piscina e me afoguei.

As sobrancelhas do Sr. Smith quase bateram no teto.

— Acho pouco provável que a polícia de Isla Huesos acredite que isso é uma prova de que a dona do Loucos por Costura é uma assassina.

— Ela fez isso porque está possuída por uma Fúria — falei, minha voz tão trêmula quanto meu corpo. — Disse que quer que eu morra, assim eu ficarei com John para sempre e ela e as outras Fúrias poderão passar a eternidade me machucando para torturar John.

— *O quê?* — O Sr. Smith fez que não com a cabeça. — Não, me desculpe. Mas isso é muito ridículo, até para Isla Huesos.

— É a verdade — insisti. — Se o *senhor* não acreditar em mim, quem vai?

Foi só então que o Sr. Smith fez algo remotamente humano. Levantou os óculos e pressionou o osso do nariz... e enquanto ele o fazia, vi que seus dedos tremiam mais do que antes.

— Conheço sua avó há mais de vinte anos e nunca a ouvi mencionar a existência de Fúrias, muito menos que ela seja *uma* delas — disse ele. — A mulher organiza a venda de bolos da igreja, pelo amor de Deus.

— Tudo que eu sei é que desde que John me deu o colar, ele fica preto sempre que estou perto dela — falei. O Sr. Smith sabia tudo sobre o colar. Foi ele quem explicou a linhagem da joia. Maria Antonieta perdeu a cabeça por causa dele. — Achei que fosse culpa *minha* não nos darmos bem... que tinha alguma coisa errada *comigo*, já que ela sempre me fez sentir estranha e desajeitada. Ela nunca disfarçou que não me acha boa o suficiente por não ser tão inteligente e bonita quanto minha mãe, e que precisaria me esforçar muito mais se quisesse ir tão longe quanto ela. — Minha voz ficou engasgada. Foi a primeira vez que falei essas coisas em voz alta. Me senti mal por falar disso na frente de John. Não queria que ele soubesse esses detalhes sobre mim.

Mas minha avó era uma Fúria, disse para mim mesma. Não era como se ela tivesse noção do que estava falando. Ela era a maldade pura. Ou estava possuída pela maldade, tanto faz.

— Agora sei a verdade — continuei, com a voz menos emocionada —, que não era nada comigo, era com ela. Minha avó é um monstro por dentro, literalmente, e que durante anos não quis nada a não ser machucar John, e agora a mim.

— Pierce — disse John, com calma, tocando meu ombro. Será que ele conseguia sentir meu corpo tremendo embaixo do jeans da jaqueta? — Você não precisa falar mais nada para ele. Não temos tempo para isso. Vamos...

— Não — disse o Sr. Smith recolocando os óculos e falando com voz cansada. — John, não tem como você *não* ter tempo de ouvir o que tenho a dizer. E Pierce... agora aceito aquela água que me ofereceu. Ou melhor, um chá, por favor. Tem uma pequena cozinha nos fundos, no final daquele corredor ali. Você vai encontrar tudo o que precisa. Pode fazer isso, querida?

Fiquei surpresa. Só minha mãe me pedia para fazer chá. E ninguém nunca me chamou de querida. Principalmente no meio de uma conversa sobre parentes que estavam tentando me assassinar.

— *Agora?* — perguntei.

— Sim — disse o Sr. Smith afrouxando um pouco a gravata. Para um senhor que se vestia com muito senso de estilo, hoje tendo escolhido calças brancas e camisa verde-menta com gravata cor-de-rosa de crochê, o Sr. Smith parecia mesmo um pouco fora de si, devo admitir. — Certa vez mencionei a você que também passei por uma experiência de quase morte... embora, como a maioria das pessoas, não tenha tido a sorte de me lembrar da viagem ao Mundo Inferior. Mas foi isso, é claro, que despertou meu interesse por coisas relacionadas à vida após a morte. No entanto, meu coração não é mais tão forte desde então. Acho que um chá seria a coisa certa...

— Sim, claro — falei, ficando de pé. Meu olhar encontrou o de John. Ele balançou a cabeça bruscamente, indicando que não queria que eu fosse. Ele queria ir embora.

O que eu deveria fazer, no entanto? Negar chá a um velho frágil? Impotente, dei de ombros para John e me apressei pelo corredor que o Sr. Smith tinha indicado.

— Ela não é uma criança. — Ouvi John dizendo em tom cortante assim que saí da sala. — Não pode simplesmente mandá-la para a cozinha porque tem alguma coisa para falar que não quer que ela escute. Seja lá o que tem para me dizer, pode dizer na frente dela.

— Ah, eu não acho que você gostaria que ela ouvisse o que vou lhe dizer — rebateu o Sr. Smith... o que evidentemente me fez parar antes de colocar o pé na cozinha e me enfiar nas sombras do corredor para que eles não me vissem escutando atrás da porta. Eu sabia que isso era errado, mas por que o Sr. Smith estava com tanta raiva? Eu tinha de descobrir. — Conheço você há muito tempo, John, então prefiro achar que não vai me matar por dizer isso, porque somos amigos, e amigos devem poder falar honestamente uns com os outros. Mas em nome de tudo que é mais sagrado, o *que* estava passando pela sua cabeça? Estamos no século XXI e somos um país civilizado. Com *leis*.

— Felizmente — disse John com a voz calma — ninguém lhe perguntou nada porque isso não é da sua conta.

— Não é da minha conta? Ela tem 17 anos de idade, e você tem...

— Dezenove — respondeu John sem rodeios.

— ... cento e oitenta e quatro. E você a transportou... bem, não para além dos limites do estado, mas para o mundo dos mortos, o que tenho toda certeza de que seria reprovado pelo pai dela, caso ele soubesse.

— Ele reprovaria se soubesse que fiz isso para impedir que fosse assassinada?

— Por que você não veio falar comigo sobre isso, John? — O tom do Sr. Smith era de súplica. — Talvez eu pudesse ter ajudado.

— Ou talvez tivesse acabado morto, como Jade ou como o Sr. Cabrero, o avô de Pierce — disse John, curto e grosso. — Ou acha que ele não descobriu a verdade sobre a esposa e tentou impedir o que ela estava fazendo?

— O quê? — O Sr. Smith pareceu chocado. — Está dizendo que aquela senhora matou o marido também? Não seja infantil, John. Carlos era meu amigo, eu teria descoberto...

— Teria? — perguntou John, em um tom frio porém educado. — Você acabou de dizer que foi para a igreja com ela, mas não fazia ideia de quem ela realmente era. Acha mesmo que se eu tivesse outra opção não teria feito diferente?

— De verdade? Não. Porque sei o que você sente por essa menina. Então quando a oportunidade apareceu você ficou mais do que feliz em aproveitá-la. Tenho certeza de que a Srta. Oliviera sequer está encontrando dificuldade para se adaptar, uma vez que ela já foi ao seu mundo antes. Mas nada disso torna correto o que você fez, John, não mais correto do que o que fizeram com você. Tenho certeza de que existe uma maneira melhor. Eu entendo sobre as Fúrias. Elas são um problema, concordo com...

— Um *problema*? — John ergueu o tom de voz, sem acreditar.

— Me deixe fazer algumas pesquisas. Talvez tenha alguma coisa que deixei passar, alguma maneira de se livrar delas que ninguém nunca pensou. Enquanto isso, o pai dela é rico, ele pode mandá-la para qualquer lugar para afastá-la da avó...

De repente, entendi por que o Sr. Smith me pediu para sair da sala. Não estava apenas com raiva de John por ele ter me sequestrado e me levado para o mundo dos mortos, como Hades fez com Perséfone: o Sr. Smith estava tentando persuadir John a desistir de mim.

— Diga que veio até aqui para fazer a coisa certa e devolvê-la — continuou o Sr. Smith com voz baixa e imperativa. — É a única maneira. Os pais dela estão desesperados... como a sua própria mãe deve ter ficado quando soube de seu desaparecimento, John, há tantos anos. Você vai fazer com a mãe de Pierce a mesma coisa que fizeram com a sua? Não posso acreditar nisso.

Eu não conseguia acreditar que o Sr. Smith estava falando de mim como se eu fosse um gatinho perdido, que não pudesse opinar sobre o que *quer* fazer ou *onde* quer morar. Se bem que, na verdade, eu não podia mesmo, uma vez que as Fúrias — e John — meio que decidiram por mim.

A verdade, no entanto, é que as Fúrias já haviam decidido antes de qualquer um.

Eu estava prestes a voltar lá e falar isso... mas então eles saberiam que eu estava ouvindo. E então John acabou falando por mim:

— De acordo com o jornal que você nos mostrou, o estrago já foi feito — observou ele com frieza —, então não vejo qual o benefício de Pierce voltar agora. Dito isso, não há lugar neste mundo onde o pai dela possa enviá-la para que as Fúrias não a encontrem... *e* não há lugar onde a envie que eu não possa encontrá-la também, contanto que ela me queira.

— Contanto que ela queira você — repetiu o Sr. Smith devagar. — E quanto tempo você acha que isso vai durar? Ela sequer sabe a verdade sobre como você foi parar lá?

Mesmo eu tendo aguçado a audição para ouvir a resposta de John, tudo que percebi foi um silêncio de pedra, até que ouvi:

— Como está se saindo com o chá, Srta. Oliviera? — perguntou o Sr. Smith.

Surpresa, dei um pulo e corri o mais devagar possível pelo corredor, meus passos de balé felizmente inaudíveis no chão acarpetado.

— Tudo bem — respondi da cozinha.

Só que percebi que ainda estava tremendo e sentindo mais frio do que nunca, mesmo com a jaqueta.

Menti para o Sr. Smith, é claro. Eu não estava bem.

Não tinha certeza se algum dia ficaria bem de novo.

"Diz para onde caminha a alma
dentro desses nós; e diz, se és capaz,
se alguém se livra de tais membros."

DANTE ALIGHIERI, *Inferno*, Canto XIII.

Eu estava esquentando as mãos na chaleira, enquanto esperava a água ferver — graças ao fato de o Sr. Smith não ter micro-ondas ou chaleira elétrica, nem eletrodomésticos modernos de nenhum tipo — quando olhei pela pequena janela da cozinha e a vi:

Esperança apareceu do nada — veio voando lá de cima — e parou em um pequeno jardim de terra atrás do escritório do sacristão.

A princípio, achei que não tinha como ser ela.

Mas quando a vi dando aquele passinho desajeitado, levantando folhas mortas à procura de comida, soube que *só* podia ser ela. Quantas pombas brancas com uma fome feroz e com penas pretas embaixo das asas havia em Isla Huesos? Ainda mais me seguindo?

Por que ela saiu do Mundo Inferior? E *como*?

Dei uma olhada na cozinha, que claramente só era usada para servir bebidas aos que estavam de luto, e talvez para armazenar armadilhas para formigas, e fiquei surpresa ao encontrar um saco pela metade de sementes para pássaros. No entanto, não deveria ter me surpreendido. O cemitério tinha 19 acres de extensão e provavelmente servia de ponto de descanso para uma grande variedade de pássaros em sua rota migratória anual para o Sul. Aposto que o Sr. Smith daria trabalho para mamãe em uma aposta sobre ordens e gêneros dos pássaros.

Peguei o saco de sementes e abri a porta de vidro que dava para o jardim. Então me sentei no primeiro degrau, peguei algumas sementes e joguei uma boa quantidade no degrau abaixo do meu.

Esperança olhou para mim mas não veio logo. Estava obviamente insultada por eu tê-la deixado para trás e por isso estava me dando um gelo.

— Venha — falei —, sei que você quer.

O jardim estava mais para uma espécie de depósito cercado do cemitério. Para completar, tinha um galpão de ferramentas e pilhas de bustos de pedra e estátuas em vários estágios de conserto. Não era um jardim propriamente dito.

Já estava tarde e as evidências do furacão que se aproximava estavam em todos os cantos: as nuvens de um roxo lúgubre no céu; as limas-espanholas que foram sacudidas pelo vento e caíram de uma árvore perto dali e que agora jaziam esmagadas no chão do jardim enlameado; e a umidade que me obrigou a tirar a jaqueta e amarrá-la na cintura.

Então não tinha ninguém por perto para me ouvir falando com um pássaro.

— Saímos com pressa — expliquei para Esperança. —Além disso, você fica mais segura lá do que aqui. Não deveria ter seguido a gente.

Ela arrulhou e mexeu a cabeça para inspecionar as sementes. Contudo, deixou claro com sua atitude metida que seu objetivo era a comida, e não eu.

Um segundo depois, a porta de vidro se abriu atrás de mim e um sapato preto — anexado a uma perna com calça branca — apareceu no degrau ao meu lado. O sapato tinha franjinhas. Graças ao Sr. Mueller, eu tinha aversão a sapatos masculinos com franjinhas.

Mas os sapatos de franjinhas do Sr. Smith, combinados com meias cor-de-rosa, não me incomodavam... talvez porque ele nunca teve um caso com minha melhor amiga e nunca a levou a cometer suicídio.

— Ah — disse o Sr. Smith, parecendo surpreso em ver uma pomba bicando sementes nos degraus de seu jardim-depósito. — Fez uma amiga.

— John me deu de presente — falei. — Chama-se Esperança. Sei que é um nome idiota, mas eu gosto, e ela já responde por ele. Veja. Esperança?

O pássaro olhou para cima, zangado por estar sendo interrompido do banquete. Quando acenei para ela, Esperança se sacudiu toda como um pato tirando água das costas e depois abaixou a cabeça para continuar comendo.

O Sr. Smith pareceu ainda mais surpreso.

— Bem — disse —, que legal da parte dele, não é? Acredito que você saiba que as rolas-carpideiras recebem seus nomes por causa do som triste, quase fúnebre, de seu choro.

Acho que não existem muitos sacristãos mais adequados a esse trabalho do que o Sr. Smith, graças à sua obsessão pelo tópico morte.

— Isso faz com que esta pomba seja companhia bem apropriada para a esposa do senhor do Mundo Inferior. Também ouvi dizer — prosseguiu o Sr. Smith, sentando-se ao meu lado — que as rolas-carpideiras são monogâmicas, encontrando um único par para a vida toda.

— Legal — respondi olhando para Esperança com certa tristeza. O que será que aconteceu com o par dela? Torci para que ela ainda não o tivesse conhecido e para que não fosse uma viúva triste. Embora ela não parecesse estar tão infeliz ali devorando o punhado de sementes que joguei para ela. — Achei que ela fosse uma pomba comum.

— A coloração dela é estranhamente pálida para uma rola-carpideira, mas dá para saber por causa das marcas — disse o Sr. Smith. — Essas penas pretas embaixo das asas e da cauda.

— Então ela tem um lado negro — murmurei. Assim como a pessoa que a deu para mim. Eu deveria ter adivinhado. Olhei para o Sr. Smith. — O senhor sequer me perguntou sobre o chá. Eu sabia que só me mandou para cá para que pudesse conversar com John a sós, mas o senhor não deveria culpá-lo pelo que aconteceu. Nada disso é culpa dele. Onde ele está, falando nisso?

— Está lá dentro. Disse para ele que queria conversar com você a sós um pouco. Acho que ele não gostou muito dessa ideia... na verdade, deve estar bolando um plano para adiantar minha partida neste momento. Ele é bastante... cuidadoso com você, não é?

— Bem, nós acabamos de ficar juntos — expliquei —, depois de anos de desentendimentos e brigas que nos mantiveram afastados. E agora descobrimos que uma pessoa da minha família está tentando me matar. Acho que ele só quer evitar que esmaguem minha cabeça, como fizeram com Jade. Ou coisa pior, como ele mesmo diz. — Ainda que eu ache que nada possa ser pior do que o final de Jade.

— Eu me culpo — disse o Sr. Smith com tristeza. — Sempre soube que sua avó desaprovava o interesse que seu avô tinha por divindades da morte e da possibilidade de haver um mundo inferior embaixo de Isla Huesos. Sempre achei que era porque Ângela Cabrero é muito religiosa. Ela, como várias outras pessoas, quer acreditar que há um céu e um inferno e pronto. Não percebi que a reprovação dela em relação à ideia de haver mais tons entre o preto e o branco é... *pessoal.*

— Teoricamente, não é — respondi. — É a Fúria que a possuiu que deseja se vingar de John e a está forçando a me usar para tanto. Mas não sei se acredito nisso. Ela *permitiu* que a Fúria a possuísse, o que me faz pensar que toda aquela raiva devia estar ali dentro o tempo todo.

— Meu Deus — disse o Sr. Smith —, agora discutindo se um ser humano normal tem ou não força para resistir à uma Fúria. É o tipo de coisa que seu avô e eu poderíamos passar a tarde toda debatendo, mas John me falou que tenho meros cinco minutos com você. Disse que você só está aqui para garantir que seu primo desafortunado fique bem.

Ele notou que franzi o rosto ao ouvir *desafortunado* e continuou.

— Por favor, eu conheço o menino. Seu primo Alexander é realmente desafortunado, e com isso quero dizer infeliz, não sem sorte. Alex certamente já enfrentou sua cota de dificuldades, mas acho que cada um faz sua própria sorte. Não me diga que acredita nessa besteira de destino. Não. Nossos pais nos dão a vida, mas o que fazemos com ela é de nossa responsabilidade.

— Na verdade — falei, pensando no café da manhã que apareceu do nada, quentinho e impossível de resistir. — As Moiras são reais. Já tive experiências pessoais com elas, apesar de nunca ter visto uma. Eu gostaria de ver, no entanto.

— Não falei que não acredito nas *Moiras* — disse o Sr. Smith. — De acordo com meus estudos sobre a vida após a morte, acredito que as Moiras sejam espíritos, assim como as Fúrias. São como o que as pessoas talvez chamam de anjos, mas do tipo que anda na terra, não do tipo com asas. Quando as pessoas são impelidas a fazer o bem pelo espírito da gentileza humana, acredito que é um trabalho das Moiras... assim como outras pessoas são movidas a fazer o mal por causa das Fúrias.

Franzi o nariz.

— Então o senhor acha que as Moiras são parecidas com o poder da oração? — Ele tinha de estar sob efeito de alguma coisa. John *disse* que as coisas que queria com muita força, dentro da razão, tinham a tendência de aparecer.

— Alguma coisa assim — disse o Sr. Smith, dando uma risadinha. — De qualquer maneira, John quer encontrar seu primo e levar você de volta e antes do anoitecer, o que é compreensível... apesar de ser uma pena porque é a noite do Festival do Caixão. Caso ela não seja cancelada por causa da chuva, é um evento que vale a pena ver...

— *Festival* do Caixão? — Já tinha ouvido falar da Noite do Caixão, mas o Festival do Caixão era novo. Eles amavam mesmo os mortos na Ilha dos Ossos.

— Ah, é só um evento que fazem no centro da cidade nessa época do ano — disse, abanando a mão em sinal de desdém. — É bem pequeno porque é uma tradição só para os locais, entende? Eles têm o cuidado de não colocá-lo no calendário de eventos que distribuem aos turistas porque as autoridades não gostam de incentivar a Noite do Caixão. Alguns vendedores colocam barracas, vendem comida de rua e as inevitáveis camisetas de Isla Huesos, uma banda local toca música cubana, as pessoas dançam para comemorar o fato de estarem vivas, mas isso nem chega perto dos milhares que aparecem para o Ano-Novo. Mas não era sobre isso que queria falar com você. Queria mesmo era saber se está feliz ou não.

Olhei para ele, surpresa.

— Feliz?

— Sim, *feliz* — repetiu o Sr. Smith, enfatizando a palavra da mesma forma que enfatizou *desafortunado*. — Tenho certeza de que tudo parece muito romântico e incrível, ter um jovem bonito como John levando você para o Mundo Inferior. Quem não amaria isso? Mas tirando as boas intenções dele, salvá-la das Fúrias e tudo mais, você precisa entender que o que John fez foi errado... muito, muito errado.

Pensei na manhã, quando acordei nos braços de John depois daquele pesadelo terrível em que o perdia, e em como os beijos me fizeram sentir como se estivesse derretendo sobre ele, quase como se fôssemos uma só pessoa. Depois, de como determinei que cuidaria dele, da mesma maneira como ele tentou cuidar de mim durante anos, mesmo quando eu o afastava... e como mais tarde ainda, vi que ele teve o trabalho de incorporar minhas sugestões sobre como atender melhor às necessidades dos mortos...

— Estar com ele não me parece errado — falei com os olhos enchendo de lágrimas. — A única coisa que me parece errada é tentar imaginar viver em um mundo sem ele.

Os olhos do Sr. Smith arregalaram-se um pouco por trás das lentes dos óculos.

— Suponho que esteja tudo bem então — disse ele — com o fato de que você aparentemente *tenha* de ficar no mundo dele. O que me deixou surpreso, já que eu tinha quase certeza de que você estava consciente de tudo o que aconteceu com Perséfone quando *ela* comeu no Mundo Inferior. Na verdade, quando eu soube que você comeu no reino dos mortos quase pensei que tinha feito isso de propósito porque assim seria obrigada a permanecer com ele, visto que sabia muito bem...

— Achei que fosse só com as romãs — interrompi. — Foi o que me ensinaram na escola. Perséfone comeu as sementes de romã, a fruta dos mortos.

O Sr. Smith ergueu as sobrancelhas.

— Ah, sim, claro. Essa é a versão mais comum. A versão segura e diluída que geralmente contam... Ninguém quer assustar as crianças ou fazê-las pensar demais. A pobre Perséfone comeu a coisa errada, só isso.

Eu não fazia ideia do que ele estava falando.

— E John, é claro, não a interrompeu. Bem, ele não faria isso, não é? — O tom do sacristão mudou um pouco. — Isso estaria longe de ser do interesse *dele*.

— Ele achou que eu sabia — respondi. As lágrimas que enchiam meus olhos começaram a cair. — Por que o senhor é tão contra a nossa união? Por que sinto que todo mundo quer que a gente termine? Não só as Fúrias e minha avó, mas *todo mundo*, até o senhor?

— Não estou sugerindo que vocês terminem — disse o Sr. Smith, surpreso pelo meu choro. Ele colocou a mão no bolso, pegou um lenço bem dobrado e o entregou para mim. Era cor-de-rosa, é claro, para combinar com as meias e a gravata. — Mas quando você veio aqui naquela noite me visitar, e eu disse que talvez fosse melhor tentar ser um pouco mais doce com ele, não estava falando que você deveria *ir morar com ele* e passar o resto da eternidade no Mundo Inferior. Pelo menos não no dia *seguinte*. Meu Deus, os coitados dos seus pais. Imagine se descobrem que incentivei você?

— O senhor disse que o que fazemos com nossas vidas é da nossa responsabilidade, Sr. Smith — relembrei a ele enquanto enxugava minhas lágrimas. — O senhor não é responsável pelo que fiz. *Eu* sou, por ter me apaixonado por ele. Isso aconteceu muito antes de eu conhecer o senhor. Então pode tirar o peso das costas. — Devolvi o lenço. — E quanto à minha mãe... Bem, eu não sei o que vou fazer em relação a ela. Neste momento, estou mais preocupada com Alex.

— Sinto muito pelo que está passando — disse ele, com um sorriso compreensivo. — Vamos fazer o seguinte, vou pesquisar sobre essa regra da comida e da bebida no Mundo Inferior. Quem sabe? Talvez John esteja errado. É possível que essa questão tenha sido interpretada da forma incorreta com o passar dos anos. Não seria a primeira vez. Há vários pesquisadores que acreditam piamente na sua teoria das romãs, por isso foi essa a teoria que lhe ensinaram... embora na maioria das culturas, incluindo o judaísmo, o hinduísmo e a China Antiga, a romã, por causa de suas sementes, sempre tenha sido associada à fertilidade e à reprodução, e não à morte. Mas é um pensamento intrigante. — O Sr. Smith ergueu as sobrancelhas. — E se a narrativa da história de Perséfone foi levada muito ao pé da letra e a romã na verdade simbolizar...

Levantei uma das mãos para conter o fluxo de palavras dele, temendo estar prestes a ouvir uma palestra sobre a história cultural das romãs. O Sr. Smith era tão chato quanto minha mãe, em alguns sentidos. Era capaz de falar durante horas sobre minúcias do folclore das divindades da morte da mesma maneira que ela podia falar durante horas sobre os colhereiros.

— Eu só quero saber qual é o lance dos bebês no Mundo Inferior — falei, cansada. — As pessoas podem engravidar lá ou não?

O Sr. Smith parecia estar prestes a enfartar novamente. Uma camada de suor apareceu em sua testa, e ele pareceu ficar um pouco acinzentado. Eu estava achando o calor um alívio depois do frio do Mundo Inferior e do ar condicionado do escritório. Acho que ele não concordava comigo. Usou o mesmo lenço que havia me emprestado para secar o rosto.

— Foi exatamente por isso que Patrick e eu resolvemos não ter filhos — murmurou ele —, para não precisarmos ter conversas como esta. E ainda assim... cá estou.

— Se puder responder à pergunta — falei com o máximo de educação que pude —, seria ótimo. Eu realmente não quero ter um bebê demônio bizarro, e acho que John também não.

— Sim, bem — disse o Sr. Smith tirando os óculos e começando a lustrar as lentes, o cacoete dele sempre que se sentia desconfortável. — Imagino que ter um bebê demônio bizarro seria desagradável para todos os envolvidos. Então você vai gostar de saber que, nos meus estudos sobre psicopompos, nunca encontrei uma divindade da morte capaz de gerar crianças em qualquer hipótese, nem mesmo demônios bizarros... suponho que seja assim porque a vida é o completo oposto da morte. Hades e Perséfone certamente nunca tiveram filhos juntos.

— OK — falei, aliviada. Era uma coisa a menos para esquentar minha cabeça.

— Mas entende minha preocupação, não é, Srta. Oliviera? — O Sr. Smith recolocou os óculos e olhou para mim com preocupação em seus olhos castanhos. — Sei que John me mataria por lhe falar isso, mas ainda há tanta coisa que você não vivenciou. E que agora nunca mais poderá. Consegue honestamente, me dizer que de fato não se arrepende de tudo isso?

Eu me levantei e desci os degraus. Comecei a andar pelo jardim pequeno e entulhado, de repente não conseguindo mais ficar parada. O sol finalmente tinha conseguido passar por entre as nuvens espessas ao Oeste, criando um show magnífico de luzes laranja e amarelas contra as nuvens carregadas de chuva e iluminando as estátuas sobre as criptas — anjos, Virgens Marias e querubins — com uma luz dourada.

— É claro que tenho arrependimentos — falei, enfiando as mãos nos bolsos do vestido —, mas como acha que John deve se sentir? Ele passou *duzentos anos* sem... *vivenciar* nada. É isso que não entendo, Sr. Smith. Quando eu estive aqui antes, o senhor estava do lado de John. Parecia até estar meio decepcionado por eu não gostar tanto dele. Agora parece preocupado por eu gostar dele *demais*.

— Não estou do lado de ninguém — insistiu o Sr. Smith, ainda sentado no degrau. — Simplesmente não quero ver você se machucar. E quero ter certeza de que está totalmente ciente do risco que está correndo, que sabe o que está fazendo...

— É *claro* que não sei o que estou fazendo — exclamei, jogando os braços para cima. Esperança, que estava bem perto de mim, deu seus passinhos esquisitos para longe do meu caminho, irritada. — Tudo o que sei é que um bando de pessoas odeia meu namorado por motivos que não são nem um pouco culpa dele, e por causa disso, pessoas inocentes morreram, incluindo eu. É tudo muito confuso, e odeio isso, mas se existe algo que eu possa fazer para por um fim nisso, não vou ficar sentada ensinando sobre romãs para as pessoas. Vou fazer *alguma coisa*. Então realmente não ajuda se o senhor ficar falando que John vai adiantar sua partida por falar isso ou matá-lo por falar aquilo. O senhor sabe que ele não é assim. Ele é o *guardião dos mortos*, o trabalho dele não é punir os vivos. Então se quiser ajudar, *ajude*. Caso contrário, guarde seus sermões.

O Sr. Smith piscou os olhos algumas vezes em resposta ao meu ataque.

— Entendo — disse ele, finalmente, com a testa franzida em sinal de preocupação. — A senhorita certamente não se contém quando o assunto é expressar seus sentimentos, não é, Srta. Oliviera? Peço perdão se falei alguma coisa que lhe ofendeu. Os eventos dessa última semana têm sido um pouco... demais para mim. Embora ache que devem ter sido bem mais difíceis para outras pessoas, como a pobre Jade Ortega. — A voz do Sr. Smith virou um sussurro rouco. — Mas a verdade é que desde que a senhorita apareceu aqui, esta ilha entrou em uma desordem tão grande, da tempestade à morte de Jade, à revelação de que sua avó é uma Fúria, que *não* sei mais quem é John. Fui forçado a reavaliar tudo que sempre achei que sabia... incluindo minha opinião sobre John Hayden. Como você disse, ele *é* o guardião dos mortos. Mas você ainda nem sabe o que ele fez para virar isso, sabe, Srta. Oliviera?

— Não — respondi, congelada. Um vento repentino bateu, sacudindo as palmeiras acima de nós e fazendo com que as nuvens encobrissem a amostra breve, porém linda, de luz do sol que tinha aparecido, escurecendo o céu novamente. — Ele disse que era uma longa história. — E também que ela faria com que eu o odiasse. Tentei tirar isso da cabeça. Não podia ser verdade. — Sei que tem a ver com um barco. Já conheci a tripulação... bem, alguns deles. O *Liberty*.

— O *Liberty* — disse o Sr. Smith com tristeza. — Isso. Fique onde está, Srta. Oliviera. — O sacristão se levantou, suas juntas estalando em protesto. — Tenho um livro que a senhorita precisa ler. Pode ajudá-la a esclarecer uma ou duas coisinhas...

Claro. Eu estava fugindo de espíritos do mal que queriam me matar, e agora, de acordo com o jornal, fugindo também da lei. Ainda assim, Richard Smith, o sacristão do cemitério e perito em divindades da morte, tinha um livro para que eu lesse em todo meu tempo livre.

Abriu a porta de vidro.

Não foi esse o barulho que fez com que Esperança batesse as asas e voasse. Foi o som do portão de madeira que dava para o depósito sendo aberto.

O Sr. Smith se virou, tão nervoso quanto Esperança, para ver quem estava entrando no jardim. Ao perceber que era o mesmo coveiro que eu vira empurrando o carrinho de mão atrás da família de Jade, ele ficou visivelmente relaxado.

Mas eu não.

— Ah, Mike — disse o Sr. Smith com um sorriso alegre enquanto o homem empurrava pelo jardim o carrinho de mão, que agora estava vazio a não ser por algumas ferramentas. — Não sabia que ainda estava aqui. Deveria ter ido para casa há horas. Estão dizendo que a tempestade vai nos atingir com tudo. Você deve ter algumas janelas para lacrar...

— Não — disse Mike, olhando para mim. Provavelmente ele era só um pouco mais velho do que John, mas com sua barba por fazer e tatuagens coloridas de mulheres em todos os cantos dos braços (ele tinha cortado as mangas do macacão do cemitério de Isla Huesos para deixá-las à mostra) parecia décadas mais velho. — Não precisa. Aposto que vai se dissipar em Cuba. Quem é essa?

O problema não foi apenas a maneira como Esperança reagiu a ele (ela não foi procurar segurança no galho mais alto da árvore de lima-espanhola quando o Sr. Smith entrou). Tinha algo em Mike que me deixava instantaneamente cabreira. Ele estava olhando para mim com tanta força... quase como se me reconhecesse.

Calma, falei para mim mesma. Ele está apenas planejando o que vai fazer com a recompensa de um milhão de dólares que papai ofereceu para quem me trouxesse de volta em segurança.

— Ah — disse o Sr. Smith. Não pareceu perceber o meu embaraço, nem o fato de que Mike sabia completamente quem eu era. — Esta é... minha sobrinha, Jennifer. Jennifer, este é Mike, nosso novo coveiro no cemitério de Isla Huesos.

Mike começou a limpar a sujeira dos dedos com um pedaço de pano que estava em seu carrinho de mão, obviamente esperando apertar minha mão. Então vi que não tinha escolha a não ser ir na direção dele com a mão já estendida.

Não sei o que me fez olhar para o cordão, resguardado pelo zíper da frente do meu vestido. Instinto, talvez. Ou o fato de que Esperança tenha começado a mexer a cabeça para cima e para baixo no galho, com asas abertas a fim de aparentar ter o dobro do tamanho que tinha.

O diamante que John me deu tinha ficado tão negro quanto as penas embaixo da asa de Esperança... tão negro quanto as nuvens de tempestade que começavam a se impor no céu.

Em um surto de lucidez, eu soube que não era a recompensa que Mike queria. Era minha vida.

Quando olhei de novo para ele, vi que tinha jogado o pano fora e que estava pegando uma das pás no carrinho. Seu olhar inanimado estava fixo em mim.

Respirei fundo. O que saiu não foi o berro de terror que eu estava esperando, mas um nome.

— *John!*

Mike já estava com a pá no ar, acima da cabeça.

Lá vi erguidas, horripilantes,
As três Fúrias tingidas de sangue,
Femininas no meneio e no semblante.

DANTE ALIGHIERI, *Inferno*, Canto IX.

Eu me virei e corri para os degraus. Mike estava bloqueando o portão, a única outra saída do jardim.

Sabia que nunca conseguiria entrar no escritório do Sr. Smith antes que a pá esmagasse meu crânio. Uma parte de mim já podia sentir o metal abrindo caminho até minha coluna. Mesmo que chegasse nos degraus, não faria diferença. O Sr. Smith estava no meio do caminho para a porta. Parecia confuso.

— Mike, o que você está fazendo? — perguntou ele.

O sacristão estava muito chocado para simplesmente abrir a porta de vidro e entrar para onde ambos estaríamos relativamente a salvo, se Mike não tivesse usado a pá para quebrar o vidro.

Richard Smith não compreendeu que o Mike que ele conhecia já era. Ele estava completa e totalmente possuído pela Fúria dentro dele.

Nós dois íamos morrer.

No entanto, é incrível o que uma pessoa é capaz de fazer para sobreviver. Quando me virei para correr até os degraus, totalmente ciente de que não conseguiria sem a ajuda de algum tipo de milagre, passei os últimos preciosos segundos da minha vida procurando por uma arma que pudesse usar em autodefesa. Meu olhar pousou sobre estátuas de anjos partidas e pilhas de bustos quebrados que estavam espalhados pelo jardim, e sobre os vasos e potes de plantas — daquele tipo que as pessoas deixam nos túmulos para seus entes queridos — que foram removidos por estarem quebrados. As flores dentro deles estavam retorcidas e mortas.

Eu me abaixei para pegar um vaso, ao mesmo tempo em que Mike moveu a pá...

... no exato momento em que John apareceu na porta, empurrando o Sr. Smith para o lado e correndo pelos degraus, num movimento tão rápido que só senti uma vaga sensação de brisa cheirando a madeira queimada quando ele passou por mim. O corpo dele era um borrão.

John pegou a pá com uma das mãos, retorcendo-a para tirá-la das mãos de Mike antes que a espátula metálica atingisse meu crânio. Com a outra mão, John empurrou Mike para longe de mim com tanta força que o homem voou para trás e atingiu uma cerca de madeira.

O corpo dele atingiu as tábuas com tanto peso que a estrutura quase desabou, antes que Mike quicasse na cerca e caísse na lama macia logo abaixo.

— Entre antes que você se machuque — disse John para mim sem tirar os olhos do homem que já se levantava, cambaleante.

Reconheci o brilho perigoso, quase selvagem, nos olhos de John, e a maneira como o peito dele subia e descia, como se tivesse corrido uma maratona, e não da frente do pequeno chalé até os fundos.

Exatamente da mesma forma que estava quando o vi tentando matar um homem pela última vez. Só não o fez porque eu o impedi.

— John — falei. Fiquei congelada, ainda segurando o vaso de terra. — Não.

Ele sequer olhou para mim. Seu olhar estava fixo no coveiro.

— Está tudo bem — disse John. — Entre.

Mike também não parecia estar pronto para desistir. Seus lábios se curvaram em um sorriso sarcástico quando viu o sangue que manchou seu punho ao limpar a boca.

— Não adianta — disse ele para John com um sorrisinho. — Uma de nós vai chegar nela um dia. Se não for nela, então em alguém próximo dela. Você é o protetor dos mortos, não dos vivos. Como acha que vai nos impedir?

— Tive uma ideia — falou John. Ele bateu com a pá na estátua de um anjo de mármore, trazida para a manutenção porque, de alguma maneira, havia perdido a cabeça. A pá quebrou a estátua em duas partes, deixando John com a parte com uma ponta letal. Foi a que ele escolheu. — Por que não mato você de uma vez?

Mike sorriu.

— Vá em frente.

— John — berrei mais alto dessa vez. — Não!

Mas John me ignorou e foi na direção de Mike com sua lança. Enquanto isso, Mike pegou a cabeça metálica da pá e a levantou para se defender, ainda com um sorriso no rosto. Ele estava se divertindo.

— Meninos — disse o Sr. Smith finalmente saindo do choque e voltando à si. — Parem com esse absurdo, os dois. Vou entrar e chamar a polícia agora... — Dessa vez ele teve sucesso em sua tentativa de alcançar a maçaneta.

Minha pulsação, que já estava acelerada, deu um salto, porque percebi que o Sr. Smith ainda estava apegado à vida que levava antes — como ele mesmo disse — do caos causado pela minha chegada em Isla Huesos. Apegado a um tempo em que seu conhecimento sobre as Fúrias era apenas teórico, na época em que suas conversas com John eram papos interessantes quando se encontravam por acaso durante um dos passeios solitários de John pelo cemitério, e não no meio de brigas sobre John ter sequestrado meninas. O Sr. Smith com certeza não entendeu o que estava acontecendo. A polícia não tinha como dar fim àquilo. Eu era a única pessoa capaz disso.

Mas como?

A resposta veio um segundo depois, quando John se jogou em Mike, que, a fim de evitar o choque, veio para cima de mim. Não pensei, apenas agi. Joguei o vaso de planta que ainda estava segurando na cabeça dele. O som do contato do vaso com a cabeça de Mike foi de dar náusea.

Eu nunca tinha deixado ninguém inconsciente. Quando bati na vovó, estava com raiva. Quando bati em Mike, estava simplesmente com medo. Eu me senti péssima, mesmo que Mike merecesse aquilo totalmente. Meu coração estava quicando dentro do peito e fiquei enjoada quando o vi caindo. Ele também não caiu direitinho, como acontece com as pessoas que recebem uma pancada na cabeça nos filmes. Primeiro ele cambaleou um pouco, como se estivesse bêbado e suas pernas não conseguissem segurar o peso do corpo.

Por fim, caiu na lama e ficou parado... felizmente ainda respirando.

Nem John nem o Sr. Smith ficaram muito felizes comigo.

— Eu... eu tenho certeza de que ele está com uma concussão. Melhor chamar uma ambulância — disse o Sr. Smith gaguejando, antes de entrar para fazer a ligação.

Quis dizer a ele que Mike poderia estar com algo muito pior do que uma concussão se eu tivesse deixado John fazer o que queria, mas eu tremia demais para ser capaz de falar. E o frio que senti não tinha nada a ver com o súbito golpe de ar gelado que veio do escritório do sacristão quando ele abriu a porta.

John estava irritado por outros motivos.

— Por que você fez isso? Por que não me deixou cuidar dele? — perguntou, me pegando pelo punho e me levando para longe do homem inconsciente que jazia na base da escada em meio aos pedaços do vaso e das sementes que joguei para Esperança.

John ainda estava respirando com força, seus cabelos longos e escuros caindo sobre o rosto, os olhos prateados brilhando. Dava para perceber o coração batendo rápido pela camiseta justa dele. Estava quase tão agitado quanto Esperança, só que não estava inchado até ficar com o dobro de seu tamanho... mas era quase isso. Eu não sabia qual dos dois acalmar primeiro. Escolhi John porque acho que Esperança não era capaz de apunhalar um homem inconsciente bem no coração com um cabo de pá quebrado.

— O Sr. Smith ia chamar a polícia — falei. — É isso que você quer, ser preso?

Os cantos da boca de John se mexeram, apesar da agitação.

— Pierce, estou lisonjeado, mas você acha mesmo que existe uma cela forte o suficiente para me segurar? — Então ele se lembrou que estava chateado comigo e franziu a testa. — Você deveria ter me deixado cuidar disso.

Frustrada, afastei um pouco dos meus cabelos longos do rosto.

— Sei muito bem como você *cuida* dessas situações — falei. — Se lembra do Sr. Mueller? Você também tentou matá-lo e depois disse que fiz bem em impedir isso. Você mesmo me disse que matar Fúrias não é bom. Elas simplesmente escolhem outro hospedeiro... outro corpo.

Vi a pulsação frenética do coração dele diminuir, da mesma maneira que a minha foi ficando mais estável. Ele ainda estava carrancudo, mas pelo menos me escutava.

— E, de toda forma — continuei —, quando a polícia chegar aqui, depois que tivermos ido embora, seria bom que Mike estivesse vivo, para que façam algumas perguntas.

— Para quê? — perguntou John, franzindo as sobrancelhas escuras. — Para que ele possa receber a recompensa por informar como encontrar você?

— Não para fazer perguntas sobre *mim* — retruquei. — Pense, John. Ele é uma Fúria, e trabalha como coveiro no cemitério.

Atrás da árvore de lima-espanhola, onde as nuvens estavam tão escuras quanto hematomas, um raio cortou o céu. E depois um trovão retumbou, mas ele vinha do furacão que se aproximava, não tinha nada a ver com John. John estava pensando no que eu tinha dito.

— Jade me falou que foi atacada por três homens na noite em que foi morta aqui — disse ele. A respiração de John estava quase de volta ao normal. Ele tinha até soltado meu punho.

— A cerca não é tão difícil de escalar — falei, por experiência própria. — Mas havia carros de polícia patrulhando as ruas ao redor do cemitério naquela noite, então teriam visto alguém tentando escalar pela cerca. Alguém que possuísse a chave pode ter deixado os outros dois entrarem. Alguém tipo o coveiro.

— Ele tem a chave do portão? — John elevou o tom de voz para perguntar isso ao Sr. Smith quando ele voltou, já se recompondo. Tinha recolocado o paletó e ajeitado a gravata. Trazia consigo minha mochila, que eu tinha deixado no escritório.

Notei que John não falou o nome de Mike. Disse *ele* e fez um sinal desdenhoso com a cabeça para o corpo esticado do coveiro.

— Mike? — perguntou o Sr. Smith. — Sim, é claro que tem. Não do portão principal, mas do portão lateral. Ele é o coveiro-chefe. Caso contrário, como poderia entrar e estacionar a caminhonete, deixar os carros de manutenção, a companhia de poda de árvores, a dedetizadora entrarem? Não posso fazer tudo sozinho. — Parecia estar irritado, o que era compreensível.

— Mike foi interrogado pela polícia depois da morte de Jade? — perguntei.

— Acho que não — disse o Sr. Smith, confuso... afinal havia uma divindade da morte, uma menina desaparecida e um homem inconsciente no seu jardim-depósito. — Ninguém nem me perguntou se alguém mais tinha a chave. Mas por que perguntariam? A polícia tem um suspeito.

Meu tio Chris. Ninguém disse isso, mas todos pensamos o mesmo. Ao menos eu pensei.

O Sr. Smith balançou a cabeça olhando para o coveiro.

— Mike é um funcionário excelente. Admito que de vez em quando ele chega atrasado. Suspeito que seja ressaca. Mas ele é jovem, e estamos em Isla Huesos, uma cidade de festa. É difícil encontrar alguém que dê uma boa ajuda nos dias de hoje... principalmente para trabalhar *aqui*. — O olhar dele deslizou na direção de John e, tão rápido quanto o fez, o Sr. Smith o desviou.

— Quem quer que tenha matado Jade bateu com tanta força pelas costas com a arma, seja ela qual for, que rachou o capacete dela — disse John, com tristeza olhando para a pá.

Estremeci involuntariamente, lembrando o quão perto este mesmo metal esteve de rachar o meu próprio crânio. John notou minha reação e me puxou para perto. Soube que estava perdoada por ter lhe tirado a oportunidade de coletar outra alma.

— Pensei nisso — disse o Sr. Smith, preocupado. — Foi por esse motivo que, quando pedi a ambulância, que já está a caminho, falei também que talvez fosse bom mandar a polícia. Falei que houve um acidente, que o coveiro caiu de uma escada e bateu a cabeça. Vamos ter que ver qual versão da história Mike vai contar quando acordar, a "escorreguei e caí", que vai render um bom dinheiro do governo ou a "vi a Srta. Oliviera", que pode render milhões de dólares. Não vou, é claro, corroborar com a segunda versão.

Engoli em seco. As palavras do coveiro ecoaram em minha cabeça. *Uma de nós vai chegar nela um dia. Se não for nela, então em alguém próximo dela.* Será que estava se referindo a Alex?

Eu precisava ter certeza que meu primo estava bem. Não podia voltar ao Mundo Inferior antes disso.

Mas com a recompensa que meu pai colocou para a minha cabeça, e depois de nosso encontro com Mike, John com certeza implicaria com essa ideia...

Ouvi a sirene se aproximando.

— Melhor irmos. E como vai ficar *isso*? — Apontei para a pá quebrada. — A polícia não vai encontrar as digitais de John e achar que *ele* é o assassino? Vão saber que a história de Mike é verdadeira se ele disser que estávamos aqui. Nossas digitais estão por todo o jardim.

— Não se eu não tiver nada a declarar sobre isso — disse o Sr. Smith. Ele caminha cuidadosamente pela lama (não queria perder o brilho dos sapatos) para me entregar a mochila. E então desenrolou uma mangueira que estava na lateral da casa. Ligou a água e mirou em todos os lugares onde tínhamos pisado.

As marcas de pés começaram a sumir do jardim. Logo, só restaria lama mole, limas-espanholas apodrecendo, folhas mortas e Mike... que parecia estar morto, mas não estava. Dava para ver seu peito subindo e descendo devagar, e ele começou a gemer baixinho.

— Mais cedo você mencionou que se eu quisesse ajudar, Srta. Oliviera, eu deveria guardar os sermões e fazer alguma coisa — disse o Sr. Smith enquanto jogava água. — Talvez seja exatamente isso que as Moiras fazem.

Balancei a cabeça, surpresa.

— Oi?

— Talvez as Moiras sejam pessoas como nós... almas comuns que de repente se veem no meio da batalha entre o bem e o mal e escolheram um lado, ajudando a fazer o que é certo. — O Sr. Smith estava dando sermões de novo, mas dessa vez o discurso parecia ser direcionado para John também. O tom dele, no entanto, era doce. — Talvez seja por isso que as digitais de John não estejam no banco de dados da polícia de Isla Huesos e por isso não vão encontrar as pegadas dele aqui. Coisas pequenas demoram apenas um instante para serem feitas, sim, mas no final podem fazer uma diferença enorme para alguém. O que tem a dizer sobre isso, Srta. Oliviera?

— Eu... não sei — respondi. Estava confusa. No entanto, acho que o Sr. Smith tinha razão. Isso certamente explicava por que John conseguia entrar e sair do cemitério de Isla Huesos, e em várias escolas, feito um fantasma, sem deixar rastros além de rumores, breves imagens em vídeo e travas e cadeados quebrados.

Todavia, não entendi como esses pequenos fatos ajudariam a vencer a guerra contra as Fúrias.

Quando olhei para John a fim de ver o que ele estava pensando sobre tudo isso, percebi que ele encarava o velho sacristão com as sobrancelhas escuras abaixadas, em um claro sinal de que o Sr. Smith dissera algo que ele não tinha gostado. Mas o quê?

— Precisamos ir — disse John, sem rodeios. A ambulância parecia estar na esquina.

— Precisam mesmo — disse o Sr. Smith, molhando os degraus da porta dos fundos com a mangueira. Tinha de reforçar a história de que Mike escorregou e caiu.

John me pegou pelo braço. Eu já sabia o que ia acontecer: ele me levaria de volta para seu mundo.

Não tinha como discutir, não depois de quase ter morrido... e de John quase ter matado uma pessoa. Aquele jardim enlameado, cheio de anjos e bustos quebrados, seria a última coisa que eu veria de Isla Huesos, e da terra.

Olhei para o galho onde Esperança estava sentada e fiquei surpresa ao ver que ela já havia voado, provavelmente de volta ao Mundo Inferior. Não que isso tivesse importância. Eu a veria lá de qualquer maneira.

O galho vazio me deixou triste. Se bem que a ideia de deixar Alex sozinho e indefeso me deixou mais triste ainda.

— John — falei, voltando-me para ele, desesperada. — E se nós...

— Pierce — disse ele com urgência. A sirene parou. Ouvi a porta do veículo batendo no outro lado da cerca, e vozes de homens. — Tarde demais.

Ele tinha razão. Eu me virei para o Sr. Smith com o coração pesado.

— Por favor — falei —, o senhor pode dar uma olhada em Alex? E se vir minha mãe, pode dizer para ela... pode dizer que...

Parei de falar. Como uma pessoa pode escolher quais as últimas palavras a dizer para a própria mãe?

O Sr. Smith estava desligando a água.

— Diga você mesma — respondeu com um sorriso gentil.

No momento seguinte, eu estava parada no meu próprio jardim.

Contra mim ele parecia se impor
Com cabeça erguida e fome negra,
Tanto que ele o ar parecia temer.

DANTE ALIGHIERI, *Inferno*, Canto I.

Eu me virei e olhei para John, surpresa.

— O que estamos fazendo *aqui*?

John colocou um dedo sobre os lábios e apontou para as portas francesas que ligavam a varanda dos fundos à sala da casa da minha mãe.

Fiquei tão chocada em me ver no último lugar onde esperei estar — que, por acaso, era o lugar onde ele e eu nos beijamos pela primeira vez — que nem chequei para ver se tinha chegado inteira e nem prestei atenção ao enjoo no estômago. Em vez disso só fiquei parada e olhei ao redor, estupefata.

Tudo no jardim da mamãe estava exatamente como da última vez. Tio Chris tinha retirado todas as mobílias do pátio e da varanda por causa da tempestade que se aproximava, mas a cachoeira da piscina ainda estava ligada. O som suave da cascata era tão acolhedor quanto o cheiro de flores da árvore Ylang ylang, que se estendia desde o emaranhado selvagem de plantas até a lateral da trilha onde estávamos.

— Mas tinha certeza de que a gente estava voltando para o Mundo Inferior — sussurrei quando John me levou para as sombras do arvoredo tropical. — Depois de tudo que aconteceu...

— Me diz que você quer voltar para lá agora que te levo em um segundo — disse John me segurando pelos ombros. — *Por favor*, diga isso. Nada me deixaria mais feliz.

— Mas e Alex? — Não pude me impedir de dar uma olhada ansiosa para as portas francesas da mamãe. Ela estava tão perto... bem atrás daquelas portas, provavelmente falando ao telefone, ou talvez sentada e chorando no sofá branco horrível que o decorador dela mandou comprar. O sofá manchava fácil e não era muito confortável. — Você ouviu o que Mike disse. Se não conseguirem me pegar, vão pegar alguém próximo de mim...

Minha mãe, não, murmurou meu coração. Pegarem Alex já era ruim o suficiente, mas *por favor*, minha mãe, não.

Os ombros de John caíram perceptivelmente.

— Foi isso que achei que fosse dizer. O Sr. Smith tem razão. — Ele parecia resignado... amargo, mas resignado. — Ele me disse que fiz tudo errado.

Eu sabia do que John estava falando sem nem precisar perguntar, porque é claro que havia escutado a conversa dele com o sacristão, no escritório. John se referia à maneira como me levou. O Sr. Smith com certeza não aprovava isso.

Coloquei as duas mãos na parede sólida que era o peitoral de John. Procurei as palavras certas para confortá-lo.

— Você fez o que achou que era certo naquele momento — falei. — É que... — Eu não queria ser pessimista, mas se o que sobrou da tripulação do *Liberty* e o que o Sr. Smith chamou de Moiras fossem tudo o que John tinha a seu lado, não era de se espantar que as Fúrias estivessem vencendo. Eu sabia, porém, que dizer isso em voz alta não ajudaria. Então falei: — É que você está enfrentando tantas coisas — Mas logo consertei. — Nós. *Nós* estamos enfrentando tantas coisas.

— *Nós* não estamos enfrentando nada — disse John com tristeza. — A luta é minha, não sua. Se há perigo, não quero você envolvida novamente, como fez lá no escritório do...

Levantei o queixo.

— Ah, sim, como se eu já não estivesse envolvida — falei com sarcasmo. — E acho que me saí muito bem com um vaso de flores, obrigada.

John apertou os olhos para mim. Claramente não estava impressionado.

— Bem — continuou —, enquanto você e o Sr. Smith estavam conversando nos fundos, tive tempo para pensar em algumas coisas que ele falou para mim. Decidi que talvez esteja certo.

— Certo em relação a quê, exatamente? — John estava com um ar tão misterioso... mas determinado, ao mesmo tempo, como se nada fosse impedi-lo de fazer o que estava prestes a fazer.

Então fiquei surpresa quanto ele apontou para a parte da frente do meu vestido.

— O quê? — Olhei para baixo, confusa. O zíper estava firme em seu lugar, então ele não estava tentando me dizer que meu sutiã estava à mostra. Sabia que ele gostava mais de mim em roupas femininas do século XIX, mas não tinha nada que eu pudesse fazer. E acho que aquele não era o melhor momento e lugar para darmos uns amassos.

— Seu cordão — disse ele. — Sua avó está aqui? Você consegue sentir?

Ele queria saber se havia Fúrias por perto, e não olhar para dentro da minha roupa. Envergonhada, puxei o diamante de dentro do meu vestido pela corrente. Estava cinza como as nuvens que rapidamente moviam-se pelo céu.

— Não — respondi. — Acho que está tudo bem.

Ele fez que sim e olhou para a varanda da casa da minha mãe. Sem móveis, sem as cortinas longas e sem as luminárias penduradas que normalmente decoravam o ambiente, a casa subitamente pareceu um lugar ameaçador e nada receptivo.

E, de repente, não fazia mais diferença se minha mãe estava atrás daquelas portas francesas. Eu não queria nem chegar perto delas.

Porque já tinha visto aquela expressão no rosto de John. Era a mesma de quando me pegou e me levou para o mundo dele.

— John, por que estamos aqui? — perguntei, suspeitando. Percebi que eu havia escutado a maior parte do que John conversou com o Sr. Smith, mas não *tudo*. — É para ver Alex preso no caixão na garagem da mamãe? Ou por outro motivo? Tipo...

Diga você mesma, disse o sacristão quando fiquei parada na frente dele tentando gaguejar alguma coisa para que ele dissesse para minha mãe quando a visse de novo.

Segurei a camiseta de John, as palavras subitamente me faltando.

Mas John já estava me segurando pelo braço e me levando para a varanda que tomava os fundos da casa da minha mãe.

— Era isso que você disse que queria — lembrou ele com uma voz fria conforme me puxava.

Meu coração vacilou e pareceu parar.

John estava certo. Isso era exatamente o que eu pedi, chutando e berrando — exatamente o que eu *implorei* — no dia anterior: voltar para casa.

No entanto, agora que estava acontecendo de verdade, eu me peguei desejando exatamente o oposto. Assim como no meu pesadelo, senti como se um buraco estivesse sendo cavado em mim.

É claro que deveria estar feliz. Deveria estar delirando de alegria. Mas só conseguia me perguntar como é que aquilo estava acontecendo.

— Achei que por ter comido lá — gaguejei — eu nunca poderia sair do Mundo Inferior, como Perséfone.

— *O quê?* — John olhou para mim, sua expressão indicando que ele me achava louca. Mesmo assim não parou de me levar.

— John — falei. Não queria ser uma daquelas garotas que imploram para que o namorado não a deixe. Mas essa situação, no entanto, era mais séria do que um término normal por uma série de razões. — Calma. Talvez seja melhor conversarmos sobre isso...

Eu estava tão chateada que minhas emoções devem ter sido registradas no plano espiritual, pois Esperança apareceu do nada em uma súbita confusão de penas brancas. Assobiou como se estivesse discordando das ações de John ao voar sobre ele, batendo nele com as pontas das asas escuras. Mesmo lidando com aquela dificuldade, fiquei emocionada. Não sabia que ela havia se apegado tanto a mim em tão pouco tempo.

— Mas que... — John me soltou e cobriu o rosto para se defender. — Qual é o problema dessa pomba?

— Ela deve estar chateada — respondi, com um toque de seriedade — porque você está escutando o Sr. Smith em vez de escutar o seu coração.

John se virou para me encarar. Ele ainda estava com aquela expressão desagradável de determinação, quase como se me desafiasse — ou alguém, *qualquer pessoa* — a tentar dissuadi-lo a fazer o contrário do que tinha estipulado. Era claro que, qualquer um que tentasse, ficaria em pior estado do que Mike, se John o tivesse machucado. No entanto, também havia surpresa em seus olhos cinzentos.

— Achei que fosse isso o que você queria. O Sr. Smith me falou para...

— Bem... quem foi que disse que o Sr. Smith sabe tudo?

— ... dar uma chance para você dizer adeus à sua mãe. Foi isso que você disse que queria, não foi?

Encarei John enquanto o sangue em minhas veias voltava a correr novamente e comecei a entender tudo.

— É por *isso* que estamos aqui? Você me trouxe para que eu pudesse me despedir da minha mãe?

— Sim, é claro — respondeu. Notei o já familiar movimento dos músculos na mandíbula dele. Ele parecia querer dar um soco em alguém. Se tivesse mais alguma coisa perto dele além de mim para que jogasse na piscina, tenho certeza que teria feito isso. Ainda bem que tio Chris fez um ótimo trabalho ao retirar do deck todos os objetos portáteis por causa da tempestade. — Por qual outro motivo estaríamos aqui? — perguntou ele. — Além de encontrarmos seu primo infernal? O Sr. Smith disse que é errado mantê-la afastada de sua mãe, e acho que em um mundo normal ele teria razão. Mas parece que não entende que este mundo *não* é normal...

Não. Porque em um mundo normal eu poderia ver minha mãe a qualquer momento. E me levar para vê-la é algo que qualquer ser humano normal faria sem pensar duas vezes.

Esse não era um mundo normal, entretanto. Era um mundo no qual me levar para ver minha mãe era um passo enorme, colossal para meu namorado, que por acaso era uma divindade controladora da morte.

John, interpretando equivocadamente as lágrimas que já enchiam meus olhos, arregalou os dele imediatamente.

— Ah, não. — Sua voz profunda tinha um tom de aviso. — *Não chore.* Essa visita tem que ser rápida, não pode ser uma reunião longa e triste, está bem? Você não pode dizer adeus *de verdade* para ela, Pierce. Sua mãe nunca vai deixar você ir embora. As Fúrias podem não estar aqui ainda, mas pode ter certeza de que sabem que estamos nas redondezas e estão a caminho. Temos que sair daqui antes que elas cheguem. Apenas diga para sua mãe que está bem, descubra o que aconteceu com Alex e o caixão, e diga que precisa ir. E nada de choro. — Ele estava tão dolorosamente esquisito quanto na vez em que nos sentamos quase nesse mesmo lugar e revelamos o que sentíamos um pelo outro; ele ficou sem saber o que fazer com os pés. — Você sabe como eu fico quando você chora.

John não entendia que eu estava emotiva de felicidade, não de tristeza. Acho que — novamente, em um mundo normal — eu não estaria ali me sentindo totalmente aliviada porque meu namorado me levou a minha própria casa para ver minha mãe, em vez de me deixar ir embora porque um sacristão intrometido o convenceu de que era a coisa "certa" a fazer.

Foi isso que temi que estivesse acontecendo.

— Não vou chorar — garanti. — Eu só achei que... eu... — Agora o sangue em minhas veias estava fluindo um pouco rápido demais e grande parte dele subiu até as bochechas. Senti que estava ficando corada. — ... achei que estivesse me trazendo de volta. Para sempre.

Ele pareceu confuso.

— Por que eu faria isso depois de esperar quase dois séculos até encontrar você?

Enquanto falava, ele me pegou pela cintura e me puxou contra seu corpo. Depois, abaixou o rosto e me beijou com tanta paixão que não restou dúvida em minha mente de que não John tinha intenção de me abandonar em lugar nenhum.

— John — falei meio sem ar quando ele me deixou respirar. — Talvez seja melhor você me esperar aqui fora.

— Não — respondeu simplesmente, pegando minha mão e começando a me guiar em direção das portas francesas da casa de minha mãe.

Eu me dei conta de que, caso minha mãe tivesse escutado uma palavra da nossa conversa — ainda mais caso tenha olhado para fora e visto o beijo — ela me mataria muito antes de minha avó ter outra oportunidade. Meu pai também. Ser a esposa do rei do mundo inferior de Isla Huesos *não* era o que nenhum dos dois planejou para a minha vida.

Apesar de certamente ter alguns benefícios.

Havia certa ironia no fato de que, enquanto eu pensava nisso, uma das portas francesas se abriu e meu tio Chris veio até o deck, olhando para o jardim como se tivesse visto um fantasma. Talvez, de certo modo, tivesse mesmo.

Nesse caso, no entanto, o fantasma era eu.

— Piercey? — disse ele em meio à escuridão que caía sobre nós rapidamente. — É você mesmo?

Manter a promessa de não chorar foi mais difícil do que pensei. Tio Chris era a única pessoa que me chamava de Piercey... por um bom motivo, porque, enquanto nome, soava muito mal. Mesmo assim, não me importava quando vinha dele.

Larguei a mão de John e corri pelas escadas da varanda.

— Ai, tio Chris — falei, jogando meus braços ao redor dele. Até sentir seu corpo caloroso e grande — ele gostava de brincar dizendo que era um dos poucos ex-convictos que saiu da prisão com mais gordura do que músculo, resultado de gostar muito de refrigerante —, não acreditei que era real.

— Piercey. — Uma das mãos dele veio até meus cabelos e os acariciou, como se quisesse testar se eu também era real. — De onde você veio? Sua mãe está desesperada atrás de você.

Eu me afastei dele e sequei as lágrimas dos olhos torcendo para que John não visse.

— Estive por aí — falei vagamente. — Sei que deveria ter ligado. Mamãe está muito brava mesmo?

— Com certeza. Não dorme desde que você desapareceu.

Ele tirou o olhar de mim e focou em John, que tinha subido as escadas atrás de mim e estava parado a alguns metros de nós. Infelizmente, John parecia irradiar hostilidade. Seus punhos fechados na lateral do corpo, sua expressão defensiva como se estivesse pronto para brigar a qualquer momento caso necessário.

Era como qualquer animal criado em ambiente selvagem se comportava, mascarando seu medo e vulnerabilidade com uma postura hostil. Não sei se os outros além de mim sabiam disso, ou se era isso mesmo que John estava fazendo. Não sei também se outras pessoas seriam capazes de enxergá-lo além desse comportamento.

— Quem é esse cara? — perguntou tio Chris com uma voz tão tensa quanto os ombros de John. — É melhor não ser o cara que a sua avó falou, o que bateu nela.

John deu um passo para a frente, seu rosto ficando sombrio de indignação.

— Não bato em mulheres.

— Bem, você com certeza fez alguma coisa com a minha sobrinha — disse tio Chris enrijecendo a expressão

— porque ela não costumava sumir durante dias sem ligar até *você* aparecer.

Foram só dois dias e uma noite, eu já ia dizer. *Não vamos nos empolgar.*

Mas John deu outro passo para ficar cara a cara com ele. Foi só então que percebi que tio Chris estava com praticamente a mesma postura de John. Os dois na verdade tinham muito em comum... ambos passaram muitos, muitos anos aprisionados, só que cumprindo sentenças bem diferentes.

— Se eu não tivesse aparecido, senhor — disse John, abaixando perigosamente o tom de voz —, sua sobrinha estaria morta.

"Mas olhe o vale: já se aproxima
O rio de sangue, onde verás fervendo
Quem com violência feriu outros."

DANTE ALIGHIERI, *Inferno*, Canto XII.

Eu me coloquei entre meu namorado e meu tio antes que a coisa ficasse mais feia.

— OK — falei com voz trêmula. Para mim era chocante como homens racionais conseguem retroceder aos seus ancestrais das cavernas. — Tio Chris, não viemos até aqui para começar uma briga, só viemos para avisar para vocês que estou bem...

Ele respirou fundo para me interromper, mas levantei a mão indicando que ainda não tinha acabado.

— Sei que vovó deve ter dito algumas coisas para você, mas vamos admitir, nós dois sabemos que ela exagera um pouquinho... às vezes, muito. — Vi o rosto de tio Chris ficar contemplativo enquanto considerava o que eu disse. Era verdade, ele sabia disso. — O nome do meu amigo é John e você não devia julgá-lo antes de conhecê-lo. Acho que você, entre todas as pessoas, sabe que o quanto isso é injusto, não é, tio Chris?

Tio Chris piscou os olhos algumas vezes ao ouvir isso, como eu previa. Ele franziu ainda mais a testa.

Mas não foi porque eu o fiz lembrar que ele também não tinha a melhor reputação do mundo, tendo estado na prisão durante a maior parte da vida de seu único filho por causa de um crime que se recusava a discutir.

Tio Chris voltou a atenção para John.

— Por quê? — perguntou tio Chris. — Por que ela teria morrido se você não tivesse aparecido? Quem iria querer machucar Pierce?

De repente, pude ver com clareza por que John estava relutando tanto para me trazer de volta, mesmo que fosse para salvar a vida de outra pessoa...

Depois que morri e ressuscitei, todo mundo queria muito saber como era o outro lado.

Mas findou que as poucas pessoas para quem contei a verdade não queriam ouvi-la. Só queriam saber da luz que todo mundo via.

Tio Chris foi uma dessas pessoas.

Como explicar para alguém que sua mãe é uma Fúria, que tenta matar sua sobrinha há anos e que talvez tenha matado seu próprio pai? Como contar uma coisa tão horrível, uma coisa que mudaria sua vida para sempre?

John sabia de tudo isso, soube o tempo todo. Talvez por isso ele não só não queria me trazer de volta, como também não me contava a verdade sobre si.

Mesmo assim, quando meu tio Chris perguntou para ele quem me machucaria, John não mentiu. Apenas disse:

— Pessoas ruins. Pessoas muito ruins.

A boca de tio Chris virou uma linha pequena e fina. Então ele fez que sim com a cabeça vigorosamente, já que sabia tudo sobre pessoas ruins. John estava falando uma língua que Tio Chris compreendia.

— Tem a ver com drogas? — perguntou tio Chris, com a voz baixa.

Olhei para John em seu jeans preto, camiseta preta, com seus cabelos pretos compridos e a munhequeira de couro e *spikes*. Dava para entender por que tio Chris tinha perguntado aquilo. Para uma pessoa da geração dele, só podia ter a ver com drogas, ou... bem, com uma banda de rock.

John fez um sinal negativo quase imperceptível com a cabeça. *Não*, imploravam seus olhos. *Não*.

— Sim — respondi olhando de novo para tio Chris. — Tem a ver com drogas.

John olhou para cima instantaneamente.

— Piercey — disse tio Chris, soltando o ar com uma bufada e passando a mão pelos cabelos. — Conversamos sobre isso. Achei que nunca teria que me preocupar com você.

Conversamos sobre essas coisas, eu me lembro, do lado de fora daquela mesma casa, na noite em que Jade fora assassinada. Mas o tópico da conversa foi sobre Tio Chris me dar aulas de direção. Não me lembro de mencionarmos drogas.

— Bem — falei —, as coisas estão meio complicadas agora. É por isso que estamos aqui. Quero me certificar que Alex está bem.

— Alex? — Tio Chris me olhou com preocupação. — Não me diga que *Alex* está usando drogas.

Foi exatamente por isso que John foi contra a mentira sobre a coisa das drogas. Achei que fosse simplificar as coisas, mas só estava piorando.

— Não está — falei rapidamente. Se Alex saísse dessa vivo, ele iria me matar. — É que umas pessoas com quem ele anda...

— Rector — disse tio Chris diretamente. — É aquele tal de Rector que estava com você outro dia, o que trouxe você da escola naquela caminhonete...

—— O quê? — perguntei, surpresa. Principalmente porque John jogou a cabeça para trás quando ouviu o nome *Rector*, do mesmo jeito como fez no cemitério. Qual era o problema das pessoas dessa ilha com o sobrenome Rector? — Não, não é Seth... — Exceto, é claro, que se Alex estivesse preso no caixão dos veteranos, provavelmente tinha a ver com Seth. — São... uns meninos de fora da ilha...

Tio Chris balançou a cabeça. Ele não acreditava em mim.

— Já sei quem é. Por que outro motivo a conselheira teria sido assassinada?

John balançou a cabeça e olhou para mim com cara de "eu avisei".

— Tio Chris — falei, com medo de ter criado uma confusão na qual meu tio não precisava, nem *devia*, se meter. — Acho que não há nenhuma prova de que a morte de Jade tem a ver com drogas...

Tio Chris, contudo, estava em outro lugar, quase falando consigo mesmo.

— Seth e o pai dele estiveram aqui esta manhã.

— *Estiveram?* — Não consegui esconder minha surpresa. — Por quê?

— Pegaram um monte dos cartazes de "desaparecida" que sua mãe fez. Ela disse que eles queriam muito ajudar a colar os cartazes por aí. Mas fiquei pensando...

— Tio Chris olhou para mim, para John, parecendo se controlar, com esforço. — Bem, não precisamos conversar sobre o que pensei. Só espero que seu pai ande logo e chegue aqui. Ele está a caminho, sabe? O jato dele não pôde pousar no aeroporto de Isla Huesos já que a Administração Federal de Aviação fechou tudo por causa da tempestade, então ele está vindo de carro do local onde puderam pousar. Ou estão trazendo ele de carro, eu acho, porque ele contratou um carro e um motorista para vir de lá. Fort Lauderdale, se não me engano.

— Ah — falei. Ao contrário de tio Chris, eu não estava tão ansiosa para ver meu pai. Dava para imaginar o que ele acharia de John. Algo me dizia que, em comparação com o encontro com tio Chris, o encontro de John com meu pai seria bem pior.

— Onde está Alex agora, Sr. Cabrero? — perguntou John para meu tio em um tom gentil. Acho que John sentiu que meu tio não estava muito bem.

— Alex? Está por aí com alguém do Novos Caminhos. Aquela garota, Kayla.

Levantei a cabeça, surpresa. Gostava de Kayla. Era uma das minhas poucas amigas na escola de Isla Huesos. *Uma das?* Melhor dizer a *única*...

— Alex está muito preocupado com você, Piercey — Tio Chris olhou para mim como quem pede desculpas —, mas ele ficou o dia todo aqui até que pediu para sair um pouco e eu deixei. Uma estupidez da minha parte, eu sei, mas foi antes de eu saber sobre as drogas...

— E a avó de Pierce? — perguntou John antes que eu pudesse insistir de novo que Alex não estava usando drogas.

— Foi para casa descansar — disse tio Chris olhando para ele sem entender. — Teve um dia longo. Por quê?

— Aposto que sim — respondi sem conseguir evitar uma risada amarga. — Os cortes no rosto estão incomodando?

— Ei. — Tio Chris ficou sério. Ou o mais sério que conseguia, o que não era muito. Ele se saía melhor vendo TV. — É a sua avó. Tenha respeito. Não sei o que aconteceu entre vocês duas na escola ontem, mas provavelmente ela só estava tentando fazer a coisa certa. Talvez tenha achado que era o seu amigo quem estava usando drogas. — Ele inclinou o olhar em direção a John. — Sem ofensas, mas se quer ficar com a minha sobrinha, devia considerar um corte de cabelo. Minha mãe é muito conservadora.

— Não me ofendi — disse John com calma. — E quanto a polícia? Tem algum oficial dentro da casa?

— Ei — disse tio Chris apertando os olhos — Por que tantas perguntas?

— Pierce gostaria de ver a mãe — explicou John — e não quero que ela esbarre com nenhuma... inconveniência.

— Ah — disse tio Chris, ficando instantaneamente manso de novo. Foi fácil de ver como é que ele se deu bem na prisão durante aqueles anos todos. — Tem um carro de polícia estacionado lá fora. Não sei nem sei como vocês dois entraram aqui sem que eles os parassem. E tem uma máquina moderna presa no telefone, para podermos gravar caso os seus sequestradores liguem. Se bem que acho que você não foi sequestrada, né? Devíamos avisar ao seu pai. Acho que ele vai receber uma pessoa do FBI de Miami que está vindo para cá amanhã...

— FBI? — Incrível meu pai não ter ligado para os amiguinhos dele na CIA também. — Que maravilha. Mas minha mãe está aí dentro?

— Ela disse que ia subir para tomar um banho — respondeu tio Chris. — Juro que ela não tem feito nada além de se preocupar desde que descobriu que você desapareceu. Eu estava indo pedir comida chinesa quando olhei pela janela e vi você. Falando nisso, vocês dois querem ficar? Vamos pedir *moo shu*.

Era muito a cara de tio Chris querer bater em John e no minuto seguinte convidá-lo para comer *moo shu*.

— Hum, talvez — respondi. Apontei para as portas francesas e dei uma olhada incerta em John. Ele fez que sim com a cabeça. — Vamos ver como vai ser, tá, Tio Chris?

— Seria uma boa — disse tio Chris. — Podemos esclarecer a coisa toda.

John veio atrás de mim para dentro da casa, Tio Chris atrás dele, com uma expressão mais de curiosidade do que de suspeita.

— Odeio quando famílias brigam — dizia Tio Chris —, as coisas ficam tão desconfortáveis...

Acho que devia ter me considerado sortuda por ter sido tio Chris, e não outro adulto, que me encontrou na casa primeiro. Não sei se era por causa de todos os anos que ele passou excluído da sociedade — ele ainda não fazia ideia de como enviar SMS ou o que era Google — ou se a personalidade dele era mesmo infantil assim. Eu era um bebê quando ele foi preso.

Só havia nós no primeiro andar, mas dava para ouvir a água correndo no banheiro do quarto principal lá em cima.

Muita coisa tinha mudado desde que sumi. Havia pilhas de cartazes de "desaparecida" em todos os cantos, cada um com a mesma foto horrorosa que apareceu no jornal que o Sr. Smith nos mostrou. A sala, que em geral era arrumada meticulosamente, estava uma bagunça. A empregada da mamãe teria um surto se visse todas as almofadas desarrumadas no sofá, e a quantidade de canecas e xícaras que foram deixadas sem aparadores sobre a mesinha de centro.

A maior mudança, no entanto, foi na garagem. Quando abri a porta, vi que todas as placas de compensado que Seth Rector e seus amigos tinham empilhado tão arrumadas ali tinham sumido. As tintas e os demais equipamentos para montar o caixão também.

— Isso não é bom! — falei. Olhei para todos os móveis do pátio que estavam empilhados na garagem para que não saíssem voando com a tempestade, pensando que talvez tivesse olhado errado. Mas não.

— O que não é bom sinal? — perguntou tio Chris. — Pierce, no que você se meteu?

Não havia motivos para não contar para ele. Tanto ele quanto minha mãe tinham frequentado a escola de Isla Huesos. Eu vi todos os troféus esportivos que eles ganharam, ainda à mostra na ala administrativa. Ele sabia tudo sobre a Noite do Caixão porque o evento tinha a ver com futebol, e ele fez parte de um dos times mais bem-sucedidos da história de Isla Huesos.

Mas tio Chris já tinha muito com o que se preocupar, sendo suspeito do assassinato de Jade e tudo mais.

— Não é nada — respondi simplesmente. — Seth Rector e seus amigos perguntaram se podiam guardar umas coisas aqui, e agora elas sumiram. Eles devem ter vindo buscar, só isso.

Não foi a coisa certa a dizer. Tio Chris ficou imediatamente na defensiva, como uma mãe ursa cujo filhote foi provocado por turistas.

— Guardar umas coisas? — repetiu ele, incrédulo. — Você deixou Seth Rector *guardar umas coisas* na casa da sua mãe? Que tipo de coisa?

Engoli em seco. Nunca ouvi tio Chris falar comigo com a voz tão alta quanto agora... na verdade, ele nunca havia gritado comigo antes. Eu me senti péssima.

— O caixão dos veteranos — falei com voz baixa.

Quis garantir para ele que tinha uma razão muito séria para fazer algo tão imbecil... que desde a morte de minha amigona Hannah, eu me elegi como uma espécie de cuidadora das pessoas de quem gostava, e isso incluía o filho dele, Alex.

Todavia, tio Chris não me deu chance de falar nenhuma palavra em minha defesa.

— Você sabe o que os calouros fizeram quando encontraram o caixão no ano em que sua mãe era veterana, Pierce? — perguntou ele com voz irritada. — Eles o queimaram. E a casa onde estava o caixão pegou fogo. Não sobrou nada.

Abaixei a cabeça, envergonhada demais para olhar nos olhos dele. Assim como o crime de John nunca era mencionado — o que fez com que ele fosse sentenciado a proteger os mortos de Isla Huesos — os atos que fizeram Tio Chris passar vinte anos na cadeia também não... pelo menos não na nossa família. Mas eu sabia que era alguma coisa ainda mais séria do que queimar a casa de alguém.

— Então talvez — disse John com calma, encostado em uma maçaneta e com os braços cruzados sobre o peito —, seja uma coisa boa terem tirado o caixão daqui.

Olhei para ele. Uma de suas sobrancelhas escuras estava arqueada. Não dava para saber se ele estava brincando ou falando sério.

— É — disse tio Chris, também não parecendo muito convencido. Começou a procurar alguma coisa nos bolsos do jeans. — Bem, não sei não. Me diz uma coisa, Pierce. — *Pierce*. Não era mais "Piercey". Isso doía. — Alex está envolvido nisso? Na Noite do Caixão?

— Hum. — Senti que não tinha escolha a não ser dizer a verdade. — Bem, ele sabia que as coisas para montar o caixão estavam aqui. Alex não gosta muito de Seth, sei lá por quê. — Não era difícil saber o motivo; só não queria dizer isso em voz alta na frente do tio Chris. Seth Rector, o presidente bonitão dos veteranos e filho do homem mais rico de Isla Huesos, tinha tudo, incluindo uma F-150 novinha em folha que ganhou de aniversário. Alex Cabrero, novo membro do Novos Caminhos e filho de um ex-presidiário, não tinha nada. Seu carro era uma lata-velha que sua avó, a Fúria, vivia ameaçando levar embora para que não precisasse mais gastar dinheiro com ele. — Talvez tenha sumido porque Alex levou tudo de volta para Seth. Nesse caso, Seth e os outros caras vão ficar muito irritados quando descobrirem...

Irritados o suficiente, talvez, para prender Alex no caixão substituto.

Antes de completar a frase, meu tio já estava apertando um botão no celular que pegou do bolso.

— Estou ligando para Alex — disse ele, embora não parecesse estar com raiva. Parecia resignado, como se alguém tivesse dito que ele tinha apenas alguns meses de vida. Estava pálido e ficava passando as mãos pelos cabelos. Os fios ficavam espetados porque eram grossos e porque ele deixou que a vovó os cortasse... grande erro.

John colocou uma das mãos sobre meu ombro.

— Vá ver sua mãe — sussurrou ele em meu ouvido.

— Quero ter certeza que Alex está bem — sussurrei de volta para ele, olhando com atenção para tio Chris. Parece que ninguém estava atendendo.

— Eu faço isso — disse John. — Vá.

Eu sabia que ele tinha razão. Subi as escadas para o segundo andar na mesma hora em que a voz do meu tio disse:

— Alex? É papai.

Senti meus ombros relaxando de alívio. Então isso estava resolvido. Tio Chris faria Alex voltar para casa e eu não precisaria mais me preocupar com ele... só com minha nova vida de rainha do Mundo Inferior. Ótimo.

No andar de cima, dava para ouvir que o chuveiro no banheiro da mamãe ainda estava ligado. Papai e eu sempre brincávamos dizendo que, para uma pessoa tão consciente em relação ao meio ambiente, mamãe era quem mais desperdiçava água quente na família, tomando os banhos mais demorados do mundo.

Fui até a porta do meu quarto e olhei, sabendo que provavelmente era a última vez que o veria. Essa seria minha única chance de pegar o que quisesse para levar para o Mundo Inferior.

O que colocar na mala para passar a eternidade? Analisei o quarto. A única joia que tinha valor sentimental para mim era o cordão que já estava em meu pescoço. Nunca colecionei animais de pelúcia nem roupas de marca ou sapatos, nada disso. Na verdade, meu quarto era meio vazio, a não ser pelo notebook e pelos livros nas prateleiras. John já tinha dito que conseguiria qualquer livro que eu quisesse, e não tinha internet no Mundo Inferior. A única dificuldade, de fato, era a minha música. Todas as músicas que eu gostava estavam no meu celular. Mas e quando a bateria acabasse? E como eu faria para baixar músicas *novas*?

Nunca pensei em uma vida sem música, embora, suponho eu, os surdos vivam bem sem ela. E se o Sr. Graves conseguia se virar sem *ver*, eu com certeza iria me virar sem iTunes.

Afastei os pensamentos sobre música e dei uma olhada no meu closet. Tinha uma coisa... o vestido branco que usei na festa de boas-vindas a Isla Huesos que mamãe fez para mim. John gostou tanto de me ver naquele vestido que me pediu para usá-lo em nosso primeiro encontro... um encontro que nunca aconteceu porque Jade foi assassinada, e depois por que minha avó tentou me matar.

Peguei o vestido de dentro do closet.

Então meu olhar pairou sobre uma foto em uma moldura prateada na mesinha de cabeceira. Éramos mamãe, papai e eu em um tempo feliz, antes do divórcio, antes do acidente, que agora eu sabia que não tinha sido um acidente coisa nenhuma.

Peguei a foto. Decidi que só levaria o vestido e a imagem. Na verdade...

Eu me sentei na cama e abri minha mochila. Era um bom momento para me livrar das coisas que eu *não* usaria, coisas que só trariam mais peso em minha nova vida, tipo meu livro de economia e os cadernos da escola. Não precisaria da caixinha de pílulas também. Eu sabia, por causa das dezenas de médicos que vi depois do acidente, que deveria tomar meus remédios por causa de todos os efeitos colaterais que sofri graças ao que minha avó fez comigo — remédios para acordar, remédios para me fazer dormir e remédios para me ajudar a curar as dores de cabeça causadas pelos remédios que me acordavam e me faziam dormir.

No entanto, desde que fui para o Mundo Inferior, não tomei mais nenhum remédio e não tive problemas para acordar ou para dormir.

Talvez o que eu precisava — o que eu sempre tinha precisado — não eram pílulas, mas encontrar meu verdadeiro lugar no mundo... que era um mundo completamente diferente deste.

Foi enquanto mexia em minha mochila de couro que percebi que alguém tinha colocado *mais* coisas junto àquelas porcarias que eu estava carregando. Isso explicava o porque de eu ter sentido a mochila mais pesada quando o Sr. Smith a entregou para mim no jardim atrás de seu escritório.

Fiquei surpresa ao puxar o saco de sementes de passarinho, a que encontrei na cozinha do cemitério. Não fui *eu* que a coloquei dentro da mochila. Deve ter sido o Sr. Smith.

Mas não era só isso. Embaixo do saco, havia um livro.

Era pequeno, mas grosso. A capa dura marrom denunciava sua idade através das letras douradas na frente: *A história da Ilha dos Ossos*. Quando o abri, as páginas envelhecidas soltaram um cheiro que quase lembrava biscoitos de baunilha. Esse era um cheiro que eu sempre amei porque me fazia lembrar de quando me levavam na área das crianças nas bibliotecas para ouvir historinhas. Era o cheiro de livros.

É claro. Este era o livro que o Sr. Smith disse que me daria, sobre o *Liberty*. Deve tê-lo colocado na minha mochila, junto com o saco de sementes, quando foi ligar para a ambulância. Deve ter achado que estava agindo como uma "Moira" — fazendo algo de bom.

A história da Ilha dos Ossos tinha 456 páginas.

— Sério? — falei sem acreditar. Tinha me esquecido de onde estava. — Ele não podia ter me dado a versão resumida?

— *Pierce?*

Era minha mãe.

E perguntei: "Ó Mestre, qual a dor
Que sentem, que os faz lamentar tanto?"
Respondeu: "direi a ti brevemente."

DANTE ALIGHIERI, *Inferno*, Canto III.

A voz de minha mãe vinha do outro lado do corredor. Ao perceber que não ouvia mais o som da água correndo, me levantei da cama e fui para o corredor. A porta do quarto dela estava aberta apenas o suficiente para que eu visse que ela estava vestindo o roupão macio e felpudo que dei de presente no último Dia das Mães. Senti uma dor quando vi isso e precisei me controlar para não correr para ela e me jogar em seus braços.

Porque as palavras que ouvi logo em seguida me congelaram.

— Zack, como é que você pode dizer uma coisa dessas? — perguntou minha mãe com uma voz agitada enquanto apertava com a toalha as pontas longas de seus cabelos compridos e negros. — Eu me recuso a acreditar que Pierce *fugiria*, especialmente com um rapaz.

Ela estava ao telefone. Falando com meu pai. Discutindo com meu pai, na verdade. Sobre mim.

Bem, qual a novidade nisso? As discussões sobre mim marcaram o fim do casamento deles. Começaram na época do acidente, pelo qual minha mãe sempre culpou meu pai irracionalmente — apesar de minha morte não ter sido culpa do meu pai e sim minha culpa. Ah, e da vovó.

Mas de onde meu pai tirou a ideia de que eu fugi?

— Quando? Quando aconteceu isso? — Minha mãe exigiu saber, indo se sentar na cama. Estava aborrecida. — Quando foi que Pierce ligou para você e disse que queria ir embora de Isla Huesos?

Ali nas sombras do corredor, senti meu coração parar por um segundo. Meu Deus, é claro... a ligação que fiz para papai algumas noites atrás, quando vi o material do caixão na garagem... quando fiquei sabendo da verdade sobre meu colar.

E sobre John.

Mas isso foi *antes*, quando eu estava infeliz e impressionada e — devo admitir — morta de medo. Eu ainda estava com medo, é claro, e um pouco impressionada, e certamente não estava sempre feliz.

Mas eu não queria mais deixar Isla Huesos... e John.

Pelo visto mamãe estava do meu lado.

— Zack, aquele foi o primeiro dia dela em uma escola nova — disse mamãe ao telefone. — É natural que ela tenha ligado para você e pedido para voltar para casa. Os conselheiros do Novos Caminhos disseram que ela poderia fazer isso. Qualquer aluno se sente inseguro e triste no primeiro dia em uma escola nova. Isso *não* significa que ela fugiu. E aquele rapaz na filmagem da câmera de segurança? Pierce não parecia estar indo embora com ele por vontade própria. E ele deu um soco na minha mãe, sabe?

Meu pai deve ter feito algum comentário engraçadinho sobre isso — ele nunca morreu de amores pela minha avó —, pois ouvi mamãe respirar fundo e responder com sarcasmo:

— Sim, tudo bem, entendo que *você* sempre quis dar um soco na minha mãe, Zack, mas isso não me faz acreditar que aquele garoto é alguém com quem Pierce andaria. Você *viu* a cara dele? Sei que a foto estava granulada, mas ele parecia um daqueles metaleiros góticos, ou sei lá como se chamam. Todo vestido de preto com cabelos compridos...

Tomei como uma ofensa ouvir minha mãe descrevendo meu namorado assim. John era o rei do Mundo Inferior. Que outra roupa supõe-se que ele usaria?

— E por que você só está me contando sobre essa ligação dela *agora*? — perguntou mamãe.

Ela colocou o telefone no viva-voz, provavelmente porque o comentário do meu pai sobre minha avó a deixou agitada demais e ela precisava fazer outra coisa enquanto escutava o resto do que ele tinha para dizer... que nesse caso, foi ficar de pé e esfregar a toalha vigorosamente nos cabelos. Mesmo que mamãe gostasse de pensar que herdei o transtorno de déficit de atenção e a hiperatividade do papai, era ela quem tinha todos os troféus de trilhas, tênis e decatlo acadêmico. Uma conselheira me disse um dia que várias pessoas bem-sucedidas tinham DDA. Elas simplesmente aprendiam a focar completamente sua reserva gigante de energia, assim como minha mãe fez.

— ... porque não quis preocupar você. — A voz estrondosa de papai, forte e profunda e soando levemente irritada, como sempre, preencheu o quarto. — Sei o quanto você se esforçou com ela, Deborah. Mas não há pistas deles, ninguém viu nada, nenhum pedido de resgate, nada. Considerando a ligação dela para mim outro dia perguntando se podia voltar para casa, e o fato de que sempre teve alguma coisa estranha no caso Mueller...

Chocada, mamãe levantou a cabeça que estava enfiada na toalha.

— Aquele professor patético de Pierce com quem a pobre da Hannah Chang estava tendo um caso? Zack, isso tem mil anos. O que isso tem a ver?

— A polícia nunca acreditou na história de Mueller, de que foi Pierce quem quebrou a mão dele naquele dia na escola. — A voz de meu pai era direta... mas pude distinguir um tom de ansiedade. — Mueller é um homem de 1,80m e 90kg. Como uma estudante de tamanho normal como nossa filha teria vantagem sobre um homem de 30 anos de idade daquele tamanho *e* sairia sem nenhum arranhão? Os policiais sempre acharam que tinha um namorado envolvido, Deborah.

— Um namorado? — Mamãe riu. Fiquei um pouco insultada pelo tom incrédulo. — Pierce não tem namorado, Zack.

— É claro que ela nunca admitiria — disse papai —, porque quer protegê-lo, mas precisamos encarar os fatos. Pode ser que *sempre* tenha existido um namorado.

Ao ouvir isso, mamãe largou a toalha e afundou-se novamente na cama, colocando o rosto entre as mãos.

— Ah, meu Deus — disse com um gemido.

Quis disparar quarto adentro e berrar "é verdade! Tenho um namorado! Mas ele não é um metaleiro gótico, seja lá o que isso for. Ele é o protetor dos mortos, então tudo bem, ele tem lá seus problemas, mas quem não tem? Com certeza vocês vão gostar dele quando o conhecerem".

Mas como fazer isso? Ainda mais porque eu *já* havia falado sobre John com eles — assim que ressuscitei — e a descrição não foi das melhores. Disse que tinha um menino — um menino horrível que queria me fazer prisioneira do Mundo Inferior. Mamãe e papai acharam que eu estava louca, é claro, e me mandaram conversar com milhões de psicólogos que *também* acharam que eu estava louca... a única diferença é que colocaram isso de uma forma mais educada: sonho lúcido.

O que será que eles pensariam se eu dissesse que agora estava apaixonada por esse menino? Que eu estava mais louca do que nunca. Ai, por que não fiquei calada?

— Aquele retrato falado que fizeram do menino que sua mãe disse que bateu nela — continuou meu pai, o ceticismo evidente em sua voz. — Meus contatos dizem que ninguém o reconheceu. Ele não é daqui... ou pelo menos não frequenta a escola ou a faculdade pública, não passou pelo centro de detenção recentemente e não foi visto em nenhum dos botecos da cidade.

— O que isso significa? — perguntou mamãe, surpresa.

— Significa que tudo se encaixa — disse meu pai. — Talvez Pierce o tenha conhecido em Connecticut, sabe-se lá onde, e ele a seguiu até a Flórida. E quando as coisas naquela escola pública onde você a colocou não deram certo... eu avisei sobre isso, Deborah..., ela decidiu fugir com ele. E agora os dois estão escondidos em algum motel barato porque sabem o quanto estão encrencados. É a única possibilidade que faz sentido.

Escondida em um motel barato com um cara? Meus pais realmente acham que eu faria algo tão imaturo e, desculpa, completamente *vulgar*?

— E te digo mais — continuou meu pai. — Se foi isso mesmo, no segundo em que ela aparecer eu faço as malas dela e a mando para um internato, não importa o que você diga. Aquele na Suíça que eu te mostrei, se lembra do panfleto? Nada disso estaria acontecendo se você me deixasse mandá-la para lá, como eu queria.

— Estou me dando conta disso agora — disse mamãe... o que era uma concessão enorme da parte dela. Ela quase nunca admitia que meu pai estava certo sobre nada. — Onde você está, falando nisso?

Havia sons abafados de movimentos, como o de uma pessoa se inclinando para olhar pela janela de um carro... ou de uma limusine.

— Quilômetro 25 — respondeu meu pai. — Devo chegar em cerca de meia hora.

— Ai, Zack — disse minha mãe, parecendo abatida —, anda logo. Nesse momento eu só posso torcer para que você tenha razão e que ela tenha *mesmo* fugido com um cara e não esteja morta em um mangue qualquer. Se tiver acontecido uma coisa dessas... simplesmente não sei o que vou... o quê...

— Eu sei. — A voz de papai mudou. Estava falando com um tom que há muito, muito tempo eu não ouvia.

Era quase... doce. — Prefiro que ela tenha fugido do que a outra alternativa, Debbie.

Vi minha mãe olhar para o telefone com surpresa. Ninguém a chamava de Debbie. Ela *odiava* ser chamada de Debbie. Era sempre Deb ou Deborah, mas nunca Debbie. Ela só havia permitido que meu pai a chamasse assim, como um tipo de apelido carinhoso nos momentos mais afetuosos entre eles.

Mas papai não a chamada de Debbie desde... Bem, eu nem conseguia me lembrar quando foi a última vez. Desde antes do acidente, quando começaram todas as brigas.

Com os olhos cheios de lágrimas, mamãe pegou o telefone, desligou o viva-voz e colocou o fone no ouvido, sua atenção totalmente focada na conversa.

— Ai, Zack — disse ela, começando a murmurar agrados que instintivamente eu sabia que não devia escutar. Não que devesse ter escutado a conversa toda, mas as palavras que ela começou a falar eram privadas.

Voltei devagar para meu quarto, tomando cuidado para não fazer barulho. Ainda bem que o carpete era fofo; tecido à mão por uma cooperativa de mulheres, importado de Cabul pelo decorador da mamãe.

Então era isso: meus pais estavam a um passo de reatarem, unidos pela preocupação com meu desaparecimento. Se eu entrasse no quarto dela com um "oieeeee! Cheguei!" poderia arruinar tudo.

Ou eu simplesmente podia continuar desaparecida, visto que meus pais estavam planejando me mandar para um internato na Suíça de qualquer maneira e deixar a vida seguir seu rumo.

Preferia a segunda opção.

Tio Chris já tinha me visto, mas ele não era como os outros adultos. Não pediu o tipo de explicações que minha mãe e meu pai pediriam porque estava muito afetado pelos anos na prisão para pensar da maneira que os pais normais pensavam.

Eu queria, mais do que tudo, entrar no quarto de minha mãe, dar um abraço grande e apertado nela e dizer que ia ficar tudo bem. Mas sabia que, como John previu, ela ia querer que eu ficasse, e eu não poderia. E também não poderia dizer que ia ficar tudo bem porque não sabia se ia.

Talvez fosse melhor para todo mundo — meu pai chegaria em meia hora, ele e minha mãe pareciam estar se dando tão bem — se eu ficasse desaparecida.

Então fui até a cama, peguei um dos cadernos de escola e escrevi um pequeno bilhete. Ele dizia:

Querida mãe, perdão por tudo. É muito complicado para explicar, mas estou bem e com uma pessoa que amo. Por favor, diga oi para papai e que fui eu quem bateu na vovó. Ele tinha razão sobre ela, você deveria escutá-lo. Ela é uma mentirosa e não é tão boa quanto você pensa. Amo vocês dois e estou com saudades. Sejam felizes.

Com amor,

Pierce.

PS. O nome do meu namorado é John e ele é muito legal.

Sabia que deixar um bilhete em vez de me despedir pessoalmente era uma coisa terrível de se fazer. Mas ao mesmo tempo achei que isso seria mais gentil... e mais rápido. Explicações longas — como a verdade — seriam inúteis. Minha mãe era uma cientista. Acreditava em coisas que podiam ser analisadas, como copulação e hábitos migratórios dos pássaros. Predação e competição, espécies em perigo e em extinção, essas coisas ela conseguia compreender.

Nunca compreenderia isto.

Deixei o bilhete no meio da cama, onde com certeza mamãe o encontraria. Coloquei o vestido e a foto na mochila e estava descendo as escadas quando dei de cara com John vindo ao meu encontro.

Coloquei um dedo sobre a boca e apontei para o quarto de mamãe. A porta dela ainda estava entreaberta. A noite já tinha caído e o primeiro andar já estava escuro. Mamãe tinha ligado a luz do quarto e isso jogava uma faixa calorosa de amarelo nos carpetes vermelhos do Afeganistão.

— Como foi? — sussurrou ele.

— Não consegui encará-la — sussurrei de volta. — Deixei um bilhete. Acho que ela vai ficar bem. — Papai garantiria isso. — Tio Chris encontrou Alex?

Ele fez que sim e pegou meu braço. Seus instintos de cavalheiro afloraram e ele me ajudou a descer as escadas. Acho que esqueceu que eu não estava usando um vestido no qual poderia tropeçar.

— Encontrou — disse John. — Ele ainda está lá fora no deque falando com Alex. Parece que ele vai precisar ir buscá-lo porque seu primo não quer vir para casa.

Parei no meio da escadas.

— Como assim Alex não *quer* vir para casa?

— Seu tio falou para ele que você voltou e pediu para que ele voltasse também. — John olhou para mim, ficando com uma expressão séria e obscura. — Mencionou também que hoje as coisas vão ficar muito ruins depois da meia-noite, por causa da tempestade. — Tive de conter um sorriso. Tio Chris era obcecado com meteorologia. — Mas seu primo disse para ele que não *quer* voltar para casa — continuou John. — E seu tio falou que tudo bem.

— *Tudo bem?* — Balancei a cabeça. — Por que ele diria isso?

John deu de ombros, ainda sério.

— Seu tio disse que não quer irritar seu primo.

Compreendi.

— Tio Chris passou muito tempo na cadeia — falei. — Ele se sente culpado por ter perdido a maior parte da infância de Alex. Não quer ser visto como o cara mau...

— Que jeito interessante de demonstrar isso — disse John, seco. — Enfim, seu primo falou que está...

Esperança escolheu esse exato momento para surgir, aparecendo do nada e fazendo barulho ao bater asas e arrulhando na nossa frente como se fosse uma corneta zangada.

Me aproximei e cuidadosamente coloquei minhas mãos em volta do corpo dela, ficando surpresa por Esperança ter me deixado segurá-la, e ainda mais surpresa por ela não ter relutado. Só o fato de eu sentir seu coração batendo freneticamente contra as costelas delicadas mostrava o quão consternada com a situação ela estava.

Tinha alguma coisa errada. Muito errada. Só soube o que era quando ouvi uma voz muito familiar vindo da base das escadas.

— Pierce — disse minha avó. Seu tom de voz venenoso.

Senti os dedos de John apertarem meu braço. Nem precisei olhar para o colar para saber que estava tão negro quanto o coração da velha gordinha em pé ao lado do pilar da escadaria. Ela segurava uma bolsa em uma das mãos e as chaves extras de mamãe na outra.

— Vovó — disse eu. Senti o coração de Esperança dar um pulo de pânico em minhas mãos. *Agora* ela começou a relutar, nervosa para fugir da presença má que sentiu por perto...

... ou talvez do medo que sentiu radiando de mim.

A porta da frente estava completamente aberta atrás de vovó. Não faço ideia de como ela conseguiu entrar sem que a escutássemos.

Mas eu não ia correr.

— Quando ouvi que você tinha voltado, pensei: não, nem *ela* seria burra o suficiente para ir para o lugar mais óbvio onde qualquer uma de nós a procuraríamos. Mas você não desaponta. Essa é a única coisa boa em se ter uma neta idiota. Ela ser tão previsível.

— Melhor você sair daqui — avisei, franzindo os olhos. — Papai está chegando, e você sabe o que *ele* acha de você. De jeito nenhum ele vai acreditar nas coisas que você tem dito sobre mim.

— Não vai? — A boca de vovó se abriu em um sorriso que qualquer outra pessoa descreveria como sendo angelical... mas eu sabia que não. — E seu garotão? — Seu olhar reptiliano pousou em John. — Ela tem você na palma da mão, não é? O que ela fez, chorou? É claro que você ia deixar ela fazer o que quiser, que no caso foi... o quê? Ver a mãezinha dela. — Ela deu um sorriso macabro e colocou a mão dentro da enorme bolsa. — Bem, isso só deixa tudo ainda mais divertido.

Havia um Band-Aid cobrindo o local onde eu tinha batido nela. Era difícil enxergar na semiescuridão das escadas, mas a pele em volta do curativo estava mais vermelha do que a pele na bochecha oposta, só que era como se ela tivesse colocado mais blush do que o normal, e não como se o estrago tivesse sido grande mesmo. Fiquei me perguntando se era só no blush que ela estava exagerando.

— Não se aproxime — disse John com surpresa, me puxando para mais perto.

— Pierce — disse minha avó, lançando um olhar escandalizado para mim. — Qual o problema desse seu jovem? Ele é tão violento! Só estava tentando colocar juízo na sua cabeça... de novo. Ainda bem que aqueles gentis oficiais estão sentados naquele carro de patrulha lá fora. Porque assim, quando ele vier para cima de mim, como está prestes a fazer, e eu tentar me defender, eles vão ouvir os berros e virão correndo para prendê-lo... Enquanto você, Pierce... acho que vou errar o alvo, e você vai acabar sofrendo o impacto. É uma arma militar. Ouvi dizer que a sensação de queimadura some entre 10 a 24 horas, embora seja muito dolorosa.

Ela tirou uma lata de spray de pimenta da bolsa e a apontou direto para o meu rosto.

Antes que ela conseguisse apertar o birro — antes que John conseguisse me tirar da reta —, meu tio Chris nos assustou quando apareceu na sala e disse:

— Ei, alguém viu uma pomba? Abri a porta para entrar e um *pássaro* voou para dentro da casa. — A silhueta volumosa dele apareceu. Ele parou e nos viu na escada.

— Ah, aí está — disse quando viu Esperança em minhas mãos. — Mandou bem, Piercey, pegou o pássaro. — Então ele notou a presença de vovó. — Mãe, o que está fazendo aqui? — perguntou ele com curiosidade. — Achei que tivesse ido para casa para descansar.

— Eu fui — disse vovó, subitamente parecendo uma velhinha indefesa e colocando o spray de volta na bolsa —, mas ouvi dizer que Pierce tinha voltado. Não acredito que você não me ligou imediatamente. Não é uma felicidade? Aleluia.

Ouvi a voz de mamãe no andar de cima.

— Christopher? É você? Com quem está falando? Estou no telefone.

O feixe de luz amarelo que se derramava do quarto da mamãe aumentou perceptivelmente Ela estava vindo pelo corredor em direção às escadas — na nossa direção. Seus pés descalços nem faziam barulho no carpete.

O que aconteceu em seguida pode ser melhor descrito como uma explosão... só que não houve fogo e calor, então ninguém se machucou.

Depois, provavelmente colocaram a culpa em um pico de luz que aconteceu por causa de um raio. Mas como eu não estava lá, não sei dizer.

Assim que minha avó berrou "Pierce está em casa!", mamãe respondeu, incrédula: "Pierce? Onde?" Depois ela levantou a mão para acender o sofisticado candelabro de prata fundida que ficava na escadaria, na mesma hora em que John me abraçou...

Aí uma explosão de luz tomou a sala, cegando meus olhos e fazendo minha mãe gritar.

No outro fica esquecido aquele amor
Feito pela Natureza, e o que vem depois,
De onde se engendra uma fé especial.

DANTE ALIGHIERI, *Inferno*, Canto XI.

Quando abri os olhos novamente, estava em pé ao lado de John em um beco escuro e silencioso.

Havia cercas altas de madeira em cada lado, bloqueando a visão de tudo além dos telhados nas casas atrás delas. Acima das cercas havia o maior pé de buganvílias que já vi, formando um arco-íris reluzente de flores amarelas, vermelhas e rosas ao longo de toda a rua. O cheiro de jasmins-da-noite era quase tão intenso quanto o ar quente e úmido da chuva, que pairava bem baixinho nas rápidas nuvens roxas. Quase dava quase para sentir o sabor. Sapos gorjeavam alto, uma cigarra berrou e, lá longe, ouvi música.

— O que — perguntei, tonta — foi *aquilo*?

Esperança, a fim de mostrar que, assim como eu, não gostou do que John fez, deu uns pios furiosos e me beliscou com as garras, me fazendo abrir as mãos com um grito de dor, e a deixei ir. Ela voou mas ficou por perto.

Eu a vi pousar no topo de um *flamboyant* no jardim de alguém, cujos galhos se esticavam sobre o beco. Era fácil ver onde estava, já que ela era bem branca e o flamboyant tinha perdido quase todas as flores. Estavam espalhadas no chão do beco, como um tapete vermelho apodrecendo. Esperança começou a arrumar furiosamente as penas para mostrar sua indignação por ter sido segurada de mal jeito.

As sobrancelhas escuras de John estavam em pé em sinal de arrependimento... mas seus olhos não mostravam nem um pingo de remorso.

— Peço desculpas — disse ele calmamente. — Admito que foi um truque barato de mágico. Mas não podia deixar sua mãe nos ver sumindo para o nada na frente dela. Tenho certeza que já estava chateada o suficiente.

— E eu ficaria também — respondi, ainda tremendo por ter estado tão perto da minha avó e por causa do método de John para me salvar. O lugar onde Esperança me beliscou começou a doer. Olhei para o beco, tentando imaginar onde estávamos... e quanto tempo levaria até que as Fúrias nos encontrassem dessa vez.

— Pierce. — A voz de John mudou. Ficou mais branda. Ele segurou meu rosto e me olhou bem dentro dos meus olhos. — Me desculpe. Eu nunca deveria ter escutado o conselho do Sr. Smith de levá-la para ver sua mãe. Ele teve boa intenção, mas, diante das circunstâncias, sua avó tinha razão... eu deveria ter adivinhado que seria o primeiro lugar onde as Fúrias procurariam por você assim que soubessem que estava de volta.

Pensei na voz de mamãe enquanto ela conversava com papai, no quanto o tom dela era manso quando implorou para que ele chegasse logo, quando ele a chamou de Debbie. Não ouvia os dois conversando com tanto carinho há anos.

— Valeu a pena — falei enfaticamente.

John largou meu rosto e ficou me olhando.

— Bem — disse ele —, então fico feliz. Mesmo assim, lamento por não ter conseguido se despedir direito dela. Você sabe que seu tio vai contar tudo sobre nossa visita... inclusive que estamos procurando por Alex?

Fiz que sim, estremecendo levemente, e não por causa do raio que apareceu nas nuvens, acima dos cabos de telefone.

— Onde estamos? — perguntei, distraída, levando o machucado da mão à boca.

— Festival do Caixão — disse ele. — Está acontecendo na rua virando a esquina. É onde seu tio falou que seu primo está. Se tudo der certo, vamos encontrá-lo e convencê-lo a desistir de seus planos em relação ao caixão, e depois levá-lo para casa antes que sua avó espalhe para todo mundo onde estamos. Mas eu não contaria com isso. Mostre a mão.

— Não foi nada — falei e tirei a mão da boca. Para um corte tão pequeno, latejava um pouco. — Apenas um arranhão. — Eu só conseguia pensar em uma coisa: *casa*. Foi assim que ele o chamou. O Mundo Inferior, onde eu morava... com *ele*. Meu coração começou a bater de um jeito incômodo sob o zíper na frente do meu vestido.

Estava tudo bem, falei para mim. Eu gostava de lá. Não tinha buganvílias, mas tinha lírios negros e cogumelos. Era frio, mas sempre tinha uma lareira por perto. Eu só...

Um vento forte remexeu a buganvília e a minha saia, e por um segundo a música que vinha da feira ficou mais alta. Era música espanhola, cheia de vida e energia.

Era o oposto do que me esperava do outro lado da cripta.

— Pierce — disse ele, mexendo em minha mão —, me deixe ver.

Me rendi. Nem sei como ele faria para sequer localizar o pequeno machucado cor-de-rosa no escuro. Os postes em cada ponta do beco se acenderam, mas o brilho não chegava onde estávamos.

Ele encontrou a ferida e passou o dedão levemente sobre ela. Um calor estranho me preencheu... não o calor desconfortável e opressor da umidade do ar, mas uma sensação formigante que começava na mão e se espalhava devagar pelo braço. A ferida não sumiu, mas parou de doer.

— Como você fez isso? — suspirei, maravilhada.

— É como sempre digo — respondeu John, levantando minha mão e dando um beijo nela —, meu trabalho vem com certas compensações.

O formigamento aumentou... mas só porque os lábios dele sempre tinham esse efeito sobre mim.

— John — falei. Meu coração estava disparado, mas eu não sabia dizer se foi por causa do toque dele, por causa da descarga elétrica de todos os raios aparecendo nas nuvens ou por causa da música espanhola. Pode ter sido meu medo, que veio com tudo quando vi minha avó de novo. — E se a gente fugisse?

— Fugisse? — repetiu John com uma risada branda, abaixando minha mão e olhando as veias azuis nas costas dela. — E para onde, exatamente, nós fugiríamos?

— Não importa — falei, indiferente. — Para algum lugar longe daqui onde as Fúrias não possam nos encontrar. Por que precisamos voltar? Podemos ir para qualquer lugar. Tenho milhões de cartões de crédito. Ainda valem até meu pai cancelar todos. É isso que meus pais acham que fiz mesmo, então por que não fazer?

Ele não olhou para mim, apenas continuou brincando com minha mão, esticando meus dedos, comparando o tamanho deles com os seus, que eram muito maiores.

— Você odeia tanto assim o que eu sou? — perguntou com uma voz meramente curiosa, como se minha resposta não importasse, qualquer que fosse... Mas eu sabia que importava.

— Não — falei rapidamente —, não odeio totalmente. O que você faz é importante, entendo isso. Só não entendo por que *você* precisa fazer. Não me parece justo. Por que não Frank? Sinceramente, acho que ele ia gostar.

— Você disse que ia ficar — falou John. Percebi que, como sempre, ele ignorou minha pergunta sobre por que *ele* precisava ser o soberano do Mundo Inferior de Isla Huesos.

— Eu falei que ficaria com *você* — lembrei.

— E quanto a Alex? — perguntou.

— Ele também vai ficar bem — respondi. — Se ele é grande o suficiente para dizer que não vai voltar para casa quando o pai manda, não é grande o suficiente para cuidar de si?

— Não acho que você realmente acredite nisso — disse John, cobrindo os meus dedos com os dele. — Não mais do que acredita em qualquer uma dessas coisas que está sugerindo. Não é?

— É — admiti baixinho. Mesmo assim, um desespero selvagem me tomou. — Mas John, de vez em quando você mesmo não *quer* fugir, esquecer tudo que precisa fazer e fazer somente o que *quiser*, só para variar? E se fizéssemos isso, o que é o pior que poderia acontecer? Fora a pestilência que o Sr. Graves mencionou? — A ideia de Isla Huesos povoada por um enxame de mortos-vivos não me incomodava tanto, agora que eu sabia que papai estava a caminho. Ele tomaria conta da mamãe, de Alex e do tio Chris também... o que aconteceria com a vovó não me importava.

Não queria pensar nas pessoas que foram gentis comigo desde que cheguei em Isla Huesos que provavelmente não mereciam ser destruídas pela pestilência, como o Sr. Smith e minha amiga Kayla. Tentei afastar a imagem deles da cabeça.

John tirou os olhos da minha mão e franziu os olhos ao examinar meu rosto.

— Você não comeu nada desde o café da manhã — disse ele, me puxando para a direção de onde vinha a música. — Vamos. Não tem por que não procurarmos por seu primo e pegarmos alguma coisa para você comer enquanto isso, se não demorarmos.

Realmente, eu *estava* com fome. Também estava me sentindo meio zonza. Peraí...

— Você está tentando mudar de assunto — acusei.

— Eu disse que há compensações pelo trabalho que faço — respondeu John, colocando o braço sobre meus ombros, uma vez que aparentemente eu não estava andando rápido o bastante para ele. — Bem, há punições também, para quem quebra as regras.

Ele já havia falado sobre punições. Sobre consequências.

— Mas se formos para algum lugar onde as Fúrias não possam nos encontrar — persisti —, como poderiam nos punir?

— Sempre que alguém que não deveria deixar o Mundo Inferior faz isso — falou —, o reino fica sem equilíbrio. As Fúrias podem não punir a pessoa que se foi, mas ficarão felizes em descontar sua ira nas que foram deixadas para trás.

Virei o rosto e pude ver a mão em cima do meu ombro. Lá estavam... as cicatrizes feitas por causa do que fiz quando tinha 15 anos. As consequências de minha ação impensada.

Horrorizada, parei de andar quando cheguei bem ao fim do beco. A música era alta e animada, e pude ver as luzes fortes e a multidão na feira. Deu até para sentir o cheiro intoxicante de carne assada.

No entanto, nada disso importava mais.

— Está querendo dizer que fariam com que o pobre Sr. Graves e Henry sofressem pelos *nossos* atos? — perguntei, minha voz falhando.

John tirou o braço de cima de meus ombros. Agora ele estava parado, olhando para mim com uma expressão estranha... quase parecia pena.

— Sim — disse ele. — Então quanto mais cedo voltarmos, mais seguros todos estaremos.

Começando a perceber a grandiosidade do sacrifício que ele estava fazendo por Alex — e por mim — fiz que sim com a cabeça e apertei o passo... só para reduzi-lo novamente ao notar a enorme estrutura do farol de Isla

Huesos assomando sobre nós, assim que deixamos a proteção do beco. Pairando a trinta metros do chão, era uma das construções mais altas da ilha... e na qual me recusei a entrar quando mamãe me levou para o tour indispensável pela ilha. Em vez disso, fiquei na base, lendo todas as placas sobre moradores corajosos que, no século XIX, arriscaram suas vidas navegando para salvar tripulações perdidas e cargas de navios que naufragaram enquanto viajavam pelas águas rasas entre Isla Huesos e o recife de corais que a cercava.

Agora, o farol de Isla Huesos estava vazio, abandonado depois de o furacão de outubro de 1846 quase tê-lo destruído. O evento chegou até a alterar a forma física da ilha, de modo que agora o farol ficava a oito quilômetros do mar.

Foi assim que alguém conseguiu pendurar uma placa em um lado do farol e amarrá-la do outro lado da rua onde o Festival do Caixão estava acontecendo. Em letras vermelho-sangue, a placa dizia:

Bem-vindos ao Festival do Caixão!
Oferecimento de Rum Captain Rob's
Estação Ilha dos Ossos 95.5
E Imobiliária Rector
Naufrague na folia!

John deve ter notado minha expressão quando li a placa, pois perguntou qual era o problema.

— Nada — respondi. — É que... teve uma convocação especial na escola para anunciar que a Noite do Caixão foi cancelada.

Não só isso, mas o comandante Santos fez uma declaração reforçando a seriedade dos esforços do departamento de polícia para controlar o entusiasmo da comunidade em relação à tradição. Proibiram que lojas de construção vendessem grandes quantidades de madeira para menores de idade a fim de evitar fogueiras e a construção de caixões.

No entanto, simplesmente lá estava, nada mais nada menos, do que um evento totalmente público celebrando a noite — fora do espaço da escola, é claro — e com patrocinadores.

— A polícia faz isso todo ano — disse John. — Nunca funciona.

Acho que não mesmo. Embaixo da placa, fluíam hordas de pessoas, a maioria vestida com roupas normais, mas algumas com fantasias, como piratas, zumbis, fantasmas, agentes funerários ou esqueletos sexys. Quase todos seguravam copos plásticos vermelhos com bebidas, apesar de a polícia estar estacionada ao lado da calçada. Dois policiais com cara de tédio estavam encostados no carro, flertando com duas piratas sensuais de corpetes justos e salto alto.

Todo mundo estava sorrindo, apesar dos trovões ressoando acima de nós e do fato de que já era possível sentir algumas gotas finas de chuva.

Olhei para John. Como àquela altura eu já estava certa de que ele havia morrido em um naufrágio, o evento me pareceu... bem, de mau gosto. Se bem que é claro que os organizadores do festival não tinham como saber que o motivo da Noite do Caixão em pessoa apareceria.

— É horrível — falei para ele, consternada, fazendo sinal para a placa. Achei particularmente ofensivo o fato de que gotas falsas de sangue escorriam das letras. Era o sangue falso de meu *namorado* que estavam usando para promover negócios e produtos.

— Ah, sei lá — disse ele com um sorriso torto. — Se é para ter um caixão escondido em algum lugar em Isla Huesos fora do cemitério, é claro, é gentileza da parte deles avisar que o lugar é este.

Eu não compartilhava da mesma confiança de John. Ele não ouviu os planos elaborados de Seth Rector sobre como esconderiam o caixão. Os planos se referiam a um hangar de avião. Ninguém mencionou o Festival do Caixão.

— Bem, ainda acho que é *horrível* — repeti. — E agora não só minha avó sabe onde estamos, como também a população inteira de Fúrias da ilha, tenho certeza. *E* nós dois estamos na capa do jornal de hoje. Como vamos entrar na feira sem que as pessoas nos reconheçam?

— Assim — disse ele, dando um sorriso enigmático e me pegando pela mão.

Um segundo depois, John me guiava pela rua, desviando de casais sorridentes e pessoas vestidas de vampiro, e até de casais jovens com carrinhos de bebê. Então paramos na frente de uma barraca vendendo frutas congeladas no palito. Passamos bem na frente dos policiais, mas eles nem desviaram o olhar das duas meninas com roupas de pirata.

Olhei para John, surpresa.

— Como você fez isso?

— Às vezes as pessoas só veem o que querem ver — disse ele, dando de ombros.

Percebi que era o fantasma do cemitério de Isla Huesos quem estava falando isso. O Sr. Smith disse que as visões de John Hayden entrando e saindo da cripta eram tão comuns, e aconteciam há tanto tempo, que ele já tinha uma reputação... tanto que nunca precisaram instalar câmeras de segurança no cemitério. Ninguém se aventurava ali depois do escurecer, exceto eu e, infelizmente, Jade... e seus assassinos.

Mesmo assim, só para garantir, abri a mochila e peguei um prendedor de cabelos. Tinha o outro vestido para usar, se precisasse. Até lá, uma trança rápida e a jaqueta jeans precisariam ser disfarces suficientes.

— Ainda é difícil imaginar — murmurei enquanto fazia a trança, segurando o prendedor com a boca — o que foi que você fez para criar isso tudo. — *Isso tudo* era a loucura da feira, a música alta e as pessoas com fantasias.

Não esperava que ele realmente fosse me responder porque eu vinha fazendo a mesma pergunta, com variações similares, há muito tempo e ele nunca respondeu.

Para minha total surpresa, dessa vez ele falou, com tanta calma e com uma voz tão baixa que talvez eu não tivesse escutado se não estivesse tão perto dele.

— Eu matei um homem — disse.

Andávamos. Enquanto isso ele falava
Sem parar, pela floresta entrando,
Floresta de almas que aumenta a cada hora.

DANTE ALIGHIERI, *Inferno*, Canto IV.

Meu prendedor de cabelos caiu na calçada. Nunca mais o encontraria. Havia muitas pessoas passando, bebendo nos copos vermelhos que compravam na barraca do rum Captain Rob's ali perto.

Claro que achei ter escutado errado. Por que John me diria uma coisa tão importante agora, de maneira tão casual, no meio da *feira*?

Antes que pudesse impedir, falei a primeira coisa que me veio à mente.

— Só *um*?

Ele me deu uma olhada de partir o coração.

Mas, considerando-se tudo que sabia sobre ele, eu *esperava* que ele tivesse matado um homem.

O que me chocava era o fato de John ter sido banido para o mundo inferior por toda eternidade por ter sacrificado uma única vida.

— Eu não fazia ideia — disse ele com um sorriso seco — que você era tão sanguinária, Pierce. Devíamos arrumar uma fantasia de pirata para você?

— É que... não que um homem não seja suficiente — gaguejei. Mal conseguia ouvir meus próprios pensamentos por causa da música. Os ritmos latinos pareciam pulsar junto com meus batimentos, que tinham acelerado por causa da minha mancada insensível. — É que já precisei impedir que você matasse alguns homens na minha presença. Então fico surpresa...

Ao ver que eu estava sendo arrastada pela multidão, John pegou minha mão e me levou em direção à calçada. Paramos embaixo dos galhos baixos de um gumbo-limbo, longe das massas e das luzes, onde estava um pouco mais escuro e calmo. Esperança nos seguiu, é claro, e pousou no meio-fio, bicando alegremente alguns grãos de milho abandonados

— O homem que matei era um capitão de navio — disse John. Sua voz tinha perdido a força e ele estava distante, como se contasse a história de outra pessoa. — Era o capitão do *Liberty*. Eu era o primeiro imediato oficial de quarto de navegação.

Isso foi meio chocante, mas não falei nada, mantendo o olhar em um gato laranja que saiu de dentro da cerca à nossa frente. Os olhos do gato brilharam quando viu Esperança... depois ele avistou meu olhar de advertência e saiu rapidamente.

— Estávamos velejando de Havana para Isla Huesos — continuou John. — De lá, tínhamos que voltar para a Inglaterra. Não muito longe de Isla Huesos, descobri uma coisa... não muito boa em relação ao curso que o capitão escolheu. Tentei discutir isso com ele em particular, mas ele não me ouviu. As pessoas ficaram sabendo do plano dele, e uma parte da tripulação concordou comigo. Houve um motim. Certamente você sabe o que é um motim.

— Sei — respondi. Vi um filme sobre um motim certa vez. A tripulação de um navio se rebelou contra o capitão e tomou o comando porque não gostava da maneira severa e injusta com a qual ele liderava a embarcação.

— Então provavelmente sabe que um motim é considerado uma ofensa muito grave — disse John. A música festiva e as gargalhadas ao fundo contrastavam com o rosto sério dele. — Em embarcações, quando são julgados e condenados, os amotinados são punidos rapidamente... geralmente enforcados, mas de vez em quando são jogados ao mar.

De repente, me senti de volta ao deque barulhento do navio em meus sonhos, vendo John ser levado por aquelas ondas gigantescas, incapaz de ajudá-lo enquanto a tempestade caía sobre nós dois.

Meu coração parecia ter congelado dentro do peito. Minhas mãos de repente ficaram geladas também, apesar do calor que havia ao nosso redor.

— Quando os homens se aproximaram do capitão e falaram que não concordavam com seu plano, as coisas ficaram feias, principalmente quando fiquei do lado deles. O capitão... bem, ele ficou furioso. Foi ele quem atacou primeiro, Pierce, você precisa acreditar em mim. — Os olhos dele imploravam. — Eu nunca quis matá-lo.

— Claro — murmurei. — Você só estava se protegendo.

O olhar de John ficou mais amargurado.

— Bem, nem todo mundo viu dessa maneira — disse ele. — No final das contas, havia mais homens apoiando o plano do capitão, por mais que fosse perigoso, do que homens contrários. Tendo sido eu o principal provocador do motim, insisti em ser o único a ser punido.

— Então eles jogaram você no mar — falei com a voz baixa, apesar de já saber a resposta.

John deu de ombros como se isso não fosse tão ruim. A não ser pelo fato de que eu mesma já tinha visto, por meio do sonho, que foi terrível.

— Os amotinados, em especial aqueles que matam seu capitão, não merecem caixão, muito menos um enterro decente — disse ele, tranquilo. — Mas por algum motivo, as pessoas aqui em Isla Huesos acham que é disso que eu preciso para descansar em paz. Então fazem essa festa todos os anos. — Ele levantou a mão para indicar o festival.

Olhei para o rosto de John, querendo dispor de algum tipo de cura para aliviar as feridas que vi ali. Não feridas reais, mas emocionais, que ele tentava esconder com toda força.

— Então você se afogou — falei com calma. — Como eu. Mais uma coisa que temos em comum, além de familiares terríveis.

Os lábios dele quase sorriram.

— Tecnicamente, você congelou antes de se afogar — explicou. — E não se esqueça do seu machucado na cabeça. Mas, sim, temos isso em comum.

Peguei a mão dele, que era maravilhosamente quente e forte contra a minha.

— E depois de se afogar, quando foi que você acordou? — perguntei.

— Estava no Mundo Inferior — disse ele. — Aquele que você já conhece. Só que eu estava sozinho. Não tinha manual nem guia para me dizer o que fazer. Tive que aprender tudo sozinho. Felizmente, o Sr. Graves, o Sr. Liu, Frank e Henry apareceram um pouco depois. Eles me ajudaram muito.

— Eles fizeram parte... do motim? — perguntei com cuidado.

Ele fez que sim com a cabeça.

— Deus é testemunha do quanto eu queria que eles nunca tivessem se envolvido. Mas Henry ouviu minha conversa com o capitão. Foi correndo para Graves, que juntou o Sr. Liu e Frank sem que eu soubesse. Então não havia nada que eu pudesse fazer. São bons homens, merecem um destino melhor.

Quando falou isso, vi uma nuvem, tão escura quando as que estavam no céu, passar em seu rosto. Acho que eu sabia o que o estava preocupando e segurei sua mão.

— O capitão do *Liberty* — falei, pensando no que ele tinha dito para meu tio sobre pessoas ruins. — Ele devia ser muito mau.

— Ele foi a pior pessoa que já conheci — disse ele sem a menor hesitação na voz. Seu olhar ficou tão frio quanto seu tom... mas eu sabia que não tinha nada a ver comigo. Aquilo vinha da lembrança do homem que matou.

Senti outra onda de calafrio.

— Foi isso que pensei — disse eu —, porque senão uma pessoa como o Sr. Graves não teria cometido um crime tão grave quanto um motim. E se não fosse assim, você teria sido enviado, por alguém que cumpre o papel que hoje é seu, para um lugar tipo onde as Fúrias vão... e é por isso que voltam, porque odeiam esse lugar. Mas em vez disso, você acabou virando o dono do Mundo Inferior. Então alguém deve ter pensado que o que você fez foi muito corajoso e quis lhe recompensar.

Lentamente, eu o vi voltando para mim do lugar escuro onde estava.

— Na maioria dos dias isso se parece muito mais com uma punição do que uma recompensa... — disse ele com um tom de resignação amarga. Então John ergueu os olhos até os meus e sua voz mudou. — ... até o dia em que encontrei você.

O fogo em seu olhar não foi nada comparado com o calor que percorreu meu corpo depois que ele encostou os lábios nos meus. Não ofereci resistência, fechando os olhos e me permitindo relaxar um pouco pelo que parecia a primeira vez em dias.

Matar um homem. Foi tudo o que John fez.

É claro que não era insignificante. Matar um homem ainda era uma coisa espantosa.

No entanto, era um crime bem menos deplorável do que ele estava me fazendo acreditar ao repetir tantas vezes que eu o odiaria se descobrisse a verdade. Ele não ateou fogo em um saco cheio de filhotinhos de gato e ficou parado vendo-os queimar vivos. Simplesmente liderou um motim no mar, o que o levou a matar o próprio capitão... em legítima defesa.

É claro que eu só tinha a palavra de John. O que eu poderia fazer, pensei, era ler o livro que o Sr. Smith me deu. Não que eu não acreditasse em John, mas era sempre bom...

Abri os olhos e percebi que tinha alguma coisa errada. Ele tinha parado de me beijar.

— Aqui, senhorita. Você deixou isto cair — disse uma voz surpreendentemente familiar e fina na altura do meu cotovelo e, um segundo depois, o prendedor que eu havia deixado cair me foi entregue na palma aberta de alguém.

Quando olhei para baixo para ver quem estava falando, fiquei abismada ao parecer que era Henry. O pequeno Henry Day do Mundo Inferior.

Perplexa, olhei para ele por uns bons cinco segundos, sem entender o que estava vendo. Ele estava bem ao meu lado com exatamente as mesmas roupas que usava quando o vi pela última vez.

Só que no Festival do Caixão de Isla Huesos, ele não parecia inadequado. Parecia com qualquer um dos outros meninos vestidos de pirata do século XIX... e havia vários deles. Apenas suas fantasias não eram tão autênticas quanto a roupa de Henry.

— O quê...? — exclamei com espanto. — Como...?

Frank, cuja presença eu não tinha notado, falou atrás dele.

— *Isto* aqui — disse ele, inclinando o copo vermelho para mim — é coisa boa. Precisamos que o Sr. Graves aprenda a fazer *isto*.

O Sr. Liu, em pé ao lado dele, não parecia muito convencido. Não estava bebendo. Analisava a multidão com olhar crítico.

— Piratas demais — disse ele em tom de reprovação. — Não entendo por que se vestir de pirata. E o que foi que fizeram com o farol?

Eu me virei para John.

— O que estão fazendo aqui? — perguntei, chocada. — Achei que...

— Olá — disse John para sua tripulação, uma de suas sobrancelhas em pé. — Que gentil de vocês nos darem um momento de privacidade.

— Não quisemos atrapalhar — disse Frank. Tinha comprado uma coxa de peru frita para acompanhar a bebida e a estava roendo. — O senhor pareceu estar ocupado.

— Henry teve outras ideias — disse o Sr. Liu com voz grave.

— Isto é seu, não é? — perguntou Henry, mostrando o prendedor de cabelo para mim — Vi caindo no chão.

— É sim, Henry, muito obrigada — falei pegando o prendedor. Voltei a olhar para John, sem entender.

— Achei — disse ele com calma — que depois do que aconteceu no cemitério seria melhor pedir reforço. Não é assim que chamam hoje em dia, "reforço"?

— É — falei. — Só que achei que eles não podiam vir para cá...

— Sozinhos não — disse John. — Fui buscá-los enquanto você estava com sua mãe, e seu tio estava ao telefone com seu primo. Fui lá encontrá-los e os trouxe até aqui. Não que sua coragem com Mike não tivesse me impressionado — acrescentou ele com um sorriso —, mas da próxima vez, talvez não tenhamos um vaso tão à mão. E, quando quer, o Sr. Liu pode ser uma presença intimidadora.

O Sr. Liu preferiu ser modesto, mas Frank intercedeu.

— E eu? Posso ser intimidador também. Diga para ele, Srta. Oliviera. Eu a intimidei quando nos conhecemos, não foi?

— Você, não — disse Henry —, Tifão, sim.

Balancei a cabeça. Estava surpresa demais para conseguir falar.

— Eles estão procurando por seu primo — disse John ignorando-os. — Por enquanto sem sucesso, lamento dizer. Alex estava aprisionado no vídeo do seu celular, então é possível que esteja aqui, mas pode ser que os rapazes tenham passado por ele sem reconhecê-lo. Ele pode estar bem diferente agora.

Eu me lembrei do rosto sujo de Alex no vídeo e torci para que *realmente* estivesse diferente... e que o encontrássemos a tempo de garantir que ficasse assim.

Percebi de repente que um membro da tripulação de John estava ausente.

— Cadê o Sr. Graves?

— Alguém tinha que ficar — disse John com um tom que achei cuidadoso. — O Sr. Graves se voluntariou. Ele nunca foi muito fã de Isla Huesos.

O que John não disse foi que o Sr. Graves *precisou* ficar — não porque não gostava da ilha ou até mesmo por ser cego (o que pelo visto não afetava nem um pouco suas atividades), mas porque alguém precisava cuidar das almas dos mortos na ausência de John... e encarar as consequências se não voltássemos a tempo.

Engoli em seco e me lembrei do que o Sr. Graves disse sobre a pestilência.

— Obrigada — murmurei com gratidão dando a mão para John.

— É muito cedo para me agradecer — disse ele. — Ainda não o encontramos. Sr. Liu, algum sinal do caixão?

— Ainda não — respondeu o Sr. Liu, conformado —, mas quanto mais descemos a rua, mais gente tem. É onde está a música.

— E a comida — disse Frank, erguendo a coxa de peru que antes ele roía.

John olhou para mim com ar de indagação.

Depois de me abaixar para tirar Esperança de perto do milho — ela protestou fazendo ruídos, mas era para seu próprio bem; o gato laranja tinha voltado —, prendi os cabelos e disse "vamos". Parecia muito mais corajosa do que verdadeiramente me sentia.

Não precisava ter me preocupado com pessoas notando a minha presença e a de John. Mesmo que houvesse, como apontou o Sr. Liu, um grande número de pessoas vestidas de pirata, ainda assim todos pareciam estar interessados nele, em Henry e em Frank. Principalmente em Frank. Com suas tatuagens e cicatrizes autênticas, de fato só faltava um papagaio e um tapa-olho para completar a fantasia.

Talvez tenha sido por isso que a primeira pessoa que eu realmente conhecia passou por mim sem nem me notar... porque estava ocupada encarando Frank.

— Kayla? — perguntei com cuidado porque também quase não a reconheci. Na escola, tínhamos um código de vestimenta. A roupa de Kayla definitivamente desafiava esse código. Estava usando um vestido branco e longo que realçava seu tom de pele escuro, sua cintura reduzida a um tamanho impossivelmente minúsculo dentro de um corpete de veludo preto e os seios fartos empinados pelo corpete, atingindo uma altura que desafiava a lei da gravidade. Sobre seus ombros nus, ela havia jogado uma capa roxa de veludo que combinava com as mechas da mesma cor nos seus cabelos cacheados, negros e selvagens. Kayla também havia colado estrelas de strass nos cantos dos olhos pintados intensamente de preto.

— Peraí... — A menina parou e olhou para mim. — Não pode ser. *Pierce?* Ai, meu Deus, *garotinha*! Me dá um abraço!

Abaixei seus braços antes que ela me envolvesse, não querendo atrair ainda mais atenção do que ela já tinha feito com seus berros. Então arrastei Kayla para o centro da rua, para um espaço vazio entre duas barracas, uma vendendo frutas congeladas no palito, e a outra, camisetas que diziam *Eu sobrevivi ao Festival do Caixão de Isla Huesos.*

— Ai, meu Deus, garotinha — disse Kayla segurando meus braços. — Por onde você andou? Tem noção de como surtei quando você não apareceu no estacionamento às 2h como combinamos? Você me mandou ligar para a polícia se não aparecesse, então eu liguei. E depois, do nada, vem sua avó correndo dizendo que um cara *sequestrou* você.

Os olhos escuros de Kayla brilhavam — as estrelinhas ficavam até sem graça em comparação. Ela olhou para John, que parou ao lado da barraca de frutas para me esperar. Deve ter ficado óbvio que nos conhecíamos graças aos olhares furtivos que ele lançava em minha direção e por causa da maneira como minhas bochechas arderam diante disso.

— Peraí, é *ele*? — exclamou Kayla, toda feliz. — *Esse* é o cara? Ai, meu Deus, ele pode me sequestrar qualquer dia da semana. Você... é... tão... sortuda.

Ela enfatizou cada palavra com um soquinho no meu ombro. Depois, abriu um sorriso para John, enrolando um cacho nos dedos; suas unhas estavam pintadas de branco com listras de zebras.

— Kayla — falei, massageando o ombro. O soquinho dela era bem forte. — Ele não me sequestrou. Ele...

— Dã. Quem é seu amigo? — perguntou ela, referindo-se a Frank, que estava comprando uma fruta congelada no palito para Henry, fingindo não perceber que ela estava olhando. — Eu vi esse cara de longe e pensei "quem é essa delícia com essa cicatriz?" Sério, não me importaria se um gostoso desses me sequestrasse também.

— Kayla — falei. Não queria jogar um balde de água fria nela — se bem que, olhando para o céu, isso aconteceria em breve de qualquer maneira —, mas eu precisava interromper o papo sobre garotos por dois minutinhos para esclarecer algumas questões familiares. — Como você já deve ter percebido, estou passando por alguns... problemas pessoais neste momento. E preciso muito da sua ajuda.

— Sério? — Kayla não tirava os olhos de Frank. — Bem, é só me apresentar para o seu amiguinho pirata ali que eu ajudo você.

— Achei que você gostava do Alex — falei, um tanto decepcionada.

Ela tirou o dedo dos cabelos e desistiu de trocar olhares sensuais com Frank, virando os olhos para mim.

— Sério, acha que só *você* tem problemas pessoais? Seu primo está virando um ser bizarro. Ele pediu para encontrar com ele aqui, eu venho e, chegando aqui, ele dança comigo? Compra uma bebida pra mim? Não. Ele nem se fantasiou, o que é tradicional neste tipo de evento. É como se ele só quisesse ter uma pessoa ao lado dele para não ficar parecendo tão idiota sozinho. É que nem o almoço na escola. Ele só fica lá sentado...

Arregalei os olhos.

— Peraí. *Você sabe onde Alex está agora?*

— Claro que sei onde ele está — disse Kayla —, acabei de dar um fora nele. Se bem que aposto que ele nem notou que não estou mais lá. Se isso aqui era pra ser um encontro com uma garota, infelizmente seu primo está louco...

Segurei Kayla pelo punho.

— Kayla — falei —, se levar a gente até onde Alex está, apresento você para Frank. Por favor, é muito importante. Acho que Alex está com um problema enorme. Maior até do que o meu.

Kayla olhou para mim de cima a baixo.

— O seu caso, sim, é um problemão — disse ela —, porque segundo o jornal você vale um milhão de dólares em problemas. Tem noção do que posso fazer com um milhão de dólares? Não que eu vá entregar você, mas posso abrir meu próprio salão de cabeleireiro com serviço de manicure... Não, com uma grana dessas eu posso abrir *dez* salões...

— *Por favor* — falei, dando um aperto desesperado em seu braço.

— Tá bom — disse Kayla, dando de ombros. — Meu Deus, calma. Vou te ajudar. Por que não? Quase nunca levo os meninos para passear. — Ela estava se referindo aos seus seios, os quais planejava reduzir cirurgicamente quando fizesse 18 anos porque, segundo ela, seus joelhos batiam nos mamilos quando andava de bicicleta. — Então quando resolvo fazer isso, alguém tem que poder apreciar. Deus é testemunha de que seu primo nem nota. — Ela olhou para Frank novamente. Para comprar a fruta congelada para Henry, vi que ele estava usando uma moeda de prata de dólar espanhol, que estava guardada no bolso de sua calça de couro.

— É claro que é real, seu paspalho — disse Frank para o jovem atrás da carroça de frutas, que aparentemente questionou a legitimidade do dinheiro. — É um oitavo genuíno. Posso comprar sua barraca toda com ele.

Que bom, pensei com sarcasmo. John e sua tripulação estavam realmente conseguindo se misturar.

Kayla devia estar pensando na mesma coisa.

— De onde são esses caras? — perguntou.

— Daqui — garanti.

— Sério? — Ela pareceu não acreditar. Acho que o vendedor acabou acreditando na autenticidade da moeda, pois estava entregando mais palitos de fruta do que Henry era capaz de segurar. — Porque eu me lembraria se tivesse visto esse cara por aí. E não quero me meter em um relacionamento à distância. Isso nunca dá certo.

Sorri. John e eu nos olhamos.

— Ah — falei —, nunca se sabe.

Das hidras mais verdes vinham cingidas;
Pequenas serpentes e cerastes na fronte
De cada uma vinham entretecidas.

DANTE ALIGHIERI, *Inferno*, Canto IX.

Kayla, de braços dados com Frank, nos guiou pela rua cheia.

— Não sei se é uma boa ideia — disse John, vendo Frank pegar a mão de Kayla e dar-lhe um beijo.

— És encantadora, bela donzela.

— Aposto que vocês piratas dizem isso para todas as belas donzelas — respondeu Kayla com um risinho.

— Está tudo sob controle — falei para John. — Acho que Kayla sabe se virar com homens. Até mesmo com caras como Frank.

— Mas e as Fúrias? — perguntou John com um olhar sério. — Será que ela consegue lidar sozinha com elas?

— Ah. — Não tinha pensado nisso. — Conhecendo Kayla como eu conheço, provavelmente ela consegue, sim.

— Bem, fique de olho no seu cordão — disse ele. — Não gosto do fato de estarmos expostos há tanto tempo e elas ainda não terem aparecido. Já devem saber que estamos aqui. Então cadê elas?

Olhei em volta. Para onde quer que eu olhasse haviam pessoas contentes, curtindo a festa, enquanto lá em cima os raios continuavam iluminando as nuvens e os trovões persistiam.

— Talvez seja isso — arrisquei. — Estamos expostos. As Fúrias não querem arriscar e chamar muita atenção.

— Talvez — concordou John — ou talvez seja o silêncio que precede a tempestade.

Olhei para o céu da noite e depois para meu colar. O diamante estava no mesmo tom meio lilás, meio cinza-escuro que as nuvens pesadas. Talvez John estivesse certo.

— Pierce?

Um casal atraente e jovem estava na nossa frente, abraçados. Ele estava com uma maquiagem acinzentada e fantasmagórica no rosto e vestia o uniforme de futebol americano da escola de Isla Huesos, usando até a proteção dos ombros. Ela estava vestida de líder de torcida dessa mesma escola, com pompons vermelhos e brancos, e tinha uma mordida de vampiro pintada no pescoço com um rastro de sangue falso escorrendo.

— Meu Deus do céu, Pierce! — exclamou a menina. — Sou eu, Farah, Farah Endicott, e Seth Rector. — Ela apontou para o namorado, rindo. — Não acredito que nossas fantasias estão tão boas assim! Dá para acreditar, amor? — Farah sorriu para Seth. — Pierce nem nos reconheceu. E teoricamente foi *ela* quem desapareceu!

Farah e Seth deram uma boa gargalhada com a piada. Ambos seguravam copos vermelhos e, apesar de eu não saber o que havia ali dentro, senti que, pelas gargalhadas quase histéricas, devia ser algo mais forte do que refrigerante. John e eu ficamos parados, e Kayla e Frank, um pouco mais à frente, se viraram e olharam para nós sem entender nada. O Sr. Liu, que também observava o encontro, levou Henry para o outro lado da rua. Os dois fingiram estar analisando uma barraca vendendo conchas com inscrições personalizadas. Na verdade, estavam analisando Farah e Seth.

— Pois é — falei, fingindo achar a situação tão hilária quanto Farah. — Essa coisa toda de desaparecida no final das contas foi uma grande confusão. É óbvio, já que estou em pé na sua frente agora.

— Ah — exclamou Farah, rindo ainda mais. — Isso é tão engraçado! É claro que você não está mais desaparecida. E aí, quem é seu amigo?

— Este é John — falei sem mencionar o sobrenome, de propósito. Na minha opinião, Farah e Seth ligariam correndo para meu pai para pegar a recompensa de um milhão de dólares. Quanto menos informação eu desse, melhor. — John, estes são meus amigos, Farah Endicott e Seth Rector.

O rosto de John, como sempre, se fechou quando ouviu o nome *Rector*. Ele olhou fixamente para o casal, sem sorrir.

— Como vão? — perguntou ele, sério, sem estender a mão direita, ocupada em com as frutas extras que ele se dispôs a segurar para Henry, atitude que achei fofa da parte dele. A mão esquerda de John estava em minha cintura.

— Bem, eu vou muito bem, muito obrigado — disse Seth educadamente, fazendo uma imitação sarcástica do tom educado de John, a qual não achei nada engraçada. John sequer soava tão polido para mim, ou porque estava acostumada ao seu jeito de falar ou porque ele convivia há muito tempo com norte-americanos mortos a ponto de pegar os maneirismos atuais.

Mas Seth conseguiu fazer Farah gargalhar, e os dois ficaram perdido em risos por uns trinta segundos antes que Seth retomasse o controle e falasse para John:

— Não, sério, cara, tudo bem. Prazer em conhecê-lo. Você não parece ser o *serial killer*, ou sei lá o que estão tentando dizer que você é nos jornais.

Farah deu um tapa brincalhão no peito de Seth.

— Amor! Sequestrador. Ele é um sequestrador.

— Foi mal — disse Seth.

— Meu *Deus* — disse Farah, arregalando os olhos azuis. — Cara, eu *amo* o seu cordão. Onde você comprou? — Ela estava prestes a pegar no diamante em meu pescoço quando senti os músculos no braço de John em volta de minha cintura ficarem tensos. Ele me puxou um passo para trás antes que ela pudesse tocar na pedra.

O que foi bom, pois a pedra realmente era amaldiçoada, exatamente como Henry falou. A última pessoa viva que tocou nela foi o Sr. Curry, o joalheiro que me acusou de roubá-la e tentou me prender.

Isso não deu muito certo para ele, graças a John, que não gostou da forma como ele me tratou e fez o coração do sujeito parar de bater.

— Ah, sei lá — respondi rapidamente. — No shopping, eu acho. É falsa.

— Dã — disse Farah, rindo. — Se fosse de verdade valeria tipo o que seu pai ofereceu como recompensa para quem encontrasse você...

Segundo o Sr. Curry, o diamante de Perséfone valia cerca de 75 vezes mais do que isso, na verdade. Mas não dei essa informação para ela.

— O engraçado é que estávamos brincando com uns amigos que se a gente visse você por aí, com certeza entregaria seu paradeiro pelo dinheiro — disse Farah com uma risadinha. — Mas aí descobrimos que seu pai cancelou a recompensa.

— Engraçado *mesmo* — falei, mas não por achar realmente engraçado. — Quando foi que você ouviu isso?

— Meu Deus — disse Farah —, está tipo na internet toda.

Acho que mamãe viu meu bilhete e avisou meu pai. Ele agiu rápido, como sempre.

— Bem — disse John —, estamos procurando alguém, então precisamos ir...

— Peraí... — Seth se aproximou de nós. John tirou a mão de minha cintura e deixou as frutas congeladas de Henry caírem no chão, ficando com os punhos livres e preparados.

Mas Seth não queria nos impedir de ir procurar Alex.

— Farah estava brincando quando falou da recompensa — disse ele. — Nunca faríamos isso. E espero que não esteja chateada por termos tirado as coisas do caixão da sua casa — continuou ele, falando mais baixo. — Mas tipo, a gente não sabia quando você ia voltar, e sua mãe... ela parecia meio surtada. E tipo, apesar de eu achar que vão cancelar o jogo por causa dessa tempestade que está vindo, ainda temos que fazer o caixão. É coisa de tradição, sei lá.

Encarei Seth, perplexa.

— Peraí — falei —, foi *você* quem tirou a madeira e as coisas todas da garagem de minha mãe? — Passei esse tempo todo achando que tinha sido Alex, e que assim que esses caras descobrissem meu primo seria punido ficando preso no caixão.

Mas as palavras que Seth disse em seguida contrariaram essa versão.

— Tirei — disse Seth. — Quer dizer, meu pai e eu tiramos. Fomos lá hoje de manhã. Sua mãe entendeu completamente.

Claro. Tio Chris mencionou que Seth e o pai dele estiveram lá em casa mais cedo...

— Ai, meu Deus. — Farah se contorceu e jogou um dos braços em volta de Seth. — Conte para Pierce sobre seu pai e a mãe dela. Peraí, Pierce, você tem que escutar isso. Conte, amor.

— Amor, agora não — disse Seth olhando para Farah, aborrecido. Acho que ele estava ficando cada vez mais desconfortável com o olhar de John. Seth era bem grande, ainda mais usando proteção de futebol.

Mas não tão grande quanto John.

— Tudo bem — disse Farah, fazendo um biquinho em sinal de decepção. — Eu conto. Sua mãe e o pai de Seth saíram juntos na época da escola. Foram o rei e a rainha da festa de formatura e tudo mais. Todos achavam que iam se casar. Sabia disso?

Olhei rapidamente para Seth e para Farah de novo. Os sons da festa pareceram ficar mais abafados. Mal senti a mão de John em volta da minha, forte e me dando apoio.

Em vez disso, eu só conseguia pensar em uma conversa que ouvi certa vez entre mamãe e papai — não essa última, que escutei de fora do quarto dela, mas outra conversa que tiveram depois da minha última visita ao papai, estipulada pelo juiz, antes de eu me mudar para a Flórida. Papai estava falando para ela poucas e boas sobre a decisão dela de voltar para a cidade natal, provocando mamãe ao dizer que ela estava fazendo isso porque "ele" estava disponível de novo.

— Achei que você tinha coisas mais importantes para fazer do que olhar o status de relacionamento dos meus ex-namorados na internet — disse minha mãe em tom de crítica.

— Gosto de me manter atualizado sobre os hábitos de acasalamento deles — respondeu papai sendo sarcástico.

Na época, eu não entendi sobre quem falavam.

De repente, tudo ficou claro: falavam do pai de Seth.

Farah, notando minha expressão de surpresa, deu um tapa no peito do namorado de novo.

— Viu, amor? — disse ela. — Eu te *disse* que ela não sabia. Não é muito *louco* isso? Todos os nossos pais eram amigos. Sua mãe e o pai do Seth e o meu pai e seu tio Chris também. A minha mãe, que também estudou na escola de Isla Huesos, mas era um pouco mais nova, disse que eles eram tipo os quatro mosqueteiros, ou algo assim. Não é a coisa mais fofa do mundo? Quer dizer, acho que era fofo até... — Farah parou de falar e levantou uma das mãos para mostrar que estava sendo cuidadosa. — Bem, você *sabe*. O que aconteceu com seu tio.

Não quis admitir que eu só fazia uma vaga ideia do que tinha acontecido com ele, exceto que as acusações tinham a ver com drogas e que ele ficou na cadeia durante praticamente a vida toda de Alex.

Farah deu de ombros.

— Acho que foi por isso que sua mãe parou de vir para Isla Huesos desde a faculdade, e ela e o pai de Seth terminaram. Mas enfim, tudo bem, né, porque ela conheceu seu pai e teve você, certo? Se bem que eu meio que queria que sua mãe e o pai de Seth voltassem, agora que os dois se divorciaram.

Aparentemente, foi isso mesmo que o meu pai presumiu que mamãe queria também.

Um grupo de pessoas com os mesmos uniformes vermelhos e brancos da escola de Isla Huesos passou e, notando a presença de Seth e Farah, berraram "Destruidoreeeees!" Vários deles ergueram os punhos fechados na direção de Seth. Ele fez o mesmo gesto e berrou "Yeah!" Então todos começaram a bater o peito uns contra os outros e a conversar entusiasmadamente sobre uma festa que ia ser incrível.

De repente, entendi por que tio Chris se sentiu aliviado com a chegada do meu pai em Isla Huesos. Ele nunca demonstrou nenhum carinho especial por meu pai antes, mas gostava ainda menos de ter o Sr. Rector frequentando a casa da minha mãe.

Agora entendi a reação estranha de mamãe quando passamos de bicicleta pelo mausoléu dos Rector e fiz piada sobre o quão chamativo ele era. Mamãe quase *foi* uma Rector — ou pelo menos casada com um. E lá estava eu, fazendo piada sobre como algumas pessoas têm dinheiro o suficiente pra queimar notas de cem.

Claro. Como o *ex-namorado de escola* dela.

Por que ela não falou nada? Não teria sido tão estranho assim se ela me dissesse: "Pierce, quando eu estava na escola e avaliava muito mal as coisas, costumava sair com um cara extremamente idiota".

Será que ela estava escondendo alguma coisa? Ou será que queria colocar a maior distância possível entre a Deborah da escola e a Deborah de agora?

— Você está bem? — perguntou John, sua voz penetrando as nuvens de confusão em minha mente.

— Estou — falei. — É só que... algumas coisas que nunca fizeram sentido estão começando a fazer.

— Que tipo de coisas? — perguntou ele, curioso.

— Nada que tenha muita importância, eu acho — falei, balançando a cabeça. — Só umas coisas sobre minha mãe. — Estiquei os braços e os enrosquei no de John. — Me promete que nunca vamos ser que nem eles, tá? — perguntei, estremecendo e olhando para Seth e Farah. — Ficar chamando o outro de *amor* desse jeito chato?

— Nós nunca seríamos como esses dois — disse John, me afastando e dando uma última olhada fatal para Seth.

— Por que você o odeia tanto? — perguntei, espantada.

— Odeio? — John ficou surpreso. — Acabei de conhecer o cara. E você também não parece gostar tanto assim dele.

— Não gosto, mas sempre que qualquer pessoa diz a palavra *Rector*, você fica com uma cara estranha. — Imitei a expressão dele, franzindo bem as sobrancelhas e fechando a cara.

Ele riu.

— Fico? Não tinha percebido.

— Alex faz a mesma coisa quando vê Seth — falei, pensando nisso

— Então acho que vou gostar do seu primo — disse John —, se o encontrarmos.

— Acho que vai gostar, sim — falei —, mas por quê...?

Ouvimos passos leves atrás de nós, interrompendo o que eu dizia. Nos viramos e vimos Farah correndo, ofegante, bochechas coradas.

— Eu sou tão idiota — disse ela —, quase esqueci. Vamos fazer a festa da Noite do Caixão amanhã. Vocês estão superconvidados.

— Nossa — falei. — Obrigada, Farah. Que gentil. Mas provavelmente não vamos poder...

— Ah, por favor — disse Farah, decepcionada. — Tentem ir. Todo mundo que é veterano está convidado... mas não contem para os calouros. Vamos tentar fazer o caixão para que seja usado na festa. Queremos que todos assinem. Uma espécie de lembrança, sabe, do ano que passou.

— O caixão vai estar lá? — De repente o convite ficou bem mais interessante. — Onde vai ser a festa?

— Na nova área de empreendimento imobiliário que os nossos pais estão construindo, em Reef Key. Nós levamos você lá, Pierce, se lembra?

Eu me lembrava. O Sr. Rector e o Sr. Endicott basicamente pegaram um belíssimo paraíso dentro de uma ilha e o transformaram em uma subdivisão feia, cheia de quadras de tênis e um bar no estilo havaiano.

— Não tem como errar — disse Farah. — Vai ser na única casa que está construída. Espero muito que esse furacão não venha, como ficam dizendo que virá, ou teremos que cancelar tudo, é claro. Hoje à tarde eles rebaixaram a classificação do furacão para a categoria 2, mas ouvi dizer que já voltou para a 3. Então mesmo que só passe de leve por nós, com certeza ninguém vai querer...

Alguém berrou "Farah!" e ela olhou para o grupo de onde tinha se desemaranhado para vir fazer o convite.

— Ai — disse ela mordendo o lábio com batom vermelho —, tenho que ir. Mas tentem ir, tá bom? Vai ser *épico.*

Então ela voltou correndo para Seth dando um aceno animado para nós.

Fiquei parada por um momento me sentindo zonza. Não fazia muito tempo que outra pessoa disse "vai ser épico" para mim.

Jade.

A sensação de inquietude dentro de mim piorou de repente... e não apenas por causa do que fiquei sabendo sobre o relacionamento juvenil de mamãe com o Sr. Rector. Uma gota de chuva me atingiu bem na bochecha. Estiquei uma das palmas. Outra gota bem no meio.

Os grupos de pessoas ao nosso redor começaram a andar mais depressa, procurando abrigo. Henry começou a dar mordidas maiores no algodão doce com medo de a chuva derretê-lo antes que ele tivesse a chance de apreciá-lo.

— Não é tão ruim assim — disse John, sorrindo ao notar minha expressão. — É só chuva. E pelo menos agora sabemos onde o caixão está.

— Onde ele vai estar *amanhã* — falei, sem conseguir esconder minha ansiedade. — Ele nem está construído ainda. E se você estiver certo sobre aquela imagem no meu celular? E se for a imagem do futuro... de um futuro distante? Não dá para ficar seguindo Alex dessa forma toda noite.

Eu me lembro de ter pedido a John um *tablet* igual ao que ele tinha no bolso. A resposta foi *definitivamente não.* Agora entendi porque foi tão sucinto.

— Se tudo o que o seu espelho mágico mostra é o sofrimento das pessoas, mas não há nada que se possa fazer para ajudá-las, qual o objetivo de ter um? — perguntei de mau humor.

— Não é só isso o que ele mostra — disse John. — Espelhos mágicos também mostram o desejo do seu coração... a coisa, ou quem, você mais deseja ver na hora em que olha para ele.

— Então o meu deve estar quebrado — falei. Fazia sentido. Por que estaria em perfeito estado? Eu também não estava em perfeito estado. Ou pelo menos não me sentia normal há muito tempo.

— O seu não está quebrado — disse John. — Considerando que é um celular da terra, e que nenhum celular da terra jamais funcionou no Mundo Inferior, eu não entendo... ainda. — Ele olhou para mim com um ar de especulação. — Mas fez exatamente o que o nosso faz. Você estava preocupada com sua família, então o que ele mostrou foi o desejo de seu coração: o único membro de sua família que estava em perigo iminente e que precisa da sua...

— Peraí um segundo — interrompi, percebendo uma coisa. — Foi assim que você sempre soube que *eu* estava em perigo e precisava de ajuda? Como aquele dia com o Sr. Mueller na escola? E na loja do joalheiro? Porque *eu* era a pessoa que você mais queria ver quando olhou para o seu...

— Ah, olha lá — disse John, infinitamente aliviado pela interrupção. — É o Frank.

Frank caminhava despreocupado.

— Encontrei ele — disse, com sua casual indiferença.

Meu coração deu um pulo. Só uma coisa tão monumental quanto meu primo ter sido finalmente localizado poderia me distrair do fato de que, naqueles episódios em que meu namorado me salvou do perigo mortal, foi porque ele estava me espionando lá do Mundo Inferior por meio de um aparelho que parecia ser operado pelas Fúrias.

— *Onde?*

— Exatamente onde a Srta. Kayla o deixou. — Frank nos levou até algumas barracas mais adiante, em direção a uma passagem escura afastada da rua. Em cima dela, havia um arco feito de ferro fundido, coberto por pisca-piscas por onde galhos retorcidos de buganvílias amarelas se enroscavam.

Esperança estava sentada no topo do arco, arrulhando para si mesma. Quando me viu, abriu as asas e voou para dentro do arco.

O arco nos levou para um grande pátio a céu aberto com uma cobertura grossa de galhos de árvores onde mais luzes foram penduradas. Lanternas coloridas foram usadas para dar um ar profundamente romântico ao local.

Era dali que vinha a música espanhola animada que escutamos a noite toda. Vi um pequeno palco cheio de holofotes, com vários músicos a postos, incluindo alguns violonistas e uma linda cantora em um vestido vermelho curto e um hibisco no cabelo. Na frente do palco, casais de todas as idades dançavam. Mesinhas estavam espalhadas por todo o pátio, várias delas vazias, provavelmente porque as pessoas preferiam a atividade vibrante da rua.

No entanto, havia comida. Havia um bufê em uma mesa longa na lateral do pátio. Esperança estava plantada diante dela, bicando o chão para catar farelos que tinham caído dos pratos. Eu não a culpava. Dava para sentir o cheiro delicioso de frango e frutos do mar marinados e, mais uma vez, percebi que estava faminta. A fruta congelada que comi não foi suficiente para satisfazer meu apetite.

— Madame. — Kayla me assustou ao sair das sombras do arco e remexer em sua capa roxa de forma teatral. — Seu primo Alex a espera. — Ela apontou para uma das mesas de plástico sob a proteção de uma grande árvore.

Não tinha como confundir a figura sentada, iluminada pela tela do celular. Com certeza era Alex. Seus dedos movendo-se rapidamente pelo teclado.

— Obrigada, Kayla — falei. Me virei para John, ignorando meu estômago se contrair de fome. — Já volto. — E comecei a andar em direção à mesa de meu primo.

— Eu acompanho você — disse John, andando ao meu lado —, se não se incomodar.

Parei de andar.

— John — falei. Estava frustrada por causa do aroma da comida e pelo fato de ter vindo de tão longe para encontrar Alex mandando mensagem — *mandando men-*

sagem — em um pátio lindo daqueles, enquanto todo mundo se divertia no festival, mesmo que fosse para celebrar uma coisa macabra... a morte e o enterro do meu namorado. Pelo menos, debaixo daquela árvore, não dava para sentir as gotas de chuva que não paravam de cair. — Sei que seu espelho mágico provavelmente não funciona aqui na terra, mas você pode ver com seus próprios olhos que não estou em perigo agora.

As sobrancelhas dele se levantam.

— Como é?

— Não preciso da sua ajuda agora — expliquei. — Você, na verdade, só vai atrapalhar. Você não conhece Alex e ele não te conhece. Ele só sabe as coisas que minha avó contou sobre você... e duvido muito que tenham sido boas. Ele não vai falar na sua frente.

— Talvez não. — O sorriso de John era educado. — Mas você está errada se acha que não está em perigo agora. — Ele fez sinal para meu peito.

Olhei para baixo. Sob a luz rosada das lanternas festivas, vi a que ele estava se referindo. O diamante pendurado em meu pescoço tinha ficado da mesma cor que as nuvens que vinham se agrupando ao longo da noite.

Em algum lugar por perto, uma Fúria espreitava.

Então disse eu: — Poeta, desejo muito
Falar com os dois que ali vêm:
Parecem ser tão ligeiros ao vento!

DANTE ALIGHIERI, *Inferno*, Canto V.

— Não se preocupe — disse John —, vamos dar um jeito nisso... *sem* interromper você.

O Sr. Liu e Frank já tinham se separado. O Sr. Liu ficou nas extremidades de fora do pátio, examinando as poucas pessoas nas mesas, e Frank rodou com Kayla na pista de dança como desculpa para ficar no meio dos casais. Até Henry deixou o algodão-doce e a bebida em uma mesa vazia e subiu em uma das árvores para ter uma visão melhor.

— O que você vai fazer se encontrar uma Fúria? — indaguei. — Vai matá-la?

Antes mesmo que as palavras saíssem em da minha boca, me arrependi. Uma nuvem, tão negra quanto o meu diamante, cobriu o rosto de John, que olhou para o outro lado e disse:

— Não. Como você mesma me lembrou hoje mais cedo, matar não detém as Fúrias... infelizmente. Mas a dor pode ser um bloqueio incrivelmente eficaz de vez em quando.

Mordi o lábio. O tom dele era superficial, mas percebi o orgulho ferido por trás.

Coloquei a mão sobre o braço dele e disse:

— John, me desculpe. Com certeza podemos encontrar outra maneira de acabar com elas.

Balançou a cabeça, parecendo vagamente satisfeito.

— Vá falar com seu primo — disse ele. — Fico de olho.

Apertando os lábios, fui até onde Alex estava sentado. Acho que era compreensível. Afinal de contas, John já fazia aquilo há quase duzentos anos. Quem era eu para me achar a *expert* depois de menos de uma semana?

— Alex — disse, deslizando para uma cadeira ao lado dele.

Ele não notou minha presença, ainda completamente focado no telefone. Levei alguns segundos para perceber que era porque estava com fone de ouvidos. Sentado em um pátio onde uma música fantástica estava sendo tocada, e mesmo assim de fone de ouvidos. Inacreditável.

Dei um tapa nele.

— *Alex.*

Ele levantou a cabeça da tela e se virou para olhar para mim. Quando percebeu quem era, não sorriu. Franziu o rosto.

— Ah, oi, Pierce — disse ele. — Meu pai falou que você tinha voltado. Acabou de ligar, na verdade, e disse que a casa está um inferno porque você foi até lá com seu novo namorado e deixou um bilhete dizendo que ia fugir com ele e se casar ou alguma coisa assim. Parabéns. O que você está fazendo *aqui*?

Casar? Não falei nada sobre me casar. Por que todo mundo na minha família era tão dramático?

— O que *você* está fazendo aqui? — retruquei. — Tio Chris não mandou você voltar para casa?

— O que é isso agora? Você é da polícia? — perguntou Alex, rindo. — Olha só quem fala. Onde você esteve nos últimos dois dias? Estava com esse cara? Quem é ele, afinal? Sabia que a polícia está procurando você? Seu pai está vindo para cá, e ouvi dizer que ele não está muito feliz. Melhor você tomar cuidado ou ele vai retirar aquela mesada de um milhão de dólares por semana.

— Não é um milhão por semana — falei com menos paciência ainda. — Está mandando mensagem para quem?

Ele me mostrou a tela.

— *World of Warcraft*.

— Tá bem, Alex, desligue isso — falei. — Preciso conversar com você.

— Sobre? — Ele não desligou o celular. — Sobre o seu novo namorado dando um soco na cara da minha avó? Falando nisso, que cena clássica — disse ele, com um risinho. — Queria conhecer o cara.

Um segundo depois, o celular desapareceu. Não porque ele decidiu guardá-lo e ter uma conversa adulta comigo, mas porque John o puxou da mão dele.

— Parece que o seu desejo foi realizado — disse ele, sentando-se no outro lado de Alex.

— Cara — disse Alex, meio revoltado e surpreso ao mesmo tempo. — Isso é propriedade privada. O que você fez com meu celular?

O aparelho desapareceu totalmente. Não estava nas mãos de John.

— Sua prima pediu para você desligar o celular — explicou John com tranquilidade. — E meu nome não é *cara*, é John. Pierce passou por muita coisa esta noite para encontrar você. O mínimo que pode fazer é dar a ela a cortesia de sua total atenção.

Alex ficou encarando John. Mesmo sob a luz rosada das lanternas, dava para ver que o rosto dele estava vermelho. Se era de raiva ou de vergonha, não sei.

Talvez fosse de surpresa. Porque um segundo depois, uma tigela gigante, cheia de rabos de lagosta, camarões, pedaços de frango, chouriços, legumes e arroz espanhol apareceu no meio da mesa, junto com um jarro de água bem gelada, uma travessa cheia de pão cubano bem quente e pratos, copos e talheres para todos nós.

Nenhum garçom foi visto colocando essas coisas na mesa. Simplesmente elas não estavam lá e, no segundo seguinte, estavam.

— Agora — disse John, inclinando-se para pegar um guardanapo —, vamos provar essa comida. Pode comer conosco. Quando terminarmos, vai poder ter seu telefone de volta. Entendeu, Alexander?

Alex não estava mais simplesmente encarando. Ele estava perplexo, os olhos quase saltando do rosto.

Eu entendia o que ele estava sentido. Como John fez aquilo tudo? Achei que as Moiras só trabalhavam no Mundo Inferior.

Então me lembrei do pássaro que John ressuscitou naquele dia no cemitério, e da luz que criou na casa da minha mãe. Ele chamou aquilo de um truque barato...

Não achei nada barato.

Resolvi focar no quão faminta eu estava e não em como ele tinha feito aquilo. Peguei um guardanapo e o abri sobre o colo. Aceitei a porção de *paella* que John serviu em meu prato da tigela no centro da mesa.

— Como... como você está fazendo essas coisas? — perguntou Alex, olhando desconfiado de John para mim. Ele parecia nervoso. — O que vocês querem de mim? Isso é algum tipo de *reality show*? — Alex olhou em volta do pátio procurando por câmeras escondidas. — Conheço meus direitos, sabiam? Não podem mostrar meu rosto a não ser que eu assine uma permissão. E como ainda sou menor de idade, meu pai tem que assinar um termo de autorização.

— Alex — falei para ele —, isso não é um programa de TV. Só quero conversar.

— Por quê? — Ele apertou os olhos, desconfiado. — Eu não fiz nada. Seja lá no que você se meteu com esse cara, Pierce, não quero me envolver. — Meu primo olhou para a comida e ficou claro que achou que ela havia sido roubada... ou que possivelmente estava enfeitiçada. Pelo que sei, podia estar mesmo. — Já tenho que lidar com meus próprios problemas.

— É sobre isso que quero conversar com você, Alex — falei. Já estava me sentindo melhor com as poucas colheradas de arroz e camarões. Para uma comida que podia ter sido trazida magicamente do reino da escuridão, o gosto era divino. — Sei o quanto você está chateado com seu pai, por ele estar sendo interrogado sobre o assassinato de Jade...

Alex ficou com uma expressão defensiva.

— Estava em casa comigo quando ela foi assassinada — disse ele. — Tudo isso é uma completa palhaçada. Sabe quem eles deveriam interrogar sobre a Jade? *Esse cara.* — Ele bateu com um de seus dedos de unhas roídas em John. — Quem diabos é ele? Nunca o vi por aqui antes.

— OK — falei com uma voz tranquilizadora. Alex não ia gostar de ouvir isso, mas ele tinha muito em comum com John. Quando se sentia pressionado, Alex também descontava nas pessoas que só estavam tentando ajudar, porque durante muitos anos, o único tipo de tratamento que ele vivenciou foi a indiferença e a crueldade. Afinal de contas, foi minha avó quem o criou.

— Mas John estava comigo quando Jade foi assassinada — expliquei. — Então também não foi ele. Foi alguma outra pessoa na ilha. Ainda não sabemos quem. Então descontar sua frustração no seu pai e em Seth Rector e a gangue dele não...

Agora, em vez de vermelho, Alex ficou branco. Ficou perplexo... e talvez um pouco culpado.

— *O quê?*

— Isso mesmo, eu sei — falei olhando para ele com minha melhor expressão de prima mais velha reprovando uma atitude. Eu era apenas alguns meses mais velha, mas ainda contava. — Sei que você vai tentar fazer alguma coisa com o caixão.

O choque de Alex só aumentou.

— O *caixão*?

— Não finja que não sabe do que estou falando, Alex — respondi. A água que John colocou para mim no copo estava deliciosamente gelada, principalmente depois da *paella* picante. — Você mesmo me disse que era ótimo que eu estivesse no comitê do caixão porque assim você saberia sempre onde estariam. Foi isso o que você disse. É óbvio que está planejando arruinar o caixão dos veteranos para se vingar de Seth Rector por alguma coisa que ele fez com você.

Alex balançou a cabeça. Estava menos chocado agora.

— É, Pierce — disse, sua voz cheia de sarcasmo. — É isso mesmo. Eu estava super feliz por você estar no comitê do caixão este ano para que eu pudesse destruir todos os sonhos de Seth Rector, do mesmo jeito que ele destruiu os meus me transformando em uma vítima de *bullying* no jardim de infância. Você não tá falando sério, né? Por favor.

Dei uma olhada incerta para John, cuja atenção estava focada em Alex. Mas notei que seus dedos mexiam sem parar, mesmo segurando o garfo. Ele estava pronto para qualquer tipo de ataque.

Dei uma olhada para trás. Frank ainda estava dançando com Kayla pela pista. Ela parecia estar no paraíso, com um enorme sorriso no rosto, cabeça jogada para trás com seus cabelos de cachos selvagens formando uma aura marrom e lilás. Kayla não fazia ideia de que, enquanto dançavam, Frank, assim como John, estava observando o restante do pátio, principalmente o canto escuro onde nossa mesa estava. Não que fizesse diferença ela notar ou não... ou que eu estivesse olhando para ela. Kayla nunca conseguiu me dar nenhuma pista do motivo pelo qual Alex odiava tanto Seth Rector.

Voltei a olhar para o meu primo.

— Na verdade — falei —, estou falando sério, *sim*. Sei que está planejando fazer alguma coisa que vai colocá-lo em uma enrascada com Seth Rector. E não vou deixar que faça isso.

A expressão de Alex se contorceu em uma careta feia e irônica.

— Ah é? Por quê? — perguntou ele. — Porque está preocupada que a galera popular não vá mais gostar de você? Não quer ser relacionada com a casta inferior dos Cabrero? Bem, deixa eu te falar uma coisa então, Pierce. Você meio que arruinou sua chance de andar com aquela gente quando fugiu para ficar de putaria com esse monstro musculoso...

Para enfatizar as palavras, Alex abriu os braços e derrubou a mesa, o que fez com que a *paella* caísse para todos os cantos, e depois se jogou em cima de John.

Não sei o que se passou pela cabeça de Alex. John tinha quase trinta centímetros a mais de altura do que ele, e era bem mais pesado, tudo em músculos. E ainda tinha o pequeno detalhe de que John era o protetor dos mortos e soberano do Mundo Inferior... apesar de Alex não saber disso.

Em uma fração de segundo, Alex foi colocado de volta em sua cadeira. John ficou em pé na frente dele e o segurou com uma das mãos, enquanto meu primo respirava forte e lutava, parecendo uma minhoca em uma isca.

— Você ficou maluco? — perguntei para Alex sem acreditar enquanto tirava grãos de arroz da saia do vestido. — *Qual* é o seu problema?

John olhou para mim e perguntou se eu estava bem.

— É claro que estou bem — falei —, mas o seu jantar maravilhoso... — Olhei para a comida no chão do pátio. — Está arruinado.

— Esqueça isso — disse John, voltando a olhar para Alex.

Como assim esquecer? Dava para sentir os olhares de todo mundo em nós — graças a Deus a música não parou. Havia pedaço de pratos quebrados no chão, junto com cacos de vidro do jarro de água. Havia arroz e rabos de lagosta para todos os lados.

O Sr. Liu veio até nós cheio de atitude, como se fosse dono do lugar.

— Está tudo bem aqui — disse ele com voz de autoridade, ficando de pé na frente de John e Alex para bloquear a visão dos curiosos com seu corpo gigante. — Está tudo bem.

As pessoas saíram de perto. Henry estava descendo da árvore, e Frank e Kayla abriam caminho pela pista de dança.

— Só estamos tentando ajudar você — falei para Alex. — Eu não ligo para ser popular ou para essa droga de caixão. Me importo com *você*. Estou tentando impedir que você se machuque.

— Se ligasse para mim de verdade — disse Alex com raiva, ainda lutando contra a mão que o prendia na cadeira —, me deixaria em paz. Você não faz ideia do que estou passando.

— Não. — John se inclinou para baixo e falou com uma voz baixa e perigosa que eu sabia que não era para eu escutar. — Você não faz ideia do que *ela* passou para chegar até aqui e falar com você. A única razão de você ainda estar respirando neste momento é porque ela não gosta quando eu machuco as pessoas.

Alex lançou um olhar de revolta para ele, mas pareceu acreditar, visto que fechou a boca.

Kayla se apressou em nossa direção trazendo um monte de guardanapos.

— Ai, meu Deus — disse ela, começando a dar batidinhas com um guardanapo na frente do meu vestido. — Garotinha, você está uma bagunça! Alex, qual é o seu problema? Eu vi tudo, nem tente negar que foi você quem começou. Onde foram parar as lições sobre superação que nos ensinaram no programa?

Alex fechou a cara para ela. Acho que não era a hora de escutar o papo do Novos Caminhos.

— Kayla tem razão — falei. — Não sei por que odeia tanto Seth Rector ou o que ele fez com você, mas precisa superar. Isso só vai trazer problemas.

— Mostre para ele, senhorita — disse Henry, sério, apontando para minha bolsa. — Mostre o tamanho do problema no seu espelho mágico. Aí ele vai acreditar.

Vi os olhos de John brilharem em um tom de prata, refletindo a luz das luminárias penduradas. Não sei se isso era sinal de aprovação ou desaprovação em relação à ideia de Henry, mas percebi que eu não tinha nada a perder agora que meus pais sabiam que eu não estava presa contra a minha vontade. Em quanto tempo o FBI conseguiria triangular o sinal do meu celular, se é que ainda o estavam rastreando?

Peguei o aparelho na bolsa e o liguei. Infelizmente, ele se comportou exatamente como se espera de um celular, mostrando minhas mensagens — mais de cem, a maioria de mamãe — em vez de o vídeo bizarro de Alex, que não estava em parte alguma.

— O meu, hum, espelho mágico não funciona aqui como funciona em casa, Henry — falei.

Henry ficou decepcionado.

— Bem, é melhor você fazer o que ela está falando mesmo assim — disse ele para Alex. — Acredite em mim.

Alex parecia incapaz de continuar sentado em silêncio. Olhando para Henry e para as roupas estranhas dele, depois para mim, ele cuspiu:

— Meu Deus, Pierce, o que está acontecendo? *Quem* são esses caras? Entendo que seu pai é um dos homens mais ricos do país, mas você fez o quê, saiu e comprou o seu próprio circo?

Dei uma olhada para John e o Sr. Liu, que de fato estavam em pé quase em cima dele de uma maneira um pouco ameaçadora. Mas Alex atacou John primeiro. Era *ele* quem estava sendo mais ofensivo.

— Esse são meus amigos — falei, indignada —, e vieram comigo para me ajudar a encontrar você porque eu estava muito preocupada.

A voz de Alex falhou.

— Você desaparece sem avisar nada para ninguém, depois volta porque está preocupada *comigo*? Por quê?

— Você é meu primo — falei, magoada pelo tom incrédulo de Alex. — É uma pessoa com quem eu me importo demais. Senti que estava com problemas. Seu pai falou que eu estava em casa, falou também que gostaria que *você* voltasse, mas você ficou aqui sentado, jogando *World of Warcraft* sozinho no escuro. Não acha que isso é um pouco preocupante, Alex? Não acha que *isso* é um sinal de que alguma coisa estranha está rolando?

— Meu Deus, você é tão egocêntrica — disse Alex com uma gargalhada. Não eram só os olhos de John que estavam brilhando. Os de Alex estavam mais claros do que o normal, embora fossem castanhos. — E aí você desaparece por uns dias, volta e sou eu que tenho que largar tudo e ir correndo para casa ver você? E como não fiz isso, você reúne esse bando de gente bizarra para procurar por mim, porque *eu* estou me metendo em encrenca?

— Isso não quer dizer que ela é egocêntrica — disse John com a voz calma. — Quer dizer que provavelmente é uma das poucas pessoas na sua vida que liga de verdade para você.

— Isso não tem nada a ver com ela — disse Alex, de cara feia. — Aconteceu há vinte anos atrás, e meu *pai* está pagando o preço, continua pagando o preço, todos os dias. É legal você querer ajudar de repente, Pierce. Sua mãe também, mudando-se para a ilha de novo para brincar de casinha como se estivesse tudo bem. Mas vocês duas estão um pouquinho atrasadas para a festa.

Só quando Alex terminou de falar é que percebi o por que dos olhos dele brilharem tanto: estavam cheios de lágrimas.

Ele estava chorando.

"Não se apresentou à tua vista
Maravilha que se compare a este rio,
No qual as labaredas se esvaem."

DANTE ALIGHIERI, *Inferno*, Canto XIV.

Chocado, John largou Alex.

No entanto, em vez de tentar fugir, Alex se inclinou para a frente, enterrou o rosto entre as mãos e começou a chorar sem fazer barulho.

Troquei alguns olhares surpresos com Kayla, sem saber o que fazer. Achei que, por ela passar mais tempo com ele do que eu, poderia me dar alguma ideia de como lidar com ele.

Mas vi na expressão de surpresa dela que Kayla também não fazia ideia... e a julgar pelos olhares de todos os outros, ninguém mais.

Exceto John, que falou com uma voz bem mais doce do que em qualquer outro momento em que falou com ou sobre Alex:

— Já foi o suficiente para ele. Alguém precisa levá-lo para casa. — Acho que ele percebeu que Alex estava machucado, de um modo bem mais profundo do que eu era capaz de notar, porque meu primo sempre agiu como se não ligasse para nada, nem ninguém.

Mas é evidente que ligava, porque deu um gemido quando John fez sua sugestão.

— Não. Por favor. — Ele não levantou o rosto que continuava entre as mãos. — Não quero ir para casa.

— Peraí — falei para John e arrumei uma das cadeiras que viraram quando Alex meteu a mão na mesa. Depois, me sentei e coloquei uma das mãos nas costas de Alex. — Por que não quer voltar para casa, Alex?

— *Você* voltaria? — perguntou ele com a voz abafada, ainda falando por entre os dedos. — Se tivesse que morar com *ela*?

Eu soube exatamente de quem ele estava falando, tendo logo em mente a imagem dela parada perto das escadas, pegando o spray de pimenta dentro da bolsa. Ela nunca usou o spray contra Alex, não que eu soubesse, mas gostava de ficar dando sermões sobre as coisas que achava erradas nele.

— Não — respondi —, mas seu pai está lá agora. E quando ele conseguir um emprego, vocês dois podem se mudar...

— Ele não vai conseguir um emprego — disse Alex, com um gemido. — Ninguém vai contratá-lo por causa do passado na cadeia...

Na verdade, eu mesma escutei minha mãe tendo uma conversa parecida com essa com tio Chris. Ela ofereceu um empréstimo para ele — até ofereceu-se para comprar um barco para ele, para que tio Chris conseguisse uma licença própria para trabalhar com pescado —, mas ele recusou. Disse que agradecia, mas não queria nenhuma ajuda. Conquistaria suas coisas sozinho.

— ... e provavelmente ele vai ser condenado pelo assassinato de Jade.

Percebi, me sentindo frustrada, que Alex estava certo.

— Estamos tentando resolver isso — garanti.

— Resolver isso? — Ainda estava falando com as mãos no rosto. — Como você está *resolvendo* isso? Você é uma garotinha rica e mimada de Connecticut que morreu e voltou com um probleminha na cabeça. Todo mundo sabe disso. Agora fugiu com seu namorado brutamontes. Você não é exatamente a droga da Nancy Drew, tá?

Isso doeu. Não que eu algum dia quisesse ter sido a Nancy Drew, acho que só quando tinha 10 anos. E John não era um brutamontes.

— Pierce. — O rosto de John estava sério. — Vamos embora. Ele não quer nossa ajuda.

Eu sabia que John estava certo. Não se pode ajudar uma pessoa que não aceita essa ajuda, ou que não ajuda a si mesma. Mesmo assim...

Foi só quando Esperança veio voando e aterrissou aos pés de Alex, olhando para ele com ar de indagação, que ele finalmente tirou as mãos do rosto.

— Ai, meu Deus — disse, parecendo enojado. — Por que tem um *pássaro* olhando para mim?

— É o pássaro da Srta. Oliviera — respondeu Henry, todo feliz. — O capitão lhe deu de presente.

Kayla deu um soco no meu braço.

— John tem carteira de capitão? — sussurrou ela. — Você é tão sortuda. Frank disse que só faz carregamento.

Dei uma olhada para Frank. Fiquei me perguntando se Kayla continuaria gostando tanto dele se soubesse que a "carga" com a qual ele lida é composta por almas humanas.

Para Alex, perguntei:

— O que você quis dizer agora há pouco quando falou que alguma coisa aconteceu há mais de vinte anos atrás e pela qual tio Chris ainda está pagando o preço? Você está falando da prisão dele? O que isso tem a ver?

— Nada — disse Alex, intratável. — Mudei de ideia. Eu *quero* ir para casa.

Não acreditei na mudança repentina. Sabia que ele estava tentando evitar a conversa. Nunca vi Alex tão emotivo, embora suponha que já deveria saber que ele era assim. Foi por isso que ele, assim como eu, acabou no Novos Caminhos.

— Eu sei — falei —, e vamos ajudar você a chegar em casa. Mas me diz uma coisa antes. Hoje, descobri que minha mãe e o pai de Seth Rector costumavam sair quando estavam na escola... que iam se casar. E seu pai e o pai de Farah Endicott eram da mesma galera que a mamãe e o pai de Seth... até o seu pai ser preso. Aí minha mãe e o pai de Seth meio que brigaram e se separaram. Você sabia disso?

Alex me deu uma olhada sarcástica, apesar dos olhos vermelhos.

— Pierce — disse ele —, você deve ser a última pessoa na ilha inteira a saber disso.

— Eu não sabia — disse Kayla. Quando todos olharam para ela, timidamente ela disse: — Bem, mamãe e eu não moramos aqui há tanto tempo.

Dei um leve sorriso para ela e voltei a olhar para Alex.

— Sei que o Sr. Rector e o Sr. Endicott ainda são amigos. Estão construindo aquelas novas residências em Reef Key juntos. Perguntaram se meu pai queria investir.

Alex me deu uma olhada fria.

— Nossa — disse dele, o tom de voz mais sarcástico ainda. — Eu não sabia que era parente de uma detetive tão talentosa. Era isso que você estava fazendo nos dois últimos dias? Trabalhando disfarçada? Me diz uma coisa, Detetive Oliviera, o que mais você e sua equipe de campo fizeram durante essa maravilhosa investigação?

— Ela aprendeu — disse o Sr. Liu, dando um passo ameaçador para a frente — que meninos que fazem gracinha para meninas geralmente levam um tapa.

Pisquei os olhos para o Sr. Liu, surpresa. Esse era o tipo de resposta que eu esperava vir de John, mas vinda da tripulação era bastante surpreendente. Até John olhou para seu contramestre com gratidão.

Alex, intimidado, respondeu em um tom mais normal.

— Há vinte anos, antes de existir algo parecido com um Departamento de Segurança Nacional, Isla Huesos era um grande ponto de entrada para contrabandistas... não só para entrada ilegal de imigrantes, mas para drogas também. Essas coisas ainda vêm do Golfo do México e da Colômbia via submarino porque a Guarda Costeira não consegue detectá-los. Mas sempre era preciso que alguém ficasse na baía para pegar os carregamentos e escondê-los até que pudessem ser transportados com segurança para Miami.

— Era isso que seu pai fazia? — perguntei carinhosamente para Alex. — Receptava... carga ilegal?

— Ele era uma criança — disse Alex ferozmente. — Tinha a *nossa* idade, Pierce. Mas por conta dessa nova guerra contra as drogas, quiseram usar o meu pai como exemplo. Não só por ele ser um herói do futebol americano da ilha, mas também porque era apenas um Cabrero, não um Rector milionário ou um Endicott chique. Sendo assim, deram vinte anos de prisão para ele por posse com intenção de venda logo no primeiro julgamento... Ele era réu primário, não estava portando armas, não agiu com violência, nada disso. Mas não dedurou ninguém porque *algumas pessoas* são leais aos seus amigos. — Alex balançou a cabeça. Ainda havia lágrimas em seus olhos, iluminadas pelas luzes. — Foi assim que ele foi recompensado. Que grandes *amigos* eles se mostraram, né?

A música ficou mais calma. Estavam tocando uma balada espanhola. A mulher de vestido vermelho estava cantando, a voz tão fluida quanto a chuva que caía do lado de fora do arco e em meio às folhas. Mas como a chuva ainda era branda, e a cobertura de galhos, bem grossa, o pátio ainda estava seco. Ouvimos um trovão a uma distância maior mar adentro. A tempestade parecia estar se dissipando. Ou ao menos aquela nuvem carregada estava passando.

A tempestade de verdade, como disse John, ainda estava por vir.

— Então — falei com calma — não é Seth Rector que você odeia. É o pai dele... e o pai de Farah, e todos os demais que conheciam tio Chris na época em que ele foi preso... talvez até minha mãe. — Doeu acrescentar essa parte, mas não tinha como dizer que Alex estava errado por se sentir assim. Mamãe o abandonou quando ele mais precisou de nós. Se bem que ela, assim como eu, estava tentando fazer as coisas certas agora. — Porque você acha que eles estavam envolvidos com o que seu pai fazia, mas deixaram ele se ferrar sozinho. É isso?

— É, Pierce — disse Alex, amargamente, passando as mãos pelos cabelos. — É isso mesmo. Esse dinheiro que Rector está gastando para construir casas em Reef Key e ajudando a fazer este festival idiota hoje... até aquele *mausoléu* horrendo que a família dele tem no cemitério... parte desse dinheiro pertence ao meu pai por direito. Ele *merece* o dinheiro, pelo tempo todo que ficou na prisão, sem dedurar quem estava envolvido, como um amigo deve fazer. Mas ofereceram algum centavo para ele desde que saiu? Ofereceram um emprego para ele nesse novo empreendimento? Sequer o convidaram para *jantar* desde que ele saiu da prisão? É claro que não.

Por algum motivo, me peguei olhando para Kayla, a única estrangeira perto de nós que não morava no Mundo Inferior. Não que eu não confiasse nela para guardar essas informações altamente delicadas. Na verdade, quando eu estava perto dela, meu diamante ficava roxo, o que não acontecia com mais ninguém. Mas não era o caso agora. Ele continuava escuro, de um negro enlameado, indicando que o mal nos espreitava em algum lugar.

Mesmo assim, saber que o império de um dos homens mais influentes da cidade possivelmente veio com dinheiro de drogas... era uma informação bem explosiva. Se eu fosse ela, não conseguiria manter segredo.

Só não entendia como a minha mãe tinha conseguido fazer isso por tanto tempo.

— Alex — falei —, como é que você sabe de tudo isso? O... tio Chris falou para você que era verdade *de fato* que o Sr. Rector e o Sr. Endicott estavam envolvidos?

Ele fez uma careta.

— É claro que não — disse ele. — Ele não fala sobre nada que tenha a ver com o tempo que passou na cadeia. Mas eu fiz minhas pesquisas. *Sei* que é verdade. Todo mundo acha que os Rector são essa família ótima e respeitável, assim como acham que Isla Huesos é um lindo paraíso em forma de ilha. Mas eu sei a verdade sobre o lado obscuro que há aqui embaixo.

Foi impossível não olhar para John. Ele também olhou para mim com um ar de confusão. Alex tinha razão sobre o lado obscuro embaixo de Isla Huesos.

Só não sabia o quão profundo ele era.

— ... todas as mentiras, a ganância e o assassinato. Sim, *assassinato*. — Os olhos de Alex brilharam, febris. — Não tem como você me dizer que o assassinato de Jade não está conectado com isso de alguma maneira. É muita coincidência. Se você não acha que ela morreu porque viu alguma coisa naquele cemitério que não deveria ter visto, você está maluca. Ou alguém a matou para incriminar meu pai e fazê-lo voltar para a cadeia, onde acham que ele vai continuar calado...

— Ah, Alex — falei com o coração cheio de medo por ele. — Tenho certeza que não foi isso que...

— Foi, *sim*, Pierce — disse ele —, e vou encontrar a prova. E quando isso acontecer, vou mandar Seth e o pai dele, e este lugar inteiro, pelos ares.

— E que benefício isso vai trazer para alguém? — perguntou o Sr. Liu inesperadamente.

— Que *benefício* isso vai trazer para alguém? — A voz de Alex falhou de novo. — As pessoas vão saber a verdade...

— Às vezes é melhor proteger as pessoas da verdade... — disse John com um olhar distante.

Peraí... a conversa era sobre expor a verdade sobre o Mundo Inferior que existia *literalmente* embaixo de Isla Huesos ou sobre o mundo inferior do crime que Alex insistia em dizer que existia? Ou era sobre *me* proteger do passado de John? Eu já não sabia mais.

Contudo, de certo modo eu entendi o argumento de John. Às vezes é melhor não saber. Olha só todas aquelas pessoas na pista de dança. Será que ainda se reuniriam com tanta alegria se soubessem que embaixo de seus pés havia uma estação cavernosa para as almas dos que acabaram de partir?

— Alex — disse John antes que eu conseguisse pensar em como fazer a pergunta —, seu pai alguma vez disse que queria alguma coisa dos Rector?

— Não — respondeu Alex, balançando a cabeça. — Mas essa é a questão. Ele nunca disse nenhuma palavra sobre isso, apenas vai e se candidata para empregos que nunca consegue, visita o oficial da condicional e vai nas reuniões. — Estava se referindo às reuniões do Alcoólicos Anônimos. — Mas não é justo. Eu sei de onde veio todo o dinheiro do pai de Seth. Ele *deve* ao meu pai, mas meu pai é orgulhoso demais para pedir.

John balançou a cabeça.

— Não — disse ele —, não, o seu pai não pediu porque não quer. O dinheiro de Rector é sujo, manchado... sem mencionar que foi conseguido de maneira ilegal.

Ele sabe que se aceitar esse dinheiro, nada de bom pode vir dele. É por *isso* que não pediu, e não porque é orgulhoso. Acredite em mim.

Não fui a única a olhar para John com curiosidade. Alex e Kayla fizeram o mesmo. Ele falava com tanta veemência... quase como se soubesse por experiência.

O que *John* sabia sobre os Rector e o dinheiro deles?

— Dinheiro é dinheiro — disse Alex com firmeza. — Principalmente quando alguém deve para você.

— Você está errado, menino. A Srta. Kayla tem razão — disse Frank, concordando com ela. — Você precisa superar isso.

A Srta. Kayla ficou encantada em ouvir Frank dizer que ela estava certa. Moveu a capa para trás e praticamente se estufou, que nem Esperança fazia.

— É verdade — disse ela para Alex.

Alex se levantou, fazendo com que Esperança, indignada, batesse as asas e pulasse para um pouco mais longe.

— Nenhum de vocês sabe do que está falando — disse ele, com amargura. — Principalmente você, Pierce. Você sempre teve dinheiro. E não tem que morar com a vovó.

Ele estava certo quanto a isso. Mas agora eu morava no Mundo Inferior com pessoas mortas. Não dava para saber o que era pior.

— Se é dinheiro que ele quer...

Vi Frank colocando a mão no bolso. Em um segundo, previ o que ia acontecer. Ele iria oferecer um punhado de moedas espanholas para Alex, moedas essas que saíram de circulação há 150 anos... e que, a julgar pelo ótimo estado, claramente não vinham de um navio naufragado que Alex pode ter visto na baía.

— Não, Frank — disse, pulando rapidamente para a frente dele. — É muita gentileza sua, mas não.

O olhar de Frank foi parar em Kayla, que olhava para ele como quem não está entendendo nada.

— Por que não? — perguntou ele, que queria exibir o quanto era rico na frente dela.

— Porque as pessoas vão fazer muitas perguntas sobre a procedência do dinheiro — disse John, entendendo perfeitamente a situação. — A família dele já está passando por uma análise muito minuciosa.

Dando de ombros, Frank devolveu as moedas ao bolso.

— Peraí. — Kayla vinha assistindo a tudo aquilo com grande interesse, seus olhos negros brilhando mais do que as joias coladas nos cantos. — Vocês são piratas de verdade?

— Não — respondi rapidamente. — Não são. Você veio de carro?

Kayla ficou confusa com a mudança de assunto e fez que sim com a cabeça.

— Mamãe me emprestou o carro hoje.

— Ótimo — falei. — Pode levar ele para casa? — Apontei para Alex com a cabeça.

— Como assim? — Alex ficou surpreso. — Tenho o meu próprio carro.

— Pegue as chaves dele — falei para John, que concordou e, com a ajuda do Sr. Liu, começou a revistar Alex.

— Você poderia se assegurar de que Kayla levará Alex para casa direitinho e depois deixá-la em casa em segurança? — perguntei para Frank.

— Nada me deixaria mais feliz — disse Frank, sorrindo para Kayla, que sorriu de volta, flertando.

Isso me deixou um pouco nervosa, mas acho que não tinha outra escolha, a não ser pedir para que John transportasse meu primo. E isso poderia fazer com que Alex, já desconfiado com o aparecimento mágico da *paella*, enlouquecesse ainda mais.

— Isso é totalmente injusto — disse Alex quando John encontrou as chaves e as colocou em seu próprio bolso. — Pierce, se você fizer isso, vou ligar para a polícia. Conto tudo sobre você e sua pequena gangue, e depois pego a recompensa que seu pai está oferecendo...

— Boa sorte com isso — falei sem rodeios. — Meu pai cancelou a recompensa. Acho que não tem mais ninguém procurando por mim. Se você fizesse outra coisa a não ser jogar *World of Warcraft* talvez soubesse disso.

— E estou com o seu celular — disse John com o rosto bem perto do rosto de Alex. — Lembra? Você não vai ligar para ninguém.

Alex ficou branco e olhou para mim novamente.

— Pierce — pediu ele —, sério. Vou deixar pra lá esse negócio do pai de Seth Rector. Prometo que vou. Só devolva minhas chaves. E meu telefone. Por favor.

— Vou pensar — respondi. — Ainda estou muito preocupada com você. — Olhei para ele, implorando. — Não quero que nada de mal aconteça com você. Então prometa que vai esquecer todo esse seu esquema para se vingar dos Rector pelo que fizeram com seu pai. Não vale a pena morrer por causa isso. Não mesmo. Tenho certeza que seu pai concordaria comigo. Ele ama você. E eu também, tá?

Alex pareceu surpreso. Nossa família não era exatamente calorosa ou efusiva nos *eu te amo*. Exceto tio Chris, que saiu da prisão com os *eu te amo* explodindo. Falava até para o carteiro que o amava.

— Eu... eu prometo — disse Alex, um tanto desconfortável. Ficou ainda *mais* desconfortável, e duro que nem um poste, quando, no momento seguinte, fui até ele e o abracei. Mas parte disso pode ter sido porque meu vestido estava úmido, fedido e coberto de *paella*, e não porque Alex não tinha recebido muitos abraços ao longo da vida.

— Ah — falei, rindo ao me afastar dele —, me desculpe, foi mal. Estou fedendo um pouco a peixe. Tem algum banheiro por aqui?

— Claro — disse Kayla, sorrindo. — Isto aqui na verdade é o pátio dos fundos de um hotel. Dá para chegar ao banheiro pela varanda dos fundos, por ali. Fui lá mais cedo. Não é ruim. Mas só tem uma cabine, então você precisa esperar se tiver fila. Pelo menos tem cadeiras no saguão, dá para se sentar enquanto espera...

— Pierce. — Senti um toque no braço que Kayla não estava segurando. Me virei e dei de cara com John olhando para mim com uma expressão de dúvida. — *Aonde está indo?*

De repente me lembrei que eu não era apenas uma estudante normal saindo com a amiga, fofocando sobre os meninos da escola, outros estudantes normais. Não que eu tenha sido isso *algum dia* na vida. Só teve um menino que se interessou por mim. E ele era o protetor dos mortos.

Os olhos, me encarando, estavam cheios de perguntas não respondidas... e pegando fogo.

Kayla não notou esse segundo aspecto.

— Cara — disse ela, dando uma gargalhada que ficou um pouco alta demais no pátio. Os músicos não estavam mais no palco, apesar de não terem levado seus instrumentos. Acho que estavam no intervalo. — Relaxa. Vamos ali no hotel para que Pierce possa se limpar no banheiro feminino.

Kayla apontou para a varanda ampla para onde estávamos indo. Esperança, que parecia ter entendido a situação melhor do que John, já tinha se empoleirado num lugar protegido da chuva, em meio à exótica decoração feita com pão de mel.

— Quer vir junto para se assegurar de que o Sr. Oliviera não está no saguão com uma arma para sequestrá-la de volta? — perguntou Kayla em tom de brincadeira.

A risada de John deve ter soado natural e tranquila para Kayla. Mas eu sabia que era forçada.

— Excelente ideia — disse ele, passando um braço ao redor do meu pescoço.

Olhei para o mesmo ponto que achei que John estava olhando... não para os fundos do hotel, mas para o diamante em meu pescoço. Tinha ficado em tom de ébano. Na verdade, sob o brilho vermelho das lanternas da festa, ele estava quase da mesma cor de meu vestido, fora as manchas de comida.

— Não se preocupe — disse Kayla em seu usual tom autoconfiante enquanto andávamos. — Sei como cuidar das pessoas, *Capitán*. Cuido da minha mãe há anos, desde que meu pai se mandou. Somos só ela e eu... bem, e meu irmão, mas ele é um imbecil. Vou levar Alex são e salvo para casa, garotinha. Por você. Não se preocupe.

Isso não ajudou a apaziguar as chamas nos olhos de John, mas vi um sorriso em seu rosto por ter sido chamado de "*capitán*".

No entanto, antes de conseguirmos responder qualquer coisa, uma luz branca veio de sei lá onde e me cegou. Quando ela sumiu, eu não conseguia ver nada... apenas bolotas grandes e roxas. Por uma fração de segundo, não entendi o que tinha acontecido, se foi um flash de um tiro ou um raio, ou John nos teletransportando para algum lugar... só sei que John teve o reflexo de apertar o braço ao meu redor.

Foi só quando ouvi a voz de um homem sussurrando meu nome — e como a maioria dos sussurros, foi um pouco mais alto do que a pessoa quis — que entendi o que houve.

— O que foi? Só uma foto. Que mal tem nisso? Veja como estão fofos.

Um flash de câmera. Foi isso que aconteceu, um flash de câmera. Não era de se espantar que eu não conseguisse enxergar nada.

— *Abaixe esse negócio agora* — ouvi outro homem falando com uma voz assustada.

O braço de John saiu de cima do meu ombro e senti a mão dele no meio das minhas costas.

— Ande — disse ele com pressa e me empurrou, cambaleando para a escuridão.

"Estes não mais têm esperança de morte;
E sua vida cega é tão rebaixada
Que invejam qualquer outro destino."
DANTE ALIGHIERI, *Inferno*, Canto III.

— Meu Deus do céu — disse Kayla, se jogando em uma das cadeiras exageradamente estofadas do saguão do hotel, me puxando para elas ao mesmo tempo em que John me empurrava. — O seu namorado não consegue ser mais superprotetor? Aquele cara lá fora só queria uma foto porque você é uma vítima famosa de sequestro. Bem, acho que não mais. Mas era algumas horas atrás.

— John não quer um cara aleatório postando fotos minhas na internet — falei em defesa.

— Ah, sim, acho que ele deixou isso *bem* claro — respondeu Kayla, apontando para as portas da varanda, pelas quais podíamos ouvir o fotógrafo se desculpando tanto que era até um pouco constrangedor.

Felizmente, não havia mais ninguém no local para escutar, a não ser o recepcionista nerd do hotel. E ele só levantou a cabeça da tela uma vez, quando Kayla me empurrou além do balcão, em direção à porta que dizia *Señoritas*. Estava trancada. Tinha alguém lá dentro.

— Kayla — falei enquanto ela me puxava para que eu me sentasse em um sofá em frente à porta do banheiro. — Tenho quase certeza de que o banheiro é só para quem está hospedado no hotel.

— Bem, não há nenhum hóspede aqui graças à evacuação obrigatória de turistas, por causa da tempestade. Porque esse cara iria se importar? Não estamos incomodando ninguém. — Ela pegou um espelho compacto na bolsinha de ombro e checou o delineador. — E aí, qual é a desse Frank? Ele tem namorada?

Hesitei. O recepcionista dobrava o corredor e estava fora de vista. O lugar parecia ser o último onde uma Fúria apareceria — por toda a parede haviam paisagens de praias retratadas por pintores amadores, aparentemente os próprios hóspedes, e o saguão fedia de tão forte que era o odorizador do hotel. Mesmo assim, ainda sentia que estávamos sendo observadas.

Talvez fosse por causa das grandes portas francesas que davam para a varanda dos fundos, abertas para que o ar entrasse e circulasse graças aos grandes ventiladores de teto. Era difícil ver o que estava acontecendo lá fora no pátio porque todas as luzes ali dentro do hotel estavam acesas. Tudo que ficava além da varanda parecia um mar de escuridão, apesar das lanternas.

Embora eu apertasse os olhos para tentar enxergar John, tudo que eu conseguia ver eram ocasionais aparições do que achei ser a camisa de Henry, que um dia foi branca. No entanto, um pouco da risada do menino chegava até nós de vez em quando.

Isso me fez relaxar um pouco. Se Henry estava rindo, John provavelmente não estava matando ninguém. Meu diamante agora estava em um tom vibrante de roxo, a mesma cor das mexas dos cabelos de Kayla.

— Garota — disse Kayla, me dando um soco —, *Frank?*

— Ai. — Massageei o braço. — Doeu.

— Me desculpe — disse Kayla, embora não parecesse arrependida. — Tenho dificuldade em controlar meus impulsos. Por que acha que estou no Novos Caminhos? Fique feliz por eu não ter batido na sua cabeça com um extintor. Então, ele tem namorada ou não? Imagino que tenha, um gostoso daqueles.

— Frank definitivamente não tem namorada — falei. — Por que deveria ficar feliz por você não ter batido em mim com um extintor? Você não fez isso com ninguém de verdade, fez?

Kayla, satisfeita em ter ouvido a informação sobre Frank, pegou um batom na bolsa.

— Fiz, sim — disse ela casualmente. — Meu irmão mais velho. Ele é viciado.

— Kayla — falei, arregalando os olhos.

Ela deu de ombros diante do próprio reflexo.

— Ele costumava bater na minha mãe se ela não desse dinheiro para ele comprar drogas. Por isso entendo tudo que Alex estava falando... a raiva que ele tem do que os Rector estão fazendo, se isso for verdade. Mamãe tentou de tudo com Julian. Reabilitação, imersão na natureza, terapia. Às vezes, eu *queria* que ele fosse preso só para deixar mamãe em paz. A única coisa que deu certo, no final, foi quando avancei nele com um extintor de incêndio, porque cheguei em casa um dia à noite e ele estava enforcando mamãe no chão da cozinha. — Kayla estava com um sorriso torto. — E agora sou *eu* quem tem a fama de ter dificuldade em controlar impulsos. Vai entender.

— Meu Deus — respondi, meu coração encolhendo-se de tanta pena. — Kayla, eu não sabia disso.

— Tudo bem — respondeu ela com leveza, mas percebi que não estava nada bem... mesmo. — Julian se mudou para o Wyoming para se encontrar. Mamãe está noiva de um dos paramédicos que vieram nessa tal noite. É um cara legal. — Kayla olhou para mim com seriedade. — Mas eu só queria que você soubesse... que esse negócio que Alex contou sobre o pai de Seth, sabe? Pode ser verdade. Não apenas há vinte anos, mas *agora* também. Minha mãe é enfermeira na emergência daqui, por isso nos mudamos para o Keys em primeiro lugar, porque ela vai para onde há emprego, e ela faz hora extra direto, o que indica alguma coisa. Por que tantas pessoas em uma ilha pequena como esta precisam ir para a emergência toda hora? Tem alguma coisa errada neste lugar, muito, muito errada mesmo. E não estou falando sobre essa tal de Festa do Caixão. Mamãe diz que o comandante Santos fica tentando afastar tudo dos jornais para que os turistas não vejam, porque isso causaria um problema enorme na principal fonte de renda da ilha. Mas isso não significa que não está acontecendo.

Eu sabia que Kayla tinha razão.

Sabia também que o problema de Isla Huesos não tinha nada a ver com a possibilidade de o pai de Seth Rector comandar uma operação criminosa gigantesca. Tinha a ver com o fato de o lugar estar tomado por Fúrias e por estar situado em cima de um mundo inferior enorme.

Contudo, eu não podia admitir isso em voz alta porque ninguém — nem mesmo Kayla — acreditaria em mim.

Em vez disso, disse:

— Obrigada por me falar tudo isso, Kayla. Significa muito. Alex tem sorte de ter uma amiga como você, mesmo que pareça não dar a mínima.

— Bem, não quero que Alex faça nada estúpido também. Isso pode fazer com que ele se dê mal, que nem... — Ela olhou para mim. — Bem, nada pessoal, garotinha, mas que nem você.

— Obrigada — falei com um sorriso amarelo.

— Porque Seth e os amigos dele... eles não são anjinhos, Pierce. — O tom de voz de Kayla endureceu. — Tem ideia das coisas que eles me chamam no corredor por causa disso? — Apontou para os seios.

O ar de autoconfiança de Kayla, percebi naquele momento, era só isso mesmo... um semblante, uma vestimenta que ela usava, do mesmo jeito q o pessoal se fantasia para o Festival do Caixão. Mas ela tinha mais motivos para acreditar em si mesma do que aquele grupo idiota.

— Kayla — falei. — Espero que você saiba que é linda, por dentro e por fora. Qualquer um que não veja isso não merece o seu tempo.

— Espero não estar se referindo a Frank — disse ela, levantando novamente o espelho para passar os dedos pelos cabelos outra vez. — Acho bom ele ver como sou linda. E não só por dentro. — Ela olhou para mim e sorriu. — Estou brincando. Mas falo sério quando digo que não iria me importar se alguma coisa ruim acontecesse com Seth e aqueles caras. O mesmo vale para o pai dele, se o que Alex falou for verdade. — Kayla ficou séria. — Mas não quero que Alex se machuque. Então o que precisar que eu faça, garotinha, é só pedir. Ele é um imbecil, mas é lindo. Imbecilindo, acho que é isso que ele é.

Sorri para ela.

— Concordo — falei. — Obrigada, Kay...

A porta do banheiro feminino finalmente se abriu, e a pessoa que estava lá dentro havia tanto tempo saiu. Era a cantora que estava se apresentando com os músicos no palco lá fora. Era ainda mais glamorosa de perto do que de longe...

— Oi, queridas — disse ela, dando um sorriso gracioso para nós. — Me desculpem. — Então deslizou ao passar por nós, os quadris balançando de maneira provocativa embaixo do vestido apertado. Seu perfume a seguia como uma nuvem, antes e depois dela.

— Uou — disse Kayla quando a cantora se foi.

— Uou é pouco — falei com um sorriso. Peguei minha mochila. — Já volto.

Me apressei para dentro do banheiro e tranquei a porta. Assim como no saguão, a decoração era antiquada, com ênfase na madeira antiga. Tinha até uma pequena janela de vitral — com o desenho de um golfinho pulando — que estava parcialmente aberta. Ficava perto do teto, a uns dois metros e meio de altura.

Assim que tirei o vestido o joguei na pia, que ficava em um pedestal. Liguei a torneira. Estava mesmo ansiosa para tirar o cheiro de *paella* de mim.

Só depois percebi que isso não fazia sentido. Eu estava com tanta pressa para voltar para John que nem pensei no que estava fazendo.

Ah, bem... eu tinha o vestido branco na mochila, aquele que peguei dentro do meu closet. Era melhor que ele não estivesse muito amarrotado.

Eu me ajoelhei no piso frio e comecei a remexer na mochila, com tanta pressa que alguns dos objetos caíram no chão. O vestido *estava* amarrotado, mas não estava tão ruim. Eu o vesti e busquei minha escova de cabelos.

Foi quando o vi... o livro que o Sr. Smith me emprestou sobre a história de Isla Huesos. Tinha caído da mochila e estava sobre os azulejos, aberto em uma página de ilustrações. Uma delas era o retrato de um homem com gola alta e costeletas cujo nome, de acordo com a legenda, era William Rector.

Rector? Era mesmo impossível escapar dessa família?

Deixei a escova de lado e peguei o livro, dando uma olhada na página oposta à da ilustração com o nome Rector.

Lá estava. William Rector — certamente o tataravô de Seth, já que a semelhança era inegável — conduziu, segundo *A história da Ilha dos Ossos*, o negócio mais bem-sucedido de recuperação de navios naufragados da ilha na década de 1930, até 11 de outubro de 1846, quando morreu no Grande Furacão.

O livro explicava que a importância da recuperação de navios naufragados para a economia na história antiga de Isla Huesos era sem tamanho. Por isso o mascote da escola era um pirata, não um caixão.

O primeiro capitão em uma operação de resgate que alcançasse um navio naufragado recebia, pela lei marítima, metade do valor de tudo que ele e sua tripulação conseguissem salvar da respectiva carga. Isso fazia da recuperação um negócio extremamente rentável, principalmente porque o estreito entre Isla Huesos e Cuba era muito permeado por tráfico no período oitocentista. Isso acontecia graças, em parte, à corrente do Golfo, uma forte corrente que vinha da ponta da Flórida e que empurrava feito um estilingue até a Espanha qualquer coisa que navegasse ali. Graças também ao fato de que as águas eram traiçoeiras e difíceis de navegar por causa dos corais e das tempestades imprevisíveis. Costumava haver um naufrágio por semana nas margens de Isla Huesos, embora alguns capitães desses navios perdidos tenham se queixado que naufragaram de propósito *pelos* restauradores (conhecidos também como piratas), que usavam diversos truques.

É claro que esse tipo de coisa nunca foi comprovada em nenhuma corte de Isla Huesos. Imagino que seja porque todos os juízes e jurados fossem relacionados aos piratas, ao passo que os capitães e as companhias para os quais trabalhavam eram do continente. Nunca teriam um julgamento justo, especialmente em um lugar localizado em cima de um mundo inferior.

Era aquela data, 11 de outubro de 1846. William Rector morreu nesse dia, no mesmo furacão que acabou com grande parte da ilha. Segundo o Sr. Smith, 11 de outubro de 1846 também foi o último dia em que viram o cordão que eu estava usando naquele momento, na lista de carga de um navio mercantil atracado em Isla

Huesos... mas toda a sua carga e a tripulação sumiram naquele furacão.

Incluindo John.

Com os dedos tremendo, virei as costas do livro que o Sr. Smith me deu... o livro que ele me deu, lembrei novamente, porque mencionei o nome do navio no qual John trabalhava quando morreu: o *Liberty*.

Lá estava, listado no índice do livro. *Liberty*. Fui para a página indicada.

O Liberty *foi um dos 24 navios naufragados no porto de Isla Huesos pelos ventos brutais e maremotos do furacão de outubro de 1846, quando mais de mil vidas se perderam. Transportava uma carga de especiarias, tabaco, café, açúcar e algodão de Havana para Portsmouth. Foi declarada a perda total do navio. Nenhum sinal da embarcação foi encontrado. Capitão: Robert Hayden, Hayden e Filhos.*

Levei alguns segundos para entender o que estava lendo... pelo menos a parte que dizia *Capitão: Robert Hayden*. O resto não me importava muito.

Robert *Hayden*? O capitão do navio — o homem que John disse ter matado — tinha o mesmo sobrenome que ele?

E a companhia para a qual trabalhavam... *Hayden e Filhos*? Como assim?

Tentei pensar em várias possibilidades... em tudo, menos naquilo que eu tinha certeza que era verdade.

"O capitão do *Liberty*... ele devia ser muito mau", me lembrei de falar isso para John.

"Ele foi a pior pessoa que já conheci", foi o que ele respondeu com um tom de voz frio feito gelo.

Meu Deus. Fechei o livro, sentindo-me tonta de repente, achei que fosse desmaiar. Como pude ser tão idiota? Fiquei aliviada — *aliviada* — porque tudo que John havia feito fora apenas matar um homem. Achei que podia ter sido alguma coisa bem pior.

Mas o que poderia ser pior do que matar o próprio pai?

Matar a própria avó, eu acho. Tipo isso.

Me senti trêmula e enjoada. Falei para mim que estava sendo ridícula. Nada tinha mudado. John ainda era a mesma pessoa.

Ele era uma pessoa que talvez — provavelmente — tinha matado o pai. Só isso.

Alguém bateu na porta.

— Pierce? — Era a voz de Kayla.

— Foi mal — falei, minha própria voz trêmula. — Preciso de mais um minuto.

— Tudo bem — disse Kayla. — Quanto tempo quiser. Só queria dizer que Frank e eu estamos indo levar Alex em casa. Mas John está aqui fora esperando você.

Maravilha.

— Tá, obrigada — falei. — Tchau.

Eu deveria ter aberto a porta e abraçado Kayla. Quem sabe quando a veria de novo. Ou se a veria.

Ele deve ter tido um bom motivo. Ele disse que teve um bom motivo. Qual foi? Ah, sim. Ele não concordou com o percurso que o capitão tinha escolhido.

"Foi ele quem atacou primeiro, Pierce, você precisa acreditar em mim. Eu nunca quis matá-lo", foi o que John disse.

"Claro, você só estava se protegendo", foi o que eu murmurei em resposta.

Do próprio pai, no final das contas.

Olhei para o meu reflexo no espelho acima da pia. Falando em piratas, eu estava parecendo um. Olheiras e lábios pálidos feito areia. E o prendedor que eu coloquei para usar como disfarce também não estava ajudando.

Joguei um pouco de água no rosto e peguei a bolsinha de cosméticos na mochila, bolsinha essa que eu sempre levava comigo para o caso de papai aparecer na escola e me levar para um restaurante chique. Isso aconteceu mesmo, uma ou duas vezes.

O que não dava para entender era por que Robert Hayden foi listado como o capitão do *Liberty* no livro se ele já estava morto, como explicou John, antes de o navio chegar em Isla Huesos. Obviamente não existiu um registro do assassinado... ou do motim. Talvez o historiador que escreveu o livro se guiasse pelos registros de partida do navio. Talvez o *Liberty* não tivesse ficado aportado por tempo suficiente antes do furacão para que descobrissem que o capitão foi assassinado no mar... pelo próprio filho.

Pela janela, ouvi a voz de uma mulher falando alto, indignada, depois o som de um tapa e um tumulto abafado. Acho que esses eram os sons normais de um festival de rua onde as pessoas beberam demais.

Depois de um pouco de batom e lápis nos olhos, comecei a parecer mais humana... e a me sentir mais humana também. Incrível como um pouco de maquiagem pode aumentar confiança da gente. Kayla tinha total razão sobre isso. Tirei o prendedor e penteei os cabelos com os dedos, do mesmo jeito que ela fez.

Eu estava mil vezes melhor. Talvez John tivesse razão quanto ao vestido branco.

Se bem que ele matou o pai, então possivelmente o senso de julgamento dele não era dos melhores.

A não ser pelo fato de que era, *sim*. Eu sabia que era. Por qual outro motivo ele teria recebido a tarefa de controlar os mortos? Por qual outro motivo eu sempre me sentia tão segura e protegida — bem, quase sempre — quando estava perto dele?

John me disse uma vez que eu tinha sorte da minha avó estar possuída por uma Fúria. Pelo menos assim eu sabia porque ela era tão detestável. Ele disse que não havia explicação para as pessoas da família dele serem tão monstruosas.

Descobrir que seu pai é um monstro é um bom motivo para matá-lo. Talvez, se tivesse a oportunidade, eu mataria minha avó.

Tinha decidido que iria sair dali e perguntar: *por que você matou seu pai?*

Foi quando ouvi um *uuu-uuu* familiar e olhei para cima. Esperança estava sentada na moldura do vitral, batendo as asas com tanta impaciência que dava para ver as penas pretas embaixo das brancas.

— Já vou — falei para ela, distraída. — Está bem?

Dei uma olhada para ver se não estava esquecendo alguma coisa. O vestido preto. Não o queria mais. Sabia que era desperdício jogar roupa fora, mas foi o vestido que estava usando quando vovó tentou me matar, e depois quando tentou usar o spray de pimenta. Também usei aquele vestido quando John escondeu a identidade do homem que matou.

Decidi que o vestido não trazia sorte e que não queria vê-lo nunca mais.

Eu o tirei da pia, amassei e joguei na lixeira. Depois joguei um pouco de papel higiênico em cima para que ninguém o visse de cara, só por precaução.

Eu me virei para abrir a porta, dando uma última olhada no espelho.

O diamante em meu cordão estava âmbar-negro.

Mais escuro do que o uniforme da policial que chutou a porta um segundo depois. A porta bateu na pia e fez com que Esperança desaparecesse em uma nuvem de penas brancas e pretas.

"Quando uma alma ímpia abandona
Exasperada os laços do corpo,
Minos logo a envia ao sétimo círculo."

DANTE ALIGHIERI, *Inferno*, Canto XIII.

A policial não estava usando arma. Em vez disso, sacou um aparelho de dar choque. Vi a eletricidade brilhando azul, indo de uma das pontas metálicas de aparência letal à outra. Sabia que estava carregado... e ligado.

— Pierce Oliviera — disse a policial. — Certo?

Sem nem pensar, balancei a cabeça, negando minha identidade. Não. Eu não era Pierce Oliviera.

De certa maneira, nem estava mentindo. Não sabia mais quem era Pierce Oliviera. Acho que não era mais aquela menina há algum tempo... pelo menos não desde a EQM. E certamente não desde que virei moradora do Mundo Inferior.

Por algum motivo, passar tanto tempo entre os mortos não me deu *menos* noção de quem sou. Sobretudo, me mostrou como me encaixo melhor no mundo deles, e como não era bem-vinda no meu mundo — como agora, por exemplo.

O mais louco é que eu sabia o nome da policial. Ela estava com o comandante Santos havia alguns dias, na escola, quando ele me interrogou sobre a morte de Jade. Encontraram minha bicicleta acorrentada à cerca do cemitério. O nome dela era oficial Hernandez. Era uma morena *mignon*, e pareceu, naquela ocasião, querer me dar um choque só por eu estar viva.

E agora lá estava ela querendo mesmo me dar um choque... mas *por quê*, exatamente?

Ela olhou para um pedaço de papel amassado que trazia na mão. Fiquei horrorizada quando vi que era um dos pôsteres de "desaparecida" que havia aos montes na sala da mamãe, com minha foto estampada nele.

— É, sim — disse a oficial Hernandez —, é você, sim.

Então ela ergueu o aparelho de choque como se fosse uma faca que queria cravar em meu peito.

Estava com medo demais para conseguir pensar. Logo entendi o que a policial era — não um membro da elite de Isla Huesos fazendo seu serviço (se bem que duvido que o comandante Santos tenha dito a seus policiais para me darem um choque), mas uma Fúria.

Eu deveria ter berrado. Se tivesse feito isso, com certeza John — onde quer que tivesse se metido — teria vindo rapidamente.

Em vez disso, fiz a coisa mais idiota do mundo. Fiquei lá parada e perguntei:

— *Por quê?*

— Meu pai — disse ela, balançando a cabeça como se eu fosse retardada. — Ele me contou o que o seu namorado fez com ele...

O quê? Fiquei confusa demais para pensar em berrar depois disso. Meus olhos estavam hipnotizados pela chama azul que vi se aproximando de mim cada vez mais. Ao perceber o que aconteceria comigo se a chama realmente me atingisse, dei o chute mais forte que pude nela — de olhos fechados, porque era insuportável ficar olhando para aquele brilho elétrico.

As solas de minha sapatilha de balé se chocaram com alguma coisa mole. Ouvi um gemido e depois uma queda.

Quando abri os olhos, vi que o chute não mandou a oficial Hernandez para muito longe. No entanto, o aparelho de choque caiu. Tinha escorregado para debaixo de uma cadeira a alguns metros dali.

— Resistindo à prisão — disse ela, entredentes. — Nada inteligente.

Então ela avançou. A oficial estava em boa forma e também era mais forte. Caímos com tanta força no chão acarpetado do saguão que fiquei sem ar. Deitada embaixo dela, chocada, vi o rosto do recepcionista aparecendo para dar uma espiada e depois sumindo rapidamente. Ele não ia se envolver em uma luta entre uma oficial da justiça e alguém que sequer pagou por um quarto.

Não que precisasse que meu namorado enfrentasse minhas próprias batalhas, mas nesse caso uma ajudinha caía bem. *Onde estava John?*

Essa pergunta tornou-se ainda mais urgente quando ela segurou o diamante em meu pescoço.

— Você ainda não entendeu, não é? — perguntou ela, quase com pena, enquanto começava a enroscar a corrente em volta do meu pescoço. — Talvez isso refresque a sua memória. Meu pai uma vez tentou tirar este colar de você. Ele sabia que é algo muito valioso, e perigoso, para meninas como você ficarem usando de brincadeira. Mas seu namorado não gostou muito disso, não é?

Foi o suficiente para que eu me lembrasse.

— O Sr. Curry — falei, sem ar. Os elos apertando minha garganta me fizeram lembrar instantaneamente da vez em que fui idiota o bastante para mostrar o diamante de Perséfone para um joalheiro em Connecticut. Ele também puxou a corrente de modo que ficasse desconfortavelmente apertada em meu pescoço. Felizmente, John apareceu a tempo e interferiu.

Infelizmente, a interferência de John foi fazer com que o coração do joalheiro parasse de bater.

— Espere — implorei à mulher. Tentei colocar o dedo entre os elos e minha pele... qualquer coisa que aliviasse a pressão na traqueia. — Eu *salvei* seu pai. Impedi que John o matasse. Ele se recuperou... a vendedora na loja do lado... disse que ele se aposentou para se mudar com... a filha... para a Flórida...

A corrente se mostrou muito mais resistente do que imaginei. Hades deve ter forjado os elos com alguma liga de ouro indestrutível, porque era mais fácil quebrar o meu pescoço do que a corrente.

Não dava para acreditar que estava quase morrendo engasgada com uma coisa que John me deu há tanto tempo, por amor.

— Essa sou eu — disse a oficial Hernandez com frieza. — Foi comigo que ele se mudou. Mas agora tenho um recado para o seu namorado... diga para ele que não adianta. Não há lugar seguro para você, nem mesmo o Mundo Inferior. Sempre vamos encontrá-la...

Os retratos amadores de pores do sol nas paredes estavam começando a se mover conforme minha visão ia falhando. Ouvi um barulho estranho, tipo um rufar de tambores nos ouvidos. Presumi que fosse o sangue saindo da minha cabeça. Muito em breve, minha reserva de ar estaria completamente extinta e eu teria morte cerebral. Sem enxergar nada, tentei enfiar meus dedos nos olhos da policial enquanto ainda tinha controle dos membros.

E então aconteceu um milagre... vários milagres de uma só vez, na verdade.

O primeiro foi que ouvi a voz de John rosnando:

— Por que não dá a mensagem em pessoa?

Depois, a oficial Hernandez deu um berro de dor. Não entendi como, visto que meus dedos mal entraram em contato com o rosto dela. Contudo, a oficial largou meu cordão e a pressão subitamente se aliviou em meu pescoço. Toquei os elos e os afastei do pescoço; depois, sentindo-me agradecida, inalei um pulmão inteiro de ar, depois outro. Fiquei grata pelo cheiro do saguão do hotel porque, se eu o estava sentindo, era porque estava viva.

Minha visão já tinha se recuperado o suficiente para ver John em pé ao meu lado, sua expressão variando da doçura ao nervosismo.

— Pierce. — Sua voz estava distante. Ele me levantou carinhosamente pelos ombros. — Você está bem? Meu Deus, sua garganta... *você está bem?*

— Estou, sim — falei. Virei a cabeça e notei que a oficial Hernandez estava jogada no chão ao meu lado. Os olhos dela estavam fechados. Parecia estar morta. — O que você fez com ela?

John mal olhou para o corpo.

— Não fiz nada com ela — disse ele. — Ainda. Pierce, me perdoe. Eu estava lá fora o tempo todo esperando por você, até que houve uma confusão no pátio... a cantora, aquela do palco. Estava flertando com o Sr. Liu. Até que o atacou.

Isso, mais do que tudo, me fez recuperar os sentidos. Eu me lembrei do som da voz feminina que ouvi pela janela enquanto estava no banheiro e o tumulto que se seguiu. Achei que fossem apenas barulhos do festival.

— O Sr. Liu? — repeti com preocupação. — Ele está bem?

— Está — disse John com voz sombria. — Envergonhado, mais do que tudo. Eu deveria ter percebido que tudo aquilo era só para me distrair. Não fazia ideia que você estava em perigo até que Esperança apareceu na minha frente, do nada, berrando. Eu nem sabia que pombas *podiam* berrar.

Esperança. Virei o rosto e a vi parada na beira do aparador da lareira, olhando para mim preocupada.

— Ela está bem? — Ouvi uma voz familiar perguntando. — Ela está...?

— Está viva — disse John para o Sr. Liu, que entrou correndo no saguão pelas portas francesas da varanda, sem sequer desviar dos móveis que estavam em seu caminho no pátio. Havia marcas de unhas em seu rosto, sangrando, mas o Sr. Liu parecia nem senti-las. — Ou quase. — Para mim, John perguntou: — Você consegue se levantar?

— É claro que consigo me levantar...

Mas não conseguia. Minhas mãos tremiam e minhas pernas tinham virado água. Se não fossem pelos braços firmes de John em minha cintura e ombros, que me levantaram até uma das cadeiras, eu nunca teria conseguido.

Foi só aí que comecei a notar outras coisas...

O recepcionista nos espiando por trás da mesa parecia estar um pouco mais do que irritado com a confusão no saguão. Henry entrando pela varanda com o Sr. Liu para ver como eu estava, e o Sr. Liu afastando Henry com um sussurro:

— Cuidado!

Henry resmungando:

— Mas quero ver a Fúria!

O som de tambores que achei ter origem no sangue saindo do meu cérebro na verdade vinha lá de fora...

Tinha começado a chover muito forte. A tempestade que ameaçava chegar havia horas finalmente estava ali.

Mas talvez o mais surpreendente de tudo tenha sido ver o Sr. Smith, o sacristão do cemitério, em pé embaixo de uma das pinturas de pôr do sol com as mãos nas bochechas.

— Ai, graças aos céus ela está bem — disse ele. — Posso ajudar com alguma coisa?

A mandíbula de John ficou tensa.

— Sim — disse ele com um toque curioso de ressentimento na voz. — Pode ir embora. Já causou confusão o suficiente por uma...

— John — falei com calma.

Não fazia ideia do motivo pelo qual John estava tão irritado com o sacristão, mas naquele momento em especial eu não me importei porque notei uma coisa estranha no corpo da oficial Hernandez:

Estava soltando fumaça.

A policial não tinha se sentado e acendido um cigarro, mas definitivamente havia fumaça saindo de uma espécie de ferida que vi no meio de sua palma... exatamente no lugar onde ela tocou o diamante quando tentou me enforcar com a corrente. Era uma fumaça preta, como se a oficial Hernandez tivesse levado um tiro...

... e sua alma estivesse saindo do corpo.

Só que eu tinha total certeza de que ela não levou um tiro — pelo menos não disparado por qualquer uma das pessoas reunidas no saguão — e eu estava perto o suficiente de onde ela jazia no carpete antiquado para ver que ainda respirava. Portanto não estava morta.

E então, mais alto do que a torrente de chuva lá fora, ouvi algo parecido com um grito, tão agudo que mal dava para escutar... um grito raivoso, cheio de ódio, que parecia vir do vapor preto saindo da mão da mulher.

Nem fumaça e alma, até onde eu sabia, eram capazes de emitir um grito.

Esperança também ouviu, já que moveu a cabeça e saiu, assustada, do caminho da aparição pouco nítida conforme a mesma se direcionou para as portas francesas escancaradas.

Toquei o braço de John, que ainda estava em volta de minha cintura, e apontei. Ele se sentou ao meu lado.

— John, está vendo aquilo? — perguntei. — Acha que pode ser a...?

Em vez de responder, ele se levantou. Por um segundo, achei que fosse tentar pegar a fumaça, o que não fez sentido para mim — como capturar o mal puro, especialmente quando ele é composto por algo tão intangível quanto fumaça?

Mas então vi John arremessar uma bola de luz e energia naquela coisa negra que tentava escapar pelas portas para o pátio escuro. Ele criou a esfera com as pontas dos dedos, exatamente como fez na casa da minha mãe; só que dessa vez, o poder foi direcionado para um alvo específico: a Fúria que possuiu a oficial Hernandez.

Houve uma explosão de luzes e um berro bem mais alto do que o anterior — e então a voz foi abruptamente interrompida. Quando abaixei o braço que tapava meus olhos para me proteger da explosão brilhante de luzes, tudo o que sobrou do vapor negro foi uma mancha escura na parede de revestimento de madeira.

A Fúria tinha sumido.

A água era mais negra do que persa.
E nós entramos, ao longo de seu curso,
Por caminho diverso nos movendo.

DANTE ALIGHIERI, *Inferno*, Canto VII.

Meu olhar de incredulidade moveu-se em direção a John.

Ele estava sem ar, seu peito subia e descia rapidamente, como se tivesse corrido uma grande distância, seus cabelos pretos grudados na testa, punhos cerrados... mas quando olhou para mim, vi seu rosto se abrir em um dos maiores sorrisos que já o tinha visto dar.

E não era para menos. Estava quase certa de que tínhamos destruído uma Fúria juntos.

— Faz de novo — disse Henry, explodindo em aplausos de alegria.

— Não esta noite, por favor — disse o Sr. Smith. Ele se sentou no carpete como se tivesse simplesmente se ajoelhado para checar o pulso da oficial Hernandez. Mas pude ver que a exibição de fogos de artifício de John o tinha deixado sem força. — Não se esqueça de que há civis por perto. Primeiro Mike, agora isso. Acho que já tive a dose de agito suficiente que posso aguentar num mesmo dia. Presumo que *aquilo* foi a Fúria. — Apontou com a cabeça para a marca negra na parede.

— Aquilo foi a Fúria — confirmou John. Ele se virou para mim. — Como você fez com que ela saísse do corpo da oficial?

Balancei a cabeça.

— Não fiz — falei. — Acho que foi o colar que fez, quando ela o tocou. Olhe para a mão dela.

O Sr. Smith abriu os dedos da mulher inconsciente. Lá, no meio da palma, estava a marca de queimadura que eu tinha visto, exatamente no mesmo formato do diamante.

— Bem, então é isso, capitão — disse o Sr. Liu, em tom de reverência. — Depois de quase duzentos anos, finalmente descobrimos como nos livrarmos delas.

— Fascinante — murmurou o Sr. Smith. — O diamante não apenas detecta quando as Fúrias estão por perto, mas também, quando tocado, as força a sair do humano que as abriga.

— Isso — disse Henry, olhando para mim. — Vamos deixar que ela seja enforcada pelas Fúrias e aí o senhor acaba com elas, capitão.

— Não, Henry — disse John, seco. — Não acho que é assim que vamos fazer. Mas alguma coisa do tipo pode dar certo.

— É, hum, com licença — disse uma voz trêmula vinda do balcão do hotel. O recepcionista acenou nervoso quando olhamos para ele. — Mas a policial precisa de ajuda? Tipo uma ambulância ou alguma coisa assim? Porque posso chamar. Caso contrário, meu chefe não gosta quando as pessoas dormem no saguão.

O Sr. Smith ergueu as sobrancelhas.

— Que boa ideia, meu jovem — disse ele para o recepcionista. — Certamente, ligue para uma ambulância agora mesmo.

— OK — disse o recepcionista, e seu rosto desapareceu de novo no fim do corredor.

A oficial Hernandez estava começando a se mover novamente. Parecia estar confusa, remexendo no cinto à procura de alguma coisa e, não encontrando-a, começou a procurar no chão ao seu redor.

— O que está acontecendo? — perguntou ela, olhando meio perdida para ninguém em especial. Não havia mais nenhum traço da hostilidade que ouvi antes em sua voz. Na verdade, ela soava como uma pessoa bastante agradável. Quando olhou para mim, não houve nenhuma indicação de reconhecimento. — O que houve?

O Sr. Smith, olhos arregalados por trás dos óculos, perguntou:

— Quer dizer que não se lembra?

— Não — disse a oficial Hernandez, tocando a testa. Viu a queimadura na mão. — Eu me queimei?

— Sim — disse o Sr. Smith com calma. — Acredito que sim. Se a senhorita esperar aqui, oficial Hernandez, tem uma ambulância a caminho.

— Ah — disse ela sorrindo. — Que gentil o senhor, não é? Pode me chamar de Deanna.

— Vamos chamá-la assim, com certeza — respondeu ele.

Eu me lembrei, por algum motivo, do que o Sr. Smith tinha dito mais cedo. Que quando as pessoas são movidas a fazer o bem pelo espírito da gentileza humana, o trabalho é das Moiras. Quando fazem o mal, o trabalho é das Fúrias.

— Achei que ficaria interessada em saber, Srta. Oliviera — disse ele com voz mais baixa para que a policial não lhe ouvisse — que o meu coveiro, Mike, entrou na justiça para pedir indenização por ter se machucado no cemitério hoje.

— Sério? — Arregalei os olhos. Foi uma das opções que o Sr. Smith sugeriu para o que aconteceria.

— Recebeu tratamento e foi liberado do hospital — continuou o Sr. Smith — por causa de uma contusão depois de falar para todo mundo que caiu da escada. Não acho que devia ter batido nele com tanta força, Pierce. Está de licença médica pelo restante da semana toda, coitado.

— Perdão se não consigo sentir mais pena dele do que sinto pela avó de Pierce — disse John, seco. — Pierce, sente-se bem para irmos andando?

Fiz que sim. Henry, enquanto isso, encontrou o aparelho de choque que tinha caído embaixo das cadeiras. O aparelho desligou sozinho durante minha luta com Deanna Hernandez, mas Henry levou apenas alguns segundos para descobrir como ligá-lo novamente. O brilho azul tirou um sorriso enorme dele.

— Brilhante — exclamou. — Posso ficar com isso, capitão?

— Não — disse John com firmeza. — Não pode, não. Sr. Liu?

O Sr. Liu rapidamente desarmou Henry enquanto John me ajudava a levantar. Eu me sentia mais firme agora... principalmente quando ele passou a mão embaixo dos meus cabelos, pela minha nuca, e me guiou até a porta. De repente, senti a mesma onda de calor que senti quando John fez carinho onde Esperança tinha beliscado minha mão. Só que agora, a sensação vinha pelo meu pescoço e radiava para a frente da garganta, onde os elos do cordão beliscaram minha pele.

Ele olhou para mim, sobrancelhas ainda tensas de preocupação.

— Melhorou? — perguntou.

— Melhorei — respondi com um sorriso.

No entanto, apesar de tudo, ainda ouvia uma pequena voz dentro da minha cabeça. *Hayden e Filhos, Hayden e Filhos,* sussurrava.

— Pierce, se alguma coisa tivesse acontecido com você... — Ele se interrompeu, incapaz de me olhar nos olhos.

Diga para ele que não adianta, disse a oficial Hernandez. *Não há lugar seguro para você, nem mesmo o Mundo Inferior. Sempre vamos encontrá-la...* Estremeci levemente.

— Está tudo bem — falei para John.

Ele levantou o olhar para me encarar.

— Não está — disse ele, como se tivesse lido meus pensamentos.

— Acho que a culpa é minha. — A voz do Sr. Smith, estranhamente vazia, me assustou. Percebi que ele tinha nos seguido pelas portas francesas.

Olhei para ele.

— Culpa *sua*? Como?

Fiquei surpresa ao ver que todos tinham ido embora do pátio. A proteção de folhas não tinha como deter aquele tipo de chuva, que caía em um fluxo regular como uma cortina descendo do céu. Até a banda tinha ido embora, procurar abrigo em outro lugar... provavelmente estimulados depois do que ocorreu entre a cantora e John e sua tripulação.

Então fiquei especialmente surpresa quando uma voz familiar, vindo das sombras ao fundo do pátio, disse:

— Não. *Eu* quem fui a distração.

Pensei que estivéssemos sozinhos, mas um homem que nunca vi antes saiu do canto de onde estava se escondendo.

— Patrick — disse o Sr. Smith, parecendo irritado. — Falei para esperar no carro.

— Eu sei — disse o homem, suando, e parecendo, estranhamente envergonhado. Estava vestindo uma camiseta cor-de-rosa de manga curta, shorts cáqui, meias amarelas e gravata-borboleta amarela, tudo encharcado de chuva. — Mas queria dizer de novo que lamento muito. — Para mim, ele disse: — Oi, nunca fomos apresentados, mas sou o amigo de Richard, Patrick Reynolds. Fui eu que tirei a sua foto e peço *mil* desculpas. Agora percebo o quanto isso não foi legal.

— Ah — falei, percebendo porque a voz era familiar. Foi o homem que ouvi pedindo desculpas para John na varanda. — Oi.

Eu me lembrei de o Sr. Smith mencionar seu companheiro, Patrick. A única coisa que realmente sabia sobre ele era que não entendia o fascínio do Sr. Smith com os mortos, e que gostava de fazer tricô. Parecia ser cerca de dez anos mais novo do que o sacristão. Será que fazia ideia de onde seu companheiro tinha se metido?

Acho que não porque ele disse em seguida:

— Eu só fiquei muito animado, porque tenho seguido seu caso nos jornais e nos noticiários. Esta cidade é tão parada, você nem imagina. Nunca achei que fosse vê-la de perto, então quando você passou, não resisti, apesar de Richard ter dito para que eu não fosse...

Devagar, entendi a cena. Agora dava para compreender por que tirou a minha foto, e também por que o rosto de John estava perigosamente tenso e havia fogo em seus olhos.

Considerando o histórico de John, era um milagre que Patrick Reynolds estivesse apenas molhado, e não fisicamente destruído, sofrendo de ataque cardíaco ou coisa do tipo. Achei que isso mostrava um grande progresso por parte de John. Apesar de, é claro, sentir seus dedos ficando rígidos em minha nuca.

— Quer dizer, literalmente esbarrar na filha de Zack Oliviera no meio do show do Busty Bayamos, são super a nossa banda favorita na ilha, e amamos Angelica, a cantora. — Patrick não parou de falar, nem por um segundo. Estava tão ansioso para ser perdoado, mesmo com a chuva avançando na varanda e chegando até nós. — Pensei, bem, não vai machucar tirar uma foto, apesar de Richard estar mortificado, e não sei o que aconteceu com Angelica, ela geralmente é tão...

— Estão todos perdoados — disse John sem sorrir. — Temos que ir agora.

O amigo do Sr. Smith ficou sem graça.

— Ai, meu Deus, fiz de novo, não fiz? Perdão. Richard diz que eu falo demais. Mas acho tudo tão romântico, a filha do magnata coorporativo e o... — Olhou para John e deu um sorrisinho. — Bem, deixe para lá, só espero que tudo dê certo. Richard, contou a notícia boa para eles?

O Sr. Liu e Henry já tinham saído, estavam agora em pé ao nosso lado. Henry tinha encontrado minha mochila e a estava carregando nos ombros.

— Que notícia boa? — perguntei. Não dava para imaginar qual notícia *boa* poderia ser, a não ser a de que descobrimos como tirar as Fúrias dos corpos humanos possuídos, e como destruí-las. Não era uma solução muito prática para o problema, a não ser que eu tocasse todas as Fúrias que encontrasse com meu colar. Eu teria de chegar bem mais perto e ficar bem mais íntima delas do que acho que seria recomendável.

— Já falei para John, Patrick — disse o Sr. Smith. — Honestamente, eles têm que ir agora, coitada da menina.

— Contou o que para John? — perguntei. — Alex está bem? — Depois do último susto, ou da série de sustos, eu já estava neurótica.

John tocou meu braço.

— Ele está bem — respondeu gentilmente. — Não precisa se preocupar com nada. Frank vai se certificar de que Alex chegou em casa bem. Dei o telefone e as chaves do seu primo para ele, e falei que só pode devolvê-los quando Alex estiver em casa. Frank vai achar o carro de seu primo, Kayla vai dizer onde está, e vai danificá-lo para que Alex não consiga mais usá-lo. Depois, busco Frank e o levo para casa.

Olhei para ele e fiquei piscando.

— Que... que perfeito. Obrigada.

Sorriu para mim.

— Dê a mão para Henry.

— O quê? — Fiz o que mandou. — Tá, mas por quê?

Percebi o que John estava prestes a fazer e larguei a mão de Henry, que ainda estava grudenta por causa do algodão-doce que comeu.

— John — falei e apertei os olhos para ele. — *Não.* — Olhei para Patrick. — O que você ia dizer sobre a boa notícia?

— Ah — disse Patrick, confuso. Estava acompanhando nossa conversa com toda atenção, quase como se estivesse fazendo anotações na mente. Tomara que não fosse para nenhum blog. — Não me lembro agora. O que era mesmo? Alguma coisa com romãs. — Olhou para o Sr. Smith, que parecia estar querendo morrer. — Juro que na maioria das vezes nem sei do que Richard está falando, mas hoje à tarde conversou ao telefone com um professor da Califórnia, e depois não parou de falar sobre romãs, e como são apenas simbólicas, e você pode comer o que quiser sem se preocupar. Existe alguma dieta nova da romã que deixa comer tudo sem que você engorde, ou alguma coisa assim? Porque juro que...

— Henry — disse John sem rodeios —, pegue a mão da Srta. Oliviera. — Henry pegou meus dedos com uma das mãos e o braço do Sr. Liu com a outra.

— Adeus — disse John para o Sr. Smith.

Então deu um passo para fora da varanda. Foi para o pátio, para embaixo da chuva, e me puxou com ele.

— Mas eu... — comecei a falar. Virei a cabeça para olhar para o sacristão e seu companheiro. O último parecia estar extremamente surpreso pela nossa partida. O Sr. Smith, no entanto, parecia estar aliviado de nos ver indo embora. Eu o vi erguendo a mão para um aceno enquanto as gotas cortantes de chuva começavam a me atingir, rapidamente encharcando meu vestido e meus cabelos.

Pisquei para que a água não entrasse em meus olhos, e tudo — o Sr. Smith, Patrick, o hotel, o pátio, a chuva, toda a Isla Huesos — desapareceu.

"Sendo um amante tão nobre, beijado,
Esta, que de mim nunca se afastará,
Beijou-me a boca, palpitando."

DANTE ALIGHIERI, *Inferno*, Canto V.

Quando abri os olhos novamente, estávamos em um pátio diferente... o mesmo em que encontrei Henry escondido. Parecia já ter se passado uma vida inteira.

Apesar de termos ido para a terra há horas e horas, tive a sensação de que pouco mudou no reino dos mortos. O tempo não parecia passar no Mundo Inferior da mesma forma que passava na terra. A luz rosa-acinzentada em que o mundo de John estava continuamente banhado pode ter ficado um pouco mais lavanda, mas não muito. As feições da mulher de mármore no chafariz no centro do pátio ainda era facilmente discernível. O fogo queimando reluzente na lareira gigante no quarto de John ainda lançava o mesmo tom quente de amarelo nas cortinas brancas dos arcos internos, da mesma forma de quando fomos. Não tinha nada diferente.

Até que um movimento me chamou a atenção. Olhei para cima e vi os pássaros.

Havia dezenas deles — talvez centenas — voando em círculos no ar. Suas asas formavam um preto implacável no teto da caverna. Não voavam em uma formação fixa, apenas em círculo, como fazem os urubus quando avistam uma caça morrendo.

Contudo, esses pássaros não faziam barulho algum. Pareciam estar pairando sobre a ilha do outro lado do lago, perto da praia onde os mortos eram separados.

Fiquei sem ar quando os vi. Ainda estava impactada por ter sido arrancada tão repentinamente do meu mundo e jogada no de John. Esqueci da minha indignação por John ter feito isso no meio de uma conversa que eu estava achando bem interessante.

— Olhe! — exclamei apontando para os pássaros. Esperança foi o único pássaro que eu tinha visto até então no Mundo Inferior.

Para meu alívio, vi que ela não estava dando a menor atenção para aqueles pássaros sinistros. Parou no topo do chafariz e já estava ocupada se limpando depois de sua grande viagem.

— Por que estão fazendo aquilo? — perguntei sobre os pássaros em círculos. — O que significa?

— Que ficamos fora por muito tempo — disse o Sr. Liu e saiu na direção oposta dos arcos, em direção a um grande portão de madeira. Sua expressão era de comando. — Henry, venha. Há trabalho a ser feito.

— *Cobertores* — disse Henry com um suspiro. — Vou ter que contar sobre a Fúria e o algodão-doce para o Sr. Graves mais tarde. — Pelo visto, comer algodão-doce pela primeira vez e ver uma Fúria ser arrancada de um corpo humano e destruída eram igualmente intrigantes.

Deixou a mochila sem cerimônia aos meus pés e correu para o Sr. Liu falando. — Podemos levar Tifão pelo menos? Juro que não deixo ele morder ninguém dessa vez.

O portão se fechou, e John e eu ficamos sozinhos. A sensação era a de que não ficávamos a sós... bem, havia anos

Só existia uma explicação para o silêncio entre nós, que fez com que os sons de Esperança e do chafariz ficassem de repente tão absurdamente altos... e para a sensação de que havia uma descarga elétrica no ar, tão forte que senti meus pelos se eriçarem.

Tentei pensar em falar alguma coisa para quebrar o silêncio, porque *ele* claramente não ia fazer isso. Estava lá em pé, olhando para mim com uma expressão estranha no rosto, uma expressão que eu acho que conhecia. Era a mesma que vi naquela noite perto da piscina de minha mãe, quando sabia que eu tinha descoberto alguma coisa sobre ele pelo Sr. Smith, e tinha certeza de que o odiaria.

E era isso mesmo, em parte... descobri, *sim*, uma coisa terrível sobre ele. Só não entendia como *ele* sabia. O Sr. Smith contou que me emprestou o livro? Duvido, ou o Sr. Smith estaria encharcado, como seu companheiro.

E no entanto, lá estava John, com vergonha e na defensiva ao mesmo tempo, queixo para cima e aquele músculo da mandíbula se mexendo... mas os olhos brilhantes como estrelas.

O problema com olhos que brilham como estrelas é que são difíceis de serem decifrados. Não tinha como olhar para o sol e dizer no que estava pensando.

Havia tantas perguntas que queria fazer para ele — *precisava* perguntar. Mas mal sabia por onde começar.

Dava para dizer, pela maneira como me encarava — me *estudava*, como se estivesse esperando por alguma coisa, algum sinal ou indicação — que ele sabia que algumas perguntas viriam, e as temia.

É claro que eu não podia ser tão direta e perguntar *por que matou seu pai?* Ou *o que foi aquilo que Patrick disse, eu posso comer o que quiser sem me preocupar? Então por que me falou que não podia?*

Para ganhar mais tempo, levantei as mãos e mexi nos cabelos. Achei que estariam úmidos — afinal de contas, fui jogava em uma tempestade para chegar ali —, mas estavam extremamente secos.

Olhei para baixo. Todas as outras vezes que John me levou para seu mundo, achou melhor me dar um banho de moda do século XIX.

Não dessa vez. Eu me surpreendi ao ver que usava as minhas próprias roupas, o vestido branco que peguei em casa. Parecia ter sido lavado e passado recentemente, mesmo tendo acabado de lutar com ele no chão do saguão do hotel com um membro da nata de Isla Huesos.

Contente, voltei a olhar para ele e sorri.

— Então, *isto* — disse eu, segurando a saia do vestido — é muito mais a minha cara. Se eu tivesse um armário cheio de roupas assim, a vida aqui embaixo seria bem mais fácil, acho...

Com três longos passos, estava em cima de mim. Pegou minha cintura e me puxou para perto, meu corpo leve encontrou a estrutura rígida do corpo dele em um impacto que senti até nas pontas dos dedos dos pés.

— John. — Olhei para ele, surpresa. Não foi a resposta que esperei para meu comentário inócuo. Alguma coisa dentro dele pareceu ter se quebrado. Não sei o quê nem por quê. John não falou nada nem mudou a expressão.

— O que você tem...?

Nem terminei a pergunta. Os lábios dele vieram ao encontro dos meus, sua boca e sua língua eram tão determinadas que qualquer sinal de resistência que eu possa ter pensado em dar foi logo esquecido... não só porque não havia motivo, mas porque percebi uma verdade:

Eu o desejava tanto quanto ele me desejava.

Quando deslizou a boca até meu pescoço e beijou cada ponto onde os elos do cordão deixaram uma marca vermelha, eu sabia que estava perdida. Tive de me segurar nos ombros dele só para conseguir ficar em pé. Dava para sentir o coração dele pulsando sob o peito de músculos sólidos.

Meu próprio coração virou uma coisa selvagem, comandando que eu fizesse coisas que sabia muito bem que não deveria. Mas quem ia me parar? Com certeza, não seria John. Alguma coisa deu nele, um tipo de necessidade desesperada que dava para sentir em cada beijo, cada olhar, cada carícia. Não entendi direito de onde vinha aquilo ou o que provocou essa reação no meio do nada. Havia uma sensação de urgência em seus movimentos, apesar de eu não ter escutado a corneta no cais. Não entendi o porquê da pressa.

Todavia, dessa vez, quando os dedos dele vieram desabotoar a frente de meu vestido, não o afastei. Enterrei os meus dedos em seus cabelos grossos e negros e murmurei seu nome.

Não sei por que ele de repente me levantou no colo e me levou por entre os arcos do quarto, depois de dar um chute impaciente nas cortinas. Quando me dei conta, estava afundada no edredom incrivelmente macio e fofo de sua grande cama branca. Só consegui pensar *ih... acho que isso não vai dar certo.*

Mas não vi *como* aquilo não daria certo, ou por que seria errado, especialmente quando, um segundo depois, ele estava em cima de mim. Seu peso másculo era deliciosamente bom, e suas mãos calejadas deslizaram para dentro de meu vestido. Em breve, seus dedos estavam tocando lugares que ninguém nunca tinha tocado. Cada carinho fazia com que minhas terminações nervosas ficassem em um estado que parecia que eu tinha sido beijada por uma estrela cadente, aterrissando em minha pele e a deixando brilhante como se fosse uma nova galáxia.

Isso com certeza *ia* dar certo, não ia?

No entanto, naquele momento, ele pareceu ter um instante de dúvida. O corpo dele, iluminado pela luz da lareira, era lindo, mesmo com as cicatrizes. Eu teria acariciado uma por uma e beijado todas, se ele deixasse.

Mas quando tentei, John pegou meus punhos e os segurou contra a cama. Disse "pare" com uma voz transbordando de emoção. Olhou para mim com olhos que já não brilhavam mais, mas estavam cheios de uma escuridão que não consegui decifrar.

— Você disse que queria ir devagar — lembrou sucintamente.

Disse? Minha mente estava tão lerda por causa das miniexplosões que os dedos dele causaram em minha pele, que demorei um pouco para lembrar da conversa à qual se referia. Parecia ter acontecido há um milhão de anos.

— Ah, *isso* — falei. — Não, tudo bem.

— Tudo mesmo? — perguntou, estranhamente ansioso. — Tem certeza? Mesmo com as... consequências?

Consequências? Não aguentava mais ouvir a palavra *consequências*. Certamente não *agora*.

— Tenho — falei — Tudo b...

Sua boca veio tomar a minha antes que eu pudesse terminar o que ia dizer. Ele me beijou com tanta paixão que senti que éramos apenas uma pessoa. Acho que só estava esperando minha permissão. Uma vez concedida, a ação foi enfática. As estrelas cadentes logo voltaram, só que agora eram galáxias inteiras com sóis reluzentes e planetas que pareciam se expandir cada vez mais, até que finalmente entraram em colapso. Tomamos um banho de pequenos fragmentos de estrelas e luas e cosmos.

Depois, ele caiu no sono... a cabeça *dele* no *meu* ombro, para variar um pouco. Fiquei maravilhada com a expressão branda de John... foi a primeira vez que o vi assim. Devia ser exatamente como se parecia quando criança.

Então me lembrei de *Hayden e Filhos* e decidi que provavelmente era melhor não pensar na infância dele.

Mesmo assim, ele e eu obviamente fomos feitos para ficarmos juntos. É claro que tínhamos de lidar com algumas coisas, como qualquer outro casal. Bem, talvez algumas coisas um pouco mais difíceis do que na maioria dos casais.

Mas a tempestade finalmente tinha acabado...

... eu devia ter percebido que na verdade tinha apenas começado.

Eu o segui, e muito pouco caminhamos,
Quando o som d'água tão próximo veio
Que mal nos ouvíamos em nossa conversa.

DANTE ALIGHIERI, *Inferno*, Canto XVI.

Abri os olhos. Assim como antes, levei alguns segundos para me lembrar por que a luz passando pelas cortinas do meu quarto estava tão estranha. Porque não estava no meu quarto.

Dessa vez, quando virei a cabeça e vi o menino na cama ao meu lado, não pirei... até ver o livro que estava lendo.

Eu me sentei... rápido demais. Eu me joguei de novo no travesseiro e cobri os olhos.

— Dor de cabeça? — perguntou John. O tom de voz era de ajuda, mas também um pouco... alguma outra coisa. Não sei dizer o quê.

Assenti. Não estava mesmo com dor de cabeça. Dormi super bem, sem sonho nenhum.

Mas achei que *em breve* teria uma se tivéssemos de conversar sobre o livro que estava lendo.

— Aqui — disse ele. Olhei por entre os dedos para ver o que estava me oferecendo.

Xícara e pires. Eu me sentei, mais devagar dessa vez.

A xícara tinha chá quente e leite. Eu a peguei e dei um gole, olhando para ele com cuidado.

— Como você está? — perguntou ele.

— Estou bem — respondi. Notei que ele já tinha tomado banho. Seus cabelos estavam úmidos. Estava usando uma camiseta novinha e jeans. Estava até de botas.

Eu, por outro lado, ainda usava meu vestido branco. Não foi feito para ser usado como camisola e estava escandalosamente amarrotado. Em termos de aparência, ele estava na vantagem.

Na esperança de tirar o foco do livro, que eu já sabia que ele não ia esquecer — e sabia que precisaríamos ter essa conversa, só não queria que fosse antes do café da manhã —, perguntei com uma voz alegre demais:

— Está indo arrumar os mortos?

— Pegar Frank — disse ele.

— Ah — falei. Tinha me esquecido de Frank. — Bem, diga oi para ele por mim. Espero que tenha se divertido com Kayla.

Levantou o livro. Droga.

— Onde você conseguiu isto? — perguntou com uma voz dura como pedra.

— Onde *você* conseguiu isso? — retruquei. Sempre melhor ser ofensiva do que defensiva. — Acho que estava na minha mochila, minha propriedade particular, e você o pegou. Deveria saber que...

— Acho que uma parte de *coabitar* significa que o que é meu é seu, e o que é seu é meu, como você provou ontem quando vasculhou cada uma das minhas coisas enquanto eu trabalhava. Ou não foi assim que encontrou sua mochila? — perguntou.

Tomei outro gole do chá enquanto pensava no que responder. Ele me pegou direitinho.

— O Sr. Smith me deu o livro — respondi. Decidi que a verdade era o melhor caminho.

— O Sr. Smith — disse ele com uma careta. — Eu deveria ter adivinhado.

— É — falei —, deveria mesmo. E o que foi aquilo ontem à noite com Patrick e as romãs?

Seu rosto ficou um pouco mais pálido.

— Achei que você sabia — disse ele.

— É claro que não — respondi. — Você fez com que fôssemos embora antes de eu descobrir.

— Você disse ontem à noite — pegou minha xícara e tomou tudo, como se precisasse de uma força; depois colocou a xícara em outro lugar — que entendia as consequências.

— Não vai *ter* consequência nenhuma — falei. — A vida não cresce em um lugar de morte. Chequei com o Sr. Smith.

— Foi *isso* que você quis dizer? — Ficou ainda mais pálido.

— Ué, claro. O que *você* quis dizer?

Ele abriu boca, mas não falou nada. Manteve o olhar preso no livro que estava segurando. Parecia ter levado um soco no estômago.

— John. — Senti muita ansiedade, tanto por causa da expressão dele quanto por causa do silêncio. Fiquei de joelhos. — De quais consequências *você* estava falando? E o que Patrick quis dizer com aquilo de que posso comer o que quiser? Quando eu falei exatamente a mesma coisa ontem, você disse que eu...

Vi que retomou um pouco da cor nas bochechas e percebi uma coisa incrível: estava corado de tanta vergonha.

— Eu sei — interrompeu. — Sei o que falei ontem. Mas não queria você que achasse que poderia ir embora se... bem, se as coisas não dessem certo entre nós. Só queria que me desse uma chance. Achei que se sentisse que *tinha* de ficar porque as Moiras decretaram isso, então ficaria. Isso mostra o quanto eu queria que você ficasse. Menti. — Olhei para baixo, para o livro em suas mãos. — Agora vejo que foi a coisa errada a se fazer. Mas não tinham se passado nem 24 horas e você já queria ir...

— Eu queria fazer as coisas no meu ritmo — lembrei —, e não *ir embora*. Não são a mesma coisa, John.

— Entendo isso — falou. Levantou seu olhar de suplício. — *Agora*. E sinto muito. Se faz diferença, achei *mesmo* que você sabia. E passei mal por ter mentido para você. Quis contar, várias vezes. Mas simplesmente... não conseguia. E quando fomos na casa de sua mãe, vi o quanto sentia saudade dela, o quanto queria ficar lá, eu quase... Eu... Mas na hora, não tive como deixá-la ir. Fiquei quase feliz quando sua mãe apareceu — acrescentou com a ferocidade selvagem de sempre. — Foi uma boa desculpa pare levar você embora de novo.

Eu sei que devia estar muito chateada com ele... e parte de mim estava.

Porém havia outra parte que queria rir dessa determinação masculina, mas me contive, achei que rir não seria a resposta certa.

— Eu perdoo você — falei, séria. — Dessa vez. Mas não acredito que tenha feito uma coisa tão terrível. Melhor não fazer isso nunca mais. Sério, espero que o senhor dos mortos tenha um comportamento melhor. Principalmente quando falei tantas vezes que é você quem eu quero, não interessa onde está.

A expressão de um cachorro que levou muita surra do dono começou a sumir. Um olhar esperançoso tomou seu rosto.

— John — falei, fazendo carinho em seu rosto. — Não preciso de uma regra boba para me fazer ficar e tentar me acertar com você. Sempre vou fazer isso porque amo você.

Triste que isso tenha parecido novidade para ele.

— Sério? — perguntou, segurando minhas mãos. Havia um brilho ansioso em seus olhos.

— É claro que sim — falei, sorrindo.

— Que bom. — Levantou o *A história da Ilha dos Ossos*. — Então você leu isto?

Abaixei as mãos. Tivemos um momento importante em nossa relação, mas pelo visto não ia escapar daquele maldito livro.

— Partes — confessei. — As partes sobre o *Liberty*.

Ele franziu o rosto como se eu tivesse batido nele. A luz morreu em seus olhos.

— Então — disse ele. — Agora sabe a verdade sobre o homem que matei. Era o meu pai.

John ficou sem cor no rosto de novo, estava pálido. Havia sombras embaixo dos olhos e os lábios estavam tensos e fechados.

— Sei — falei, sentindo que a palavra veio de fora de mim.

— Acho que agora você entende por que não queria falar sobre isso — disse ele, abaixando o rosto. — É uma coisa vergonhosa. Você sabe desde sempre?

Levantei os ombros.

— Que era o seu pai? Só desde ontem à noite. Mas sempre soube que você devia ter suas razões. Disse que ele era um monstro. Foi o que falou sobre a sua família. — Mantive o olhar na capa do livro. — Todos menos a sua mãe.

— Eu odiava a maneira como ele a tratava — disse John. — As únicas vezes em que me lembro de vê-la feliz foi quando ele ia para o mar, e isso quando eu era bem novo. Depois que cresci, ele arruinou isso também, me forçando a viajar com ele, então eu mal a via. Ela era sua segunda esposa. Ele fez com que a primeira fosse muito cedo para a cova por causa das — olhou para mim com vergonha — traições e bebedeiras.

Acho que teria escolhido palavras menos discretas se estivesse conversando com um homem.

— Nossa — falei com a voz baixa. Sabia que minha família não era perfeita, mas estava percebendo que tinha sorte de tê-los... apesar da vovó.

— Os filhos com a primeira esposa — continuou John — não eram melhores do que ele. Eu era o único *filho* que trabalhava no *Hayden e Filhos*, apesar de ter três irmãos mais velhos. Meu pai nunca forçou nenhum deles a trabalhar no negócio da família. Eram incríveis em gastar os lucros todos... em mulheres e cartas. Percebi que alguém tinha que dar dinheiro para minha mãe, ou então ela acabaria na casa dos pobres. Essas casas não existem hoje em dia, mas eram lugares terríveis para onde mandavam pessoas, principalmente mulheres e crianças, que não tinham como se manter. O *Liberty* era o único navio que meu pai conseguiu não perder para os credores de meus irmãos. Você consegue entender isso, Pierce?

Fiz que sim e engoli com força o bolo que se formava em minha garganta. Ele estava com vergonha.

— Eu nem sabia que estávamos levando o diamante de Perséfone — passou o dedo por ele e tremi quando tocou minha pele — até que meu pai o mostrou para mim, quando já estávamos a caminho de Havana. Um de meus irmãos o ganhou em um jogo de cartas e encontrou um comprador em Isla Huesos. Muito conveniente, era só deixar o colar no caminho para a Inglaterra. Não gostei do plano, mas não tinha nada que pudesse fazer, uma vez que já estávamos no mar. Sabia que o colar provavelmente era roubado, mas não sabia de onde, nem quanto valia. Certamente não sabia que era... — Parou de falar.

— Amaldiçoado? — sugeri com a voz engasgada por causa do choro preso.

— Não é amaldiçoado — disse John, deliberadamente endireitando a corrente em meu pescoço — se está em você. É abençoado. Foi só no meio do caminho entre Havana e Isla Huesos que descobri que meu pai tinha feito um esqueminha com William Rector...

Ergui as sobrancelhas.

— Isso — disse John com tristeza —, da famosa família Rector. Meu pai contratou Rector e concordou em afundar o *Liberty* de propósito nos corais...

Isso não dava para entender.

— Afundar o próprio barco? *Por quê?*

— Era o que faziam na época — disse John com amargura. — Não com muita frequência, mas havia rumores. Capitães afundavam seus próprios navios, fingiam ser acidental, e dividiam as recompensas da restauração — podiam ganhar mil vezes mais em uma noite do que em *anos* no mar. Combinavam o local do tal acidente com um pirata. Na maioria das vezes, não tinha ninguém mais esperto.

— Tipo uma fraude de seguro — falei.

John concordou.

— Meu pai estava cheio de dívidas. O *Liberty* era um navio novo, era um bom navio. Podia levar umas boas pancadas no casco e se recuperar. Mas o mais importante era que meu pai podia pegar o diamante de Perséfone e dizer que estava perdido no mar. Ninguém jamais saberia a diferença, incluindo meu irmão... e o comprador.

— Roubar de seu próprio filho? Ai, John. — Meu coração se derreteu por causa dele.

Balançou a cabeça.

— Não, Pierce — disse ele. — Não foi por causa do colar que brigamos... ou que ele morreu. Eu não ligava para nada disso. Meu pai podia ter roubado o colar e se mandado para sempre, eu ainda desejaria que passasse bem. Foi o fato de que colocaria o *Liberty*, e a tripulação, em risco, e tudo por causa de alguns mil dólares a mais... Isso eu não tinha como permitir. *Henry* estava naquele navio, Pierce. O pequeno Henry, e mais três dúzias de homens, incluindo Frank, o Sr. Graves e o Sr. Liu. E se alguma coisa acontecesse com eles? E se alguma coisa desse errado? Bater um navio contra uma pedra nunca é a melhor ideia, mas era outubro... Outubro nunca foi um bom mês naquela área. As águas se agitam, quentes por causa do longo verão. As tempestades podem vir varrendo tudo no meio do nada.

Eu me lembrei do sonho. Havia *mesmo* uma tempestade varrendo tudo... e era John quem se perdia nela para sempre.

— Implorei para meu pai que não continuasse. Eu conhecia Rector. Uma das únicas obrigações que um pirata tem é recuperar a tripulação primeiro, depois a carga. Mas Rector preferia deixar uma pessoa se afogar do que perder um único saco de algodão, ainda mais se estivesse valendo muito. Sem mencionar no que aconteceria se provassem no tribunal que Hayden e Filhos bateu um navio para naufragar sua própria carga. O negócio acabaria para sempre. Mas vi o brilho nos olhos de meu pai. — O olhar de John ficou severo quando se lembrou. — Então brigamos. As coisas ficaram violentas, como sempre acontecia com ele porque era um alcoólatra. Dessa vez, pela primeira vez, reagi... e ele perdeu. Mas no final das contas, a maioria da tripulação era tão gananciosa quanto meu pai, o que faz sentido, já que foi ele quem os contratou, e queria continuar com o esquema do naufrágio. E você sabe o resto.

— Mas o *Liberty* não foi naufragado — falei —, ele chegou ao porto.

— Porque quando a tempestade chegou, só havia um homem bom o suficiente para navegar nessas condições sem matar metade dos homens a bordo. — Deu um sorriso triste. — Mas eles o jogaram no mar. Os homens que eram a favor do esquema resolveram não continuar.

— John, sinto muito — falei. — Não é à toa que odeia tanto os Rector.

— São uns sanguessugas — disse. O sorriso morreu. — Sempre atacaram os fracos e indefesos, tirando vantagem dos que não têm como se defender. Meu pai e William Rector eram homens detestáveis, cegos às necessidades dos outros, só viam as suas.

Foi interrompido por um som abafado. Engraçado que pareceu com o toque de um celular.

— O que é *isso*? — perguntei.

— Sei lá — disse ele, tão surpreso quanto eu. O som se repetiu com a mesma urgência. — Parece estar vindo...

Ele se abaixou e encontrou minha mochila no chão. Colocou-a a cama. O som veio de novo, só que mais perto.

— É o meu celular — falei, finalmente reconhecendo o tom. Peguei a mochila e comecei a procurar.

— Pierce — disse John —, isso não é possí...

Peguei o aparelho e ele tocou uma quarta vez.

— É, sim — respondi, irritada. — *É* possível, se você é rainha do Mundo Inferior. Tenho privilégios especiais. Não percebeu ainda? — *Número privado*, dizia a tela. Apertei o verde para atender. — Alô?

A pessoa que ligou não era desconhecida. Pelo menos não para mim. Era meu primo Alex. Reconheci a voz de cara.

— Pierce — disse ele. — Pierce?

Fazia sentido que a conexão estivesse tão ruim... cheia de interferências e tão distante que eu mal ouvia.

Só não entendi por que ele estava tão ofegante.

— Alex? — Coloquei o dedo na outra orelha, na qual não estava o telefone, para ouvir melhor. Esperança escolheu esse exato momento para entrar no quarto e parar na cama. Ficou andando pelo edredom, depois bateu no meu pé descalço com a cabeça e arrulhou muito alto. Eu a ignorei.

— Alex, não dá para ouvir muito bem. Dá para falar mais alto? Onde você está?

— Pierce — disse Alex com a mesma voz fantasmagórica, como se estivesse falando de um túmulo. — Eu... — Ouvi um chiado. —... nada tão idiota. Não sei quanto tempo vou conseguir aguentar.

— Peraí — falei. Dei uma olhada apavorada para John. — *Onde* você está? Sua voz está péssima. Achei que Frank e Kayla tivessem levado você para casa.

John já estava pegando o *tablet* no bolso. As pontas de seus dedos digitaram rapidamente. Eu não sabia o que estava fazendo. Tinha quase certeza que os *tablets* só funcionavam para procurar os nomes dos mortos, ou, no caso de John, checar as minhas atividades na terra. Mas talvez estivesse mandando uma mensagem para Frank.

— Não tem ar aqui, Pierce — disse Alex. Dava para ouvir seu choro. — Você tem que vir, rápido... não dá para chamar a polícia porque acho que alguns deles estão metidos nessa, e se ligar para o meu pai, ele só vai se meter...

Senti um arrepio nos braços.

— Alex — falei. Eu já estava me levantando e procurando meus sapatos. — A ligação está cortada. O que está acontecendo? Saiu de novo? Foi procurar o caixão? Porque nem terminaram de construí-lo ainda.

— Não foi *esse* caixão — disse Alex. Sua voz estava ainda mais longe. As próximas palavras foram como choros do além... só que quem estava no além era *eu*. — Eu descobri... sei onde estão escondendo tudo.

E mais nada. A ligação acabou.

— Escondendo o quê? Alex? — berrei, apertando tanto o telefone contra a orelha que machucou. — *Alex?*

Me virei para John, em pânico, segurando o telefone.

— Acabou a ligação. Ele está encrencado e a ligação acabou.

Sem falar nada, John me mostrou seu *tablet*. A tela mostrava a mesma coisa que o meu celular mostrou antes: Alex preso dentro de um lugar que parecia um caixão.

— Por que *você* está vendo isso? — indaguei, colocando os sapatos.

— Pierce — disse ele solenemente. — Você sabe por que estou vendo isso. Pense em quem sou.

Senti um horror gelado no corpo todo.

— Ele está morto? Não pode estar. Achei que tivéssemos salvado meu primo!

— Achei também — disse John. Seu rosto estava tão sério que meu coração deu um salto mortal. — Mas isso significa que ele está no cemitério.

— No cemitério? — Perdi o controle. — O que está fazendo no cemitério? Achei que Frank e Kayla o tivessem levado para casa.

— Levaram — disse John, olhando para a tela. — Ele deve ter saído de novo. Pierce...

— O quê? — Meu coração estava batendo duas vezes mais rápido que o normal. — Vamos John, temos que ir. Onde ele está exatamente?

John desligou o *tablet* e o afastou, ainda sem olhar para mim.

— Dentro do mausoléu dos Rector.

— *Dentro?* — Aquilo não estava fazendo sentido para mim. — Impossível. O que estaria fazendo lá?

— Não sei — disse John. Finalmente olhou para mim e, quando fez isso, vi a pena inundando seus olhos. — Mas, Pierce, lamento dizer que é tarde demais. Ele já está morto.

Nos profundos fossos chegamos,
O que circunda a triste cidade;
De ferro me pareciam feitos os muros.

DANTE ALIGHIERI, *Inferno*, Canto VIII.

— Ele não pode estar morto. — Foi isso que fiquei repetindo.

— Não pode. Você está errado. Só porque é o rei dos mortos não quer dizer que sabe de tudo. Estava errado sobre as Fúrias serem indestrutíveis. Então pode estar errado quanto a Alex.

— Está bem — disse John como quem está com vontade de dar um soco em alguma coisa. — Nós vamos até a praia encontrá-lo, e aí você vai ver que *isto*, que eu estou certo...

— *Não*. — Talvez eu estivesse histérica. Não sei. Só não parecia possível. Quando vi Alex pela última vez, estava vivo. Em pé, duro que nem um quadro porque eu o estava abraçando e dizendo que o amava, muito orgulhoso, ou ferido, para dizer que me amava também.

Mas estava vivo. Não fazia sentido. Como podia estar morto?

O que John ficou repetindo — que não precisávamos ir para a praia achar Alex — fazia menos sentido ainda.

John desistiu de insistir que, se alguém ia voltar para Isla Huesos procurar Alex, não seria eu. Desistiu de me lembrar do que tinha acontecido quando fui pela última vez — que em todo lugar havia uma Fúria me esperando para me machucar de alguma maneira. Basicamente, desistiu de falar qualquer coisa, exceto que Alex estava morto.

— Ele me ligou. Dentre todas as pessoas, ligou para *mim*, John. Eu vou ajudá-lo.

— Pierce — disse com compaixão e simpatia na voz, mas com a realidade dura nos olhos. — Não há necessidade. Ele está morto.

Eu me joguei nele com força.

— Eu também estava. Mas minha mãe me puxou daquela piscina e fez respiração boca a boca, e os paramédicos fizeram os primeiros socorros e voltei a viver. Lembra? Então pare de discutir e me leve até ele enquanto ainda há tempo.

Foi quando John parou de discutir, pegou meu braço e um... dois... três... *pisque*.

Estávamos na cripta de John. Mas não estávamos sozinhos.

Na luz escura do amanhecer, mal consegui distinguir a forma de dois homens com roupas que pareciam ser fantasias de piratas. Estavam jogados no chão semiconscientes, mãos e pés amarrados com pedaços do que parecia ser a própria roupa deles. Frank estava sentado com as pernas cruzadas ao lado deles, costas para a parede e uma garrafa vazia do rum Captain Rob's em mãos.

— Ah, olá — disse e acenou quando nos viu. — Bem-vindos à festa.

— O que aconteceu? — indagou John. Não parecia estar muito contente.

— Vim aqui para encontrar você, como planejamos, e encontrei *eles* esperando. — Frank mexeu a garrafa, que segurava pelo gargalo, e depois a moveu de novo. — Parece que estavam planejando uma enrascada para você e Pierce quando aparecessem. Em se tratando de músculos contratados, acho que não foram a melhor escolha. Geralmente, não é muito boa ideia beber em serviço... mas acho que os dois começaram no festival e não viram motivo para parar. Eu simplesmente apressei as coisas. Não foi, meus queridos amigos? — Frank deu um chute de leve em um dos homens inconscientes com a ponta da bota.

— Sai daqui — murmurou o homem antes de rolar na confortável cama de flores vermelhas e copos vermelhos. — Estamos esperando uma pessoa.

— Vai encontrar uma tumba para vocês — disse o outro. — Essa é nossa. Já era.

— De acordo com a minha experiência, desafiar um estranho para uma competição de bebida nunca dá certo — continuou Frank, dando uma piscada para mim —, principalmente quando a bebida em questão é a que o seu ex-chefe forçava a tripulação inteira a beber todos os dias. Lembra, capitão? Ah, memórias.

Frank levantou a garrafa. Pela primeira vez, notei que o rum Captain Rob's tinha a foto de um capitão no rótulo. Ele se parecia um pouco com John... se John fosse bem mais velho, com bigode grande, costeletas longas e um sorrisinho repulsivo no rosto.

Só então me toquei: o Capitão Rob do rum Captain Rob's era o *capitão Robert Hayden*. Qual dos parentes de John transformou a tragédia do alcoolismo de seu pai em um negócio lucrativo? Com certeza não foi John.

Eu o vi rindo com nojo.

— Devem ser amigos do nosso querido Mike — disse, olhando para os dois bêbados. — Duvido terem escalado a cerca do cemitério nesse estado.

Frank concordou.

— Não com aquelas pontas afiadas. Alguém deve ter deixado que entrassem.

— Da mesma forma que deixaram no dia do assassinato de Jade — disse John, pensativo. — Mike, provavelmente.

Frank se animou.

— Não pensei nisso. Podemos torturá-lo um pouquinho para descobrir.

John deu uma olhada inquieta em mim.

— Acho melhor irmos embora daqui e continuarmos nossa tarefa...

Eu nem estava escutando. Apesar de estar angustiada de preocupação com Alex, o cheiro dentro da cripta de John não era bom — um dos ou ambos os homens tinha vomitado em si mesmo.

— Certo — disse Frank, olhando para mim. — Eles estão bem presos. Não vão a lugar nenhum...

Fiquei aliviada ao ver que as correntes no portão de John ainda estavam quebradas. Certamente, foi como as duas Fúrias entraram. Sem esperar que ele me ajudasse dessa vez, abri o portão e saí da cripta. O cheiro fresco do ar da manhã foi um alívio.

Tinha parado de chover. O sol se esforçava para aquecer as nuvens ligeiras, tingindo o céu com tiras reluzentes de laranja, vermelho e lavanda. Isso era bom, significava que conseguiríamos enxergar. A cidade tinha começado a desligar todas as luzes dentro e em torno do cemitério em uma tentativa de combater o que, segundo o jornal, o departamento de polícia chamou de "vandalismo adolescente".

Alguns de nós sabíamos que vândalos não tinham nada a ver com isso, e desligar as luzes não ia fazer nada para melhorar a situação.

— ... até chegar na porta — ouvi Frank falando lá atrás enquanto andava rápido no caminho de pedrinhas. — Eu dei o telefone e as chaves, como você mandou, depois esperamos e ele entrou. Nós o *vigiamos*.

— Acredito em você — disse John com voz calma. — E o veículo dele?

Eu sabia do que estavam falando. Alex. Frank estava se defendendo, insistindo que tinha completado sua missão de levar Alex para casa em segurança.

Eu tinha certeza de que Alex tinha *mesmo* chegado em casa em segurança, mas saiu escondido de novo. *Por quê?* Por que não me escutou? Por que não escutou Kayla?

Meu coração estava tão rápido quanto o de um rato enquanto andamos até o mausoléu dos Rector, facilmente visível no meio de todas as tumbas. Era o maior do cemitério. Com dois andares de altura e feito todo em mármore reluzente, tinha sua própria cerca e uma corrente, como nos museus chiques, com uma placa mandando que ninguém tocasse. Atrás da corrente, um gramado, talvez o único em Isla Huesos inteira. Climas tropicais, segundo explicou o arquiteto de mamãe, não eram bons para grama. Os Rector pagavam uma fortuna para mantê-la.

— ... não sei como chegou lá, mas não foi dirigindo — dizia Frank. — Enfiei a faca da minha bota em cada um dos pneus.

Mas Alex não precisava de carro para chegar ao cemitério. A casa de minha mãe ficava apenas a algumas quadras dali, e a casa da vovó, onde Alex morava, era mais perto ainda. Provavelmente veio andando.

— ... não queria ir para casa. — A voz de Frank chegava até mim carregada pelo forte vento que também movia os topos das palmeiras, plantadas em intervalos regulares entre as tumbas e as estátuas de anjos chorando.

— *O quê?* — A voz de John foi incisiva.

— Ela não queria — disse Frank. Soou defensivo. — Você sabe como as meninas são hoje em dia. Querem o que querem. Ela não queria ir para casa. Disse que não estava tarde e queria ficar na rua.

— Então *onde* ela está? — John parecia alarmado.

— Não sei. Ela me deixou aqui. Não sei aonde foi depois...

— Ela deixou você *aqui*?

Percebi que estavam falando sobre Kayla. Não fiquei preocupada. Se tinha uma pessoa que podia cuidar de si mesma, era Kayla. Alex era quem me preocupava. Não foi isso que tio Chris falou? Meus olhos se encheram de lágrimas quando me lembrei da conversa que tivemos na casa de minha mãe. Eu nunca era a pessoa com quem ele achava que devia se preocupar, disse ele.

Eu devia ter cuidado de Alex porque era com ele que tio Chris sempre se preocupava. E agora eu o tinha decepcionado.

Vi os pássaros antes de enxergar as portas do mausoléu. Estavam exatamente como os que vi no Mundo Inferior, pretos, voando em círculos, dezenas deles, fazendo um voo em rodas acima do mausoléu dos Rector. Tão silenciosos quanto a morte.

— Meu Deus — falei e comecei a correr.

John chegou na porta primeiro. Eram portões, como em sua própria cripta. Mas a dos Rector não era fechada por ferro fundido, decorativo e enferrujado. Era mantido com corrente de bicicleta e cadeado. Era aço grosso e preto, moderno e novo, como portas de uma cela de prisão com a tranca embutida.

Eu me joguei nelas, segurando-as com as duas mãos e balançando-as em pânico.

É claro que não se abriram.

— Tudo bem — disse John, me acalmando. — Pierce, tudo bem, eu abro.

— Como? — Minha voz tinha um tom histérico. — *Como?*

— Afaste-se — disse ele, me empurrando com cuidado na direção de Frank, que pegou meus ombros e me afastou mais ainda.

Então John fez uma coisa que me deixou completamente chocada... embora eu não devesse ficar, depois de tudo que passei com ele e do que já o tinha visto fazer. Ele se virou e, do mesmo jeito que fez com os portões do cemitério naquela noite terrível em que brigamos muito, quando jogou meu colar fora, chutou as portas de aço grosso. O barulho foi tão alto que tapei os ouvidos e me virei preocupada para ver se tinha acordado alguém.

É claro que não. Estávamos no meio de 19 acres de tumbas. Não havia ninguém acordado... exceto os mortos.

Os portões se abriram.

John entrou e eu o segui, minha pulsação estava rápida. O mausoléu era feito de paredes e mais paredes de cúpulas fúnebres, uma em cima da outra, com placas finas com nomes embaixo de cada uma. Começava no topo com William Rector e sua esposa, depois seus filhos e suas esposas, e seus filhos e netos, e assim por diante, seis em cada pilha. Os Rector tinham tanto talento em fazer filhos quanto em construir negócios lucrativos. À medida que as cúpulas chegavam na altura dos olhos, as datas ficavam mais recentes, até que finalmente veio uma dúzia em cujas placas não havia nomes.

No centro do mausoléu havia uma braseira elaborada e grande onde queimava uma chama eterna alimentada pelo ar livre... o prédio não tinha teto. Uma proteção de cobre separava as chamas dançantes dos elementos. No topo da proteção havia uma estátua de bronze, sinistramente feia, em estilo moderno. Era a estátua de um casal vestindo togas, envoltos em um abraço. Em suas mãos havia um pedaço de fruta. Não deu para ter certeza, porque o realismo não era a especialidade do artista, mas para mim pareciam ser romãs.

— Meu bom Deus — disse Frank quando viu a estátua. Ele nos seguiu até ali. — Rector é mais doente do que qualquer um de nós achou. Nunca desejei ser cego, como Graves, mas agora desejo, só para não ter que olhar para *isso* de novo.

— Frank — disse John, olhando para mim. — Fique quieto.

— Mas o *que* eles fazem aqui? — Frank queria saber. — Fazem piqueniques com seus parentes mortos e admiram sua arte horrorosa?

Ignorando Frank, fiquei em pé na frente de todas as cúpulas, punhos cerrados. Estava difícil respirar. Era como se a estátua estivesse me vigiando... *rindo* de mim.

— Alex está em qual? — perguntei. — Como vamos saber?

John veio para o meu lado e me ajudou a ler os nomes nas placas.

— Está em uma vazia.

Meu coração ficou apertado.

— É claro que está. — Se o colocaram em um caixão junto com um corpo... nem queria pensar nisso. — Mas têm tantos vazios...

Eu me distraí quando percebi que Esperança estava bicando alguma coisa no chão... alguma coisa que logicamente não era comestível porque tinha um tom estranho de vermelho, e não tinha o formato de flor.

— Esperança — falei para ela. — Pare com isso.

É claro que ela não parou. Deu um salto para trás quando me aproximei para tirar o objeto dela. Ficou fora de meu alcance, como se irritada por eu atrapalhar sua refeição, e começou a bicar em outro lugar. Eu me abaixei para examinar o que ela estava tentando comer.

Era uma fita longa e fina... exatamente o tipo de fita que pode ter caído do pompom de uma menina vestida de líder de torcida e grudado no sapato do namorado.

Na frente da fita, havia uma cúpula no nível do chão. Não tinha nome na placa.

— *Essa* — falei para John, apontando. — É essa aqui!

Sem hesitar, ele abriu o topo da cúpula fúnebre, apesar de estar fechada.

Lá dentro, havia um caixão. Por que haveria um caixão em uma cúpula cuja placa não tem nome?

Fiquei lá parada com o coração na mão enquanto John e Frank se esforçavam para tirar o caixão dali. Não era feito em casa, não era feito de madeira caseira, nem pintado com as cores da escola de Isla Huesos. Era um caixão *real*, um caixão fúnebre, na verdade, com acabamento de verniz preto, tamanho de homem adulto... e lacrado.

Fiquei sem ar. Seria algum parente de Seth que acabaram de enterrar? Talvez a placa não tivesse chegado? Será que cometemos um erro? Estávamos violando a última morada de descanso do avô de Seth Rector?

Mas era tarde demais. Porque quando finalmente tiraram o caixão da cúpula, Frank acidentalmente deixou uma das pontas escorregar. O caixão caiu e a tampa se abriu. Houve um som chiado, como ar saindo.

Ai, não, sussurrou uma voz dentro de mim. *Ai, não, ai, não.*

Aí a pessoa que estava sentada dentro do caixão, na tentativa de sugar o máximo de ar possível das bordas, caiu de costas no chão duro de pedra do mausoléu. Seus cabelos pretos estavam grudados de tanto suor. Seus olhos estavam fechados.

Era Alex.

Estava morto.

Tomba na floresta onde o acaso mandar,
E como lhe consente o seu Destino,
Germina ali tal qual um grão de centeio.

DANTE ALIGHIERI, *Inferno*, Canto XIII.

Soltei um choro baixinho e caí de joelhos ao seu lado. Pedras afiadas morderam a carne nua de meus joelhos, mas mal notei. O rosto de Alex estava vermelho e queimava ao toque.

Não tem ar aqui, Pierce, disse Alex. *Você tem que vir, rápido...*

Alex era chato de vez em quando, de fato. Ele se recusou a me deixar saber o que estava tentando fazer — se vingar do que achava que o Sr. Rector tinha feito com seu pai —, e quando contou era tarde demais.

Isso não justificava o que fizeram com ele. Frank disse que os Rector são doentes. Mas que tipo de doença faria com que qualquer pessoa fizesse *isso*?

— Alex. — Segurei seu ombro e o sacudi. — Alex!

Não se moveu.

Percebi que era tarde demais. Meu coração foi desacelerando, parecia bater apenas uma vez por minuto. Era tarde demais.

— Cadê meu celular? — perguntei me sentindo como se estivesse em um sonho. — Precisamos... precisamos chamar uma ambulância.

— Pierce — disse John. Foi a voz mais triste que já ouvi. — Desculpa, mas é...

Tarde demais.

— Ligue para o 9-1-1! — berrei para ele.

John levantou os ombros e colocou a mão no bolso para pegar o celular que eu pedi que guardasse. Meu vestido não tinha bolsos, não quis levar bolsa para uma missão de resgate.

Só que não havia resgate. Porque era tarde demais. Alex estava morto.

Olhei para Alex de novo e bati em seu peito. É claro que eu sabia fazer os primeiros socorros. Não tem como morrer e voltar graças aos primeiros socorros que alguém fez em você sem captar ao menos as noções básicas. E fiz um curso sobre isso.

Mas tudo que aprendi no curso saiu da minha mente.

Eu me abaixei para soprar na boca de Alex. Minhas lágrimas caíam em seu rosto, fazendo novos caminhos nas manchas de sujeira. Nem tinha percebido, até então, que estava chorando.

Eu deveria estar ajoelhada pensando em como explicaria tudo aquilo para tio Chris, minha mãe e minha avó, é claro (se bem que não devia nada para ela, certamente não explicações).

Deveria estar pensando em Alex, e como era injusto que sua vida tenha sido interrompida tão cedo, ainda mais porque foi tão infeliz por tanto tempo. Merecia mais do que isso. Não era assim que deveria terminar.

Em vez disso, estava pensando que ele não disse que me amava. Eu sabia que sim. Provavelmente. Sabia também que pouco importava. Não merecia seu amor porque cheguei tarde demais. Eu seria amaldiçoada — sim, *amaldiçoada* — antes de deixar outra pessoa que amo morrer porque cheguei tarde demais.

Foi quando me ocorreu que eu não precisava fazer isso porque conhecia uma pessoa que daria um jeito, sem boca a boca, massagem cardíaca, nada... uma pessoa que poderia solucionar tudo com um simples aceno.

Por que não pensei nisso antes?

Levantei o rosto e me virei para John. Fiquei surpresa ao ver que já estava ajoelhado ao meu lado. Estava usando jeans, então as pedrinhas não estavam cortando seus joelhos.

— Liguei — disse ele com o rosto pálido e tenso sob a luz do alvorecer. — Estão vindo. Se não quisermos que nos vejam, temos que ir em breve, Pierce.

— Não — falei e segurei sua mão. Sorri por entre as lágrimas sentindo uma alegria repentina. Ia ficar tudo bem. — John... tive uma ideia. Você pode curá-lo. Como fez comigo, com o meu corte e minha garganta. Você pode trazê-lo de volta, como fez com o pássaro naquele dia.

John ficou olhando para mim sem entender.

— O quê?

Como assim não entendeu o que falei?

— Quando conheci você — comecei a explicar. Limpei as lágrimas das bochechas. Não precisava mais chorar. Era um milagre. — Lembra? Eu estava bem aqui no cemitério. O pássaro que encontrei no funeral de meu avô quando eu tinha 7 anos, o que se parecia muito com Esperança. Estava morto, eu estava chorando. Para me alegrar você o ressuscitou. Você pode fazer o mesmo com Alex. — Peguei suas mãos e as coloquei sobre o corpo inanimado de meu primo. Sorri para ele. — Faça. Faça agora e podemos ir embora. Podemos todos ir para casa.

John deixou as mãos onde eu as coloquei, mas balançou a cabeça como se eu fosse um pouco louca. Mas isso não era raro de acontecer. Todo mundo me olhava daquela maneira. Estava acostumada.

— Pierce — disse John sem tirar os olhos de mim. — Eu falei no dia em que você pediu para que eu ressuscitasse o seu avô, lembra? Pássaros não têm alma. Humanos têm. Não é o mesmo. Não posso fazer isso.

Era verdade. Eu me lembrei de ele ter falado aquilo. Mas não ia deixar um pequeno detalhe como esse bloquear uma coisa que eu sabia que ele podia fazer. Tinha alguma coisa que podia fazer.

— Como você sabe? — perguntei para ele. — Já tentou alguma vez?

— Na verdade — disse Frank, encostado na parede das cúpulas opostas a nós —, tentou, sim.

Olhei para ele, perplexa.

— Tentou?

Frank fez que sim e examinou as unhas.

— E teve muito sucesso. Assim de cabeça, lembro de umas quatro vezes em que fez isso.

John virou a cabeça para dar um esporro em Frank.

— *Frank, cale a boca.* — Um trovão rugiu lá longe.

Olhei para John me sentindo confusa.

— Bem, se já fez isso antes, por que não faz agora, por mim? — perguntei. — Eu sei que você pode. — Dei um sorriso confiante para ele.

— Porque não foi certo — disse John. Sua voz era gentil, mas dava para ver a tempestade se formando em seus olhos. Ele ia brigar comigo por isso. Não sei por quê, mas ia. — Foi quando comecei e não sabia das coisas direito. Não entendia as consequências.

Consequências, novamente. Que droga de consequências.

— Quais foram as consequências? — Engoli a saliva e sorri. Não queria que visse que eu tinha as minhas reservas. Porque não tinha.

Outro trovão, mais alto. Olhei para cima e vi que os pássaros tinham ido embora. Para onde foram? Apenas Esperança ficou. Tinha voado até a estátua grotesca e estava sentada na romã.

— As consequências *não* valeram a pena — disse ele com firmeza.

— Isso — disse Frank — é uma questão de ponto de vista. Fico muito grato por estar vivo, e acho que os outros concordariam comigo, se perguntassem para eles.

Olhei para Frank e John e Frank de novo.

— Quer dizer que...

— Isso mesmo — disse Frank. — O capitão encontrou Graves e Liu e Henry e eu mortos como uma porta depois daquela tempestade de outubro. Acho que se sentiu mal porque nos ressuscitou...

— E eles foram forçados a passar o resto da eternidade comigo no Mundo Inferior. — A voz de John foi um chicote e seus olhos pareciam duas tempestades, estavam muito negros e furiosos. — Então está vendo, Pierce? Há um preço a ser pago. Posso trazer seu primo, mas não para a vida que conhecia. Deixe que ele vá para o que o espera no outro lado. Tenho certeza que vai ser mais feliz e vai se sair melhor.

Mordi o lábio.

— Não cabe a você decidir isso.

— Na verdade — disse ele com calma —, cabe, sim.

Meus olhos se encheram de lágrimas de novo. Não dava para acreditar que aquilo estava acontecendo. Saí das profundezas do desespero para o máximo da esperança, tudo para que ele jogasse essa esperança da mesma forma... bem, da mesma forma que joguei o chá no rosto dele quando fugi.

— Pierce — disse ele com uma voz que parecia tanto desesperada quanto determinada. — *Não chore.* Estou falando sério. Não vai fazer diferença. Não vou mudar de ideia. Se eu soubesse que trazer Frank e os outros de volta faria com que fossem sentenciados a passar a eternidade no Mundo Inferior, acha que eu teria feito isso?

— Por que não? — perguntei. Deixei as lágrimas correrem. Era fácil chorar. Só tinha de olhar para o corpo mole de Alex e as lágrimas vinham sem esforço algum. — Você pareceu bem feliz em fazer comigo.

Silêncio. Então John perguntou com cuidado:

— Como assim?

— A *consequência,* John? — Dei uma gargalhada amarga. — Perséfone não foi amaldiçoada a ficar no Mundo Inferior porque comeu uma romã. Foi amaldiçoada a ficar porque fez com Hades *o que nós fizemos ontem à noite.* É isso que a romã simboliza, não é?

John ficou me encarando sem falar nada. Mas vi que eu estava certa quando a cor começou a aparecer em suas bochechas... e pelo fato de não ter tentado me contradizer.

E, é claro, pelo fato de a coisa toda estar na minha cara, bem na estátua na qual Esperança estava sentada. Não entendi por que os Rector eram tão obcecados com o mito de Perséfone a ponto de colocar uma estátua dela no mausoléu, mas era claro que estavam envolvidos em um mundo inferior de um jeito ou de outro.

— Não se preocupe — falei com a voz mais baixa para que Frank não ouvisse. — Não estou culpando você. Perguntou se eu tinha certeza, apesar das consequências. Eu disse que sim. Mas achei que as *consequências* para mim fossem um *filho, e* eu já sabia que isso não aconteceria. Acho que o Sr. Smith deve ter dito para você ontem à noite que descobriu que a romã simboliza uma coisa completamente diferente do que filhos *ou* morte...

— Pierce. — John pegou minha mão. Seus dedos estavam congelando, mas a voz e o olhar tinham uma urgência que não era nem um pouco fria. — Não foi isso que fiz. Eu amo você. Sempre amei porque você é boa... tão boa que me faz querer ser bom também. Mas esse é o problema, Pierce. Eu *não* sou bom. E sempre tive medo de que quando você descobrisse a verdade sobre mim, fugiria de novo...

Peguei ar para dizer pela milionésima vez que isso não era verdade, mas ele me interrompeu, não permitiu que eu falasse até que dissesse o que tinha de dizer.

— Aí você quase morreu ontem — continuou —, e foi culpa minha. Eu queria mostrar o quanto a amo, e as coisas... as coisas foram um pouco mais longe do que esperei. Mas você não me parou — seus olhos prateados brilharam como se estivesse me desafiando a negar —, apesar de eu ter *dito* que podíamos ir mais devagar se você quisesse.

— Eu sei — respondi com calma. Abaixei a cabeça e olhei para nossos dedos unidos. Cada um de nós estava com uma das mãos sobre Alex. — Sei que disse.

— Não quero perdê-la de novo — falou com determinação. — Eu a perdi uma vez e não aguentei. Não vou passar por aquilo de novo. Eu... eu sei que fiz a coisa errada. Mas não me pareceu errada na hora.

Olhei para ele.

— Pelo menos sobre isso você tem razão — falei.

— Então estou perdoado? — perguntou.

Fiquei pensando, confusa pela miríade de emoções que estava sentindo. John *sabia*. Soube o tempo todo na noite anterior que estava unindo meu destino ao dele para sempre.

Claro, também achou que eu soubesse. Perguntou se tinha certeza que era aquilo que queria, apesar das consequências. Posso ter compreendido mal o que essas consequências eram, mas respondi de forma firme. Falei que sim. E falei honestamente.

— Com licença — disse a voz de Frank na parede oposta —, mas acho que vocês deviam dar uma olhada no corpo.

John e eu olhamos para baixo. Sob as mãos que deixamos encostadas em cima dele, Alex voltou a viver.

Depois de muito girarmos
Chegamos na parte onde o barqueiro
Gritou: — Saí, eis a entrada".

DANTE ALIGHIERI, *Inferno*, Canto VIII.

Era impossível.

— Ei — murmurou Alex. Suas pálpebras começaram a se mexer. Levantou uma das mãos para lutar contra um inimigo invisível. — Sai de cima de mim. Mandei *sair*.

— Não — murmurei, retirando minha mão de cima dele rapidamente. — *Não*. — Olhei para John completamente chocada. — Você fez isso?

Olhou para mim com uma expressão tão incrédula quanto a minha.

— Não. Quer dizer, não quis fazer.

John não estava contente. Estava tudo menos isso. Suas sobrancelhas grossas e negras formaram um V enquanto olhava para Alex, que ficou murmurando "pare com isso" antes de abrir os olhos totalmente.

— Ai, Pierce — disse ele quando me reconheceu —, tive o pior pesadelo do mundo. O que... aconteceu?

— Você é um idiota — interferiu Frank para informar — e alguém tentou matá-lo. Foi isso que aconteceu.

— Frank — disse John, irritado. Olhou para Alex de novo. — Como se sente? Acha que dá para andar?

Não entendi por que John perguntou isso, até que ouvi... o som da sirene lá longe. A ambulância que mandei chamar estava a caminho. É claro que não precisávamos mais dela.

Fiquei me perguntando como o veículo entraria no cemitério com os dois portões trancados. Os paramédicos não tinham a chave.

A não ser que Mike voltasse para ajudar seus amigos a *saírem*...

— Eu... não sei — disse Alex. — Estou me sentindo estranho. — Olhou para o meio do nada. — É o sol nascendo? — perguntou — Ou se pondo?

Frank olhou para onde ele estava olhando.

— Nascendo — respondeu.

— Que lindo — disse Alex com uma entonação vaga. — Tão vermelho.

Fiquei surpresa. Ele nunca ficou comentando sobre a beleza das coisas, tipo o nascer do sol, antes. Talvez morrer tenha lhe fornecido um carinho novo pela vida.

É claro que sim. Era um sobrevivente de EQM agora, como eu.

— Não tem nada de lindo nesse céu — disse Frank com uma risada. — *Céu vermelho ao deitar, marinheiro fica animado. Céu vermelho ao acordar, marinheiro toma cuidado.* Isso significa que tem uma tempestade vindo, menino. Muito maior do que a que acabou de passar.

John deu uma olhada exasperada em Frank. Enquanto isso, Alex deu uma olhada no caixão ao seu lado, tampa aberta. As coisas pareciam estar voltando a ele vagarosamente, a julgar pela sua expressão.

— Meu *Deus* — disse, engasgando.

— Alex. — Peguei suas mãos com o coração cheio de pena por ele. E por tio Chris. Nenhum dos dois fazia ideia de onde estavam se metendo. — Sei que isso que você passou deve ter sido horrível. Tentei vir assim que entendi, mas...

— Foram eles, Pierce — disse Alex. Levantou seus olhos negros e vi que não estavam cheios de dor. Estavam queimando de raiva... e de um desejo que só posso achar que era sede de vingança. — Eu sabia. Eu saí e segui todo mundo. Vieram para cá. Sabe para quê?

— Alex — falei. Não senti mais pena. — Nenhum deles importa agora. Tenho uma coisa importante para falar. — Porque percebi que ele não sabia. Não entendia o que tinha acabado de acontecer com ele, ou lembrar...

— Não, importa, *sim* — disse Alex com força, levantando as sobrancelhas. — Seth e aqueles caras agem como se fossem donos da ilha. Mas adivinha! Agora a gente pegou eles. Eu segui todo mundo escondido e vi onde guardam as coisas hoje em dia. Aqui. — Apontou para o caixão.

— Mas... está vazio.

— Está, *agora* — disse Alex, animado. — Porque quando me viram espionando, tiraram tudo e me colocaram dentro do caixão. Mas não é genial? *Ninguém* vem neste cemitério porque é assombrado, sei lá, então não tem câmera de segurança, luz, nada. Aposto que foi por *isso* que Jade morreu. Eles a viram andando por aqui e apagaram ela.

Alex até podia estar certo.

— Eles acham que me calaram me colocando aqui — disse Alex, se sentando. Não estava me escutando. — Adivinha quem manda agora? Eles vão surtar! Acham que estou morto. — Gargalhou. — Vamos mostrar para eles.

— Alex, hum — falei olhando para John. Sua boca era uma linha fina, quase não se viam os lábios. — Tenho que contar uma coisa para você...

Fui interrompida pelo choro de uma mulher. Todos olharam para mim.

Apesar de certamente querer chorar, não estava chorando. Virei a cabeça e fiquei chocada ao ver Kayla sentada perto da braseira. As lágrimas corriam pelo seu rosto. Não tinha nem tirado a fantasia do Festival do Caixão, apesar de sua maquiagem estar escorrendo nos cantos dos olhos e de ter perdido a capa.

— Me... me desculpa — disse ela com uma das mãos esticadas. Mostrava a palma da mão para nós. — É que... alguém tem que contar a verdade para ele.

John virou a cabeça e fuzilou Frank com o olhar.

— O que ela está fazendo aqui? — indagou com muita raiva.

— Sei lá — murmurou Frank e foi para o lado de Kayla. — Kayla, há quanto tempo você está aqui, querida?

— O suficiente para entender exatamente o que está rolando com vocês — disse ela com voz alta.

— Kayla. — Eu me levantei. A sirene estava bem perto agora.

Ela me ignorou e tirou o braço para que Frank não a tocasse.

— Deixe-me explicar — disse ele.

— Não preciso das suas explicações — disse Kayla. Seu peito subia e descia de maneira dramática, iluminado pela luz do começo da manhã. — Achei que tinha alguma coisa estranha com vocês todos, só não saquei o que era. Mas agora sei. Faz todo sentido. — Seus olhos negros, cheios de lágrimas, brilharam conforme seu olhar acusador focou em cada um de nós. — Sei que lutam no lado do bem e quero me juntar a vocês. — Ela se virou para Frank, tirou os cachos de cima do pescoço e fechou os olhos. — Pode vir.

Houve um longo silêncio. Todos olharam para o pescoço fino de Kayla. Frank olhou para John sem esperanças.

— Não tem como — disse ele. — Vamos ter que levá-la conosco. Ela sabe tudo.

— *Não* — disse John. O trovão agora foi bem em cima de nós, tão alto que abafou até o som da sirene.

— Kayla — disse eu, e fui até ela sacudir seu ombro. — Ninguém vai morder você.

Ela abriu os olhos, confusa.

— Então... como você ressuscitou Alex daquele jeito? Como John chutou o portão? Como John trouxe *Frank* de volta? O que os Rector estão escondendo no caixão? Do *que* vocês estão falando?

Frank tinha razão. Ela sabia tudo mesmo. Ou quase tudo.

— Jesus Cristo — disse Alex com os olhos bem abertos e medrosos. — O que ela está falando? Tomou alguma coisa? Porque eu não voltei do mundo dos mortos. Quase morri, mas não morri. Não como Pierce.

Dei uma olhada com pena para ele. Era óbvio que não tinha visto a luz.

— Ela vai falar e vão matá-la — disse Frank para John. — Já mataram *ele*. — Apontou para Alex. — Por que acha que não vão fazer o mesmo com ela?

Alex ficou ainda mais nervoso.

— Por que vocês insistem em dizer que estou morto? *Eu não estou morto.*

John foi para cima de Frank e sussurrou:

— É o reino dos mortos, e não uma casa segura para uma menina.

— Por que não? — perguntou Frank sem parar de encará-lo. — A sua menina está lá... *capitão.*

Arregalei os olhos. Achei que John fosse bater nele. O velho John teria feito isso.

Mas apesar de seus punhos estarem cerrados, ele não os levantou. Deu um suspiro profundo e controlado.

Não era o velho John selvagem. Era um novo John... ainda cheio de comportamentos imprevisíveis, mas com um comportamento bem mais pensado do que antes de ir para o Mundo Inferior.

Fui até ele e murmurei, deslizando minha mão dentro da dele.

— Frank está certo. Não temos como deixá-la aqui. Eles mataram Jade e agora Alex. Talvez ela possa ficar um pouco. Só até as coisas se acalmarem. — Dei uma olhada nervosa para Frank. — Podemos tentar mantê-los em lugares separados do castelo.

John se virou para mim. Seu olhar era um misto de incredulidade e ceticismo.

— E como vamos fazer isso exatamente? — perguntou.

— Da mesma forma que ressuscitamos Alex — respondi — e nos livramos daquela Fúria. E que vamos nos livrar do resto delas. E dos Rector também, eventualmente. — Levantei o diamante e o mostrei para ele. — Trabalho em equipe.

Os músculos da mandíbula dele ficaram tensos.

— Pierce — disse, olhando para mim. — Está...

Preto. É assim que terminaria a frase. Se eu não estivesse tão preocupada com tudo que estava acontecendo, teria olhado para a pedra e notado sozinha, ou visto que Esperança saiu voando alto, círculos pequenos acima de nós, soltando gritos de alarme, morrendo de medo de alguma coisa.

Mas era tarde demais. Quando percebemos o perigo, já estava à porta.

A voz familiar foi tão alta que abaixei a cabeça. Achei que tinha vindo de mais perto. John também teve a mesma impressão. Jogou um braço sobre meus ombros para me proteger.

— Pierce Oliviera — chamou o comandante Santos. — Sabemos que está aí. Está invadindo propriedade privada. Por favor, saia agora e você e seus amigos não vão se machucar.

John foi o primeiro a perceber o que estava acontecendo.

— Megafone — disse ele, se esticando. — Devem estar bem ali fora.

Frank correu para ver. Esticou-se na parede de um ancestral de Rector. Fez que sim com a cabeça e veio para o nosso lado de novo.

— Polícia — disse Frank. — Pararam o carro bem no pátio. — Abaixou a voz para que Kayla e Alex não ouvissem. — Parecem estar extremamente bem-armados.

Percebi que a sirene que ouvimos não era da ambulância.

— Erro meu — murmurei. — Rastrearam a ligação para o 9-1-1. Não acredito. Que burra eu sou.

John apertou o abraço para me apoiar.

— Não é culpa sua — disse ele, apontando. — Olhe.

Olhei para onde indicou. Não tinha notado antes, mas em cada um dos quatro cantos da área aberta da braseira havia uma câmera de segurança. Estavam apontadas bem para nós. Filmaram todos os nossos movimentos.

— Novamente — explodiu a voz do comandante Santos. — Você está invadindo propriedade privada. Vou contar de cinco. Se não sair até chegarmos no um, vamos usar de força para tirá-la daí. *Cinco...*

Kayla veio para o meu lado com olhos grandes e amedrontados.

— É o comandante da polícia — disse ela, preocupada. — Lembra do discurso na escola? Eu reconheceria essa voz em qualquer lugar.

John tocou o braço de Kayla como se quisesse confortá-la. Frank pegou sua mão.

Foi nesse momento que percebi que John já tinha se decidido... ou percebeu que as Fúrias tomaram uma decisão por ele. Não havia como voltar.

A rima de Frank me veio à cabeça. *Céu vermelho ao deitar, marinheiro fica animado. Céu vermelho ao acordar, marinheiro toma cuidado.*

Notei que o céu ao Leste estava vermelho sangue.

Kayla olhou para a mão de Frank sem entender nada.

— Peraí — disse ela. — O que está acontecendo?

— *Quatro* — berrou o comandante no megafone.

— Rector vai nos processar por invadir a propriedade dele — disse Alex, se levantando. — Eu sei disso. Ninguém vai acreditar em nada do que eu disser porque tenho o pai que tenho.

— Você provavelmente está certo — falei, seguindo a deixa de John e pegando sua mão.

— Eu não vou para a cadeia por causa do que aqueles caras fizeram comigo — declarou Alex.

— *Três*.

— Não se preocupe — falei —, isso não vai acontecer.

— Peraí. — Alex olhou para mim com surpresa. — Como *você* sabe?

— *Dois*.

Olhei para John. Ele olhou para mim e apertou meu ombro.

— Estou perdoado? — perguntou com os olhos brilhando.

Sorri para ele.

— Veremos — respondi.

— *Um*.

Pisque.

Este livro foi composto na tipologia Palatino LT Std,
em corpo 11/15,85, e impresso em papel off-white,
no Sistema Cameron da Divisão Gráfica
da Distribuidora Record.